아이온

4

얼음의 대지
스칼라이드 산맥
연방
만유
샤벨
신성
투실바
시니아
카시리아
모타니
와튼 공국
헬베론
산맥
네이니강
로스빌
삼래호
크로시안
우랑카
알라모
에티우스
밀림
에티우스 만
군도
류드빌
동해

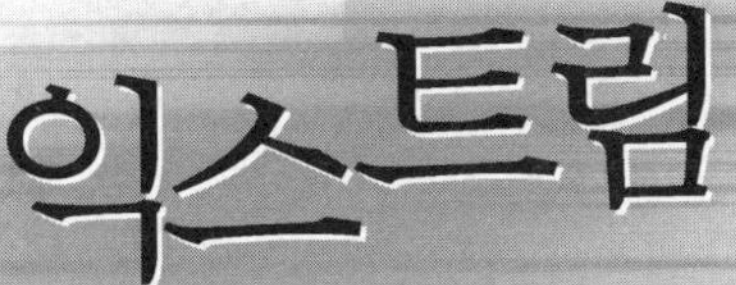

익스트림

엽태호 퓨전 판타지 소설

익스트림 4

엽태호 판타지 장편 소설

초판 1쇄 찍은 날 § 2006년 11월 7일
초판 1쇄 펴낸 날 § 2006년 11월 17일

지은이 § 엽태호
펴낸이 § 서경석

편집장 § 문혜영
편집책임 § 최하나
편집 § 문정흠

펴낸곳 § 도서출판 청어람
등록번호 § 제1081-1-89호
등록일자 § 1999. 5. 31
어람번호 § 제1-0760호

주소 § 경기도 부천시 원미구 심곡1동 350-1 남성B/D 3F (우) 420-011
전화 § 032-656-4452 팩스 § 032-656-4453
http://www.chungeoram.com
E-mail § eoram99@chollian.net

ISBN 89-251-0394-X 04810
ISBN 89-251-0257-9 (세트)

익스트림

거짓의 허울

4

엽태호 퓨전 판타지 소설

도서출판 처음

contents

Chapter 1

불사신군(不死神軍)

스팟!

흰빛이 번쩍인다.

빛줄기가 지나간 자리에는 여지없이 선홍빛의 짙은 피가 뒤따랐다.

반투명한 카뮤의 검, 일명 스킬라라 불리는 성검을 들고 있는 노기사는 노도처럼 밀려드는 적병을 향해 단 한 발짝도 물러서지 않고 신의 분노를 표출했다.

라미안 교에 신의 자비를 표현하는 12장로가 있다면, 신의 분노를 대신하는 12신장(神將)이 있다.

성서 속에 천군(天軍)을 이끄는 12신장은 카뮤에 반하는 악마의 목을 베는 성전사다.

하지만 지금은 악마 대신 인간의 목을 치고 있었다.

푸확!

소속을 알 수 없는 자의 머리를 투구째 갈라 버리자 뜨거운 피가 노안(老顔)을 적셨다.

노기사는 흘러내린 피가 눈앞을 가려 세상이 붉게 보였지만 닦을 틈 따위는 없었다. 눈을 닦는 그 하찮은 동작을 취하는 사이에 생사가 결정되는 긴박한 상황에 직면할 정도로 밀려드는 적이 너무 많았다.

백광의 은은한 광택이 감돌던 갑옷은 이미 그 빛을 잃어버린 지 오래고 단정하게 묶은 긴 머리는 산발되어 곳곳에 피딱지가 굳어 있었다.

그에게서 성스런 성기사를 상징하는 백색은 그 어디에서도 찾아볼 수 없었다. 적의 피인지, 그의 피인지 알 수 없을 정도로 온통 붉은색 일색일 뿐.

단 하나, 그가 성기사라 알 수 있는 건 오로지 검뿐이었다.

"크아아악!"

성력이 더해진 흰 기둥이 적병의 흉갑을 뚫고 들어가 내장을 조각조각 끊어놓았다. 노기사가 검을 쳐올리자 피부인지 창자 조각인지 알 수 없는 살덩이가 튀어 올라 얼굴에 달라붙었다.

자애롭던 눈동자는 피에 물들어 있고 언제나 신도들을 향해 부드러운 미소를 짓던 얼굴에는 아직도 김이 나는 살덩이가 달라붙어 있었다.

라미안 교가 처한 현실이었다.

으드득!

노기사는 이를 악물었다.

제 죽을 줄도 모르고 달려드는 놈들은 용병이다. 조안 왕은 간악하게도 투실바 병사 대신 용병을 앞세웠다.

전략적으로 탁월한 선택이다.

어버이 같고 형제 같은 라미안 신관들을 향해 아무리 왕명이라고 해도 모질게 검을 휘두를 투실바 인은 거의 없다고 봐도 무방하다.

그 아비의 아비도 라미안 신도였고, 지금의 교단을 향해 창을 내지른 병사도 신도였기에.

투실바에서 신의 은총을 입지 않는 자들은 노예나 떠돌이 용병뿐이었다. 왕에게 충성을 맹세한 다수의 기사들은 배교도가 되어 신에게 등을 돌렸다.

불멸이며 완전한 신은 그들을 용서치 않을 것이다.

죽어라! 죽어!

죽어서 천 길 지옥의 불길 속에서 영혼까지 타버려라!

"카뮤시여!! 신의 영광을! 라미안에 광영을!"

노기사는 신의 이름을 외치며 신력을 북돋았다.

가뭄의 논바닥처럼 기운이라곤 삐쩍 말라 있었지만 어디에서 그런 힘이 나오는지 검을 감싼 흰 기둥이 쭈욱 늘어나며 부나방처럼 달려드는 세 명의 적병을 갑옷째 갈라 버렸다.

"크아아악!"

"이 악마! 커억!"

감히 누가 누구에게 악마라 칭하는가!

노안에서 불길이 치솟았다. 하지만 분노를 토할 대상은 이미 죽음을 맞았다.

뚝뚝뚝!

검을 따라 선혈이 방울져 흘러내리며 대지를 적신다.

"헉헉헉……!"

노기사의 입에서 거친 숨이 토해지고 입 안이 바짝 말라갔다. 목구멍 깊숙이에서 비릿한 피 냄새가 올라와 머리를 어지럽혔다

신의 부르심인가?

죄송하지만 아직은 갈 수 없다.

그동안의 공세로 성벽이 검게 변한 테리 성이 그의 등 뒤에 있었다.

그 안에는 만여 명에 달하는 신도와 앞으로 라미안을 이끌어갈 어린 영재들, 그리고 그 누구와도 비교할 수 없는 크라우치가 있다.

또다시 푸르스름한 광기에 찬 눈빛이 달려든다. 적이다.

발을, 손을 움직여야…….

하지만 마음만 일 뿐 몸이 말을 듣지 않는다.

‘신이시여……’

이제 가야 할 시간인가 보다.

노기사는 눈을 감았다.

고삐를 챌 말도 없다. 어딘가에서 싸늘한 시신이 되어 토양을 비옥하게 만들어주고 있을 것이다. 그의 병사들도, 이제는 그도 그렇게 될 것이다.

수성전이었다.

모자란 인력과 장비로 지금껏 잘도 버티고 있었다.

어디서 빌어먹었는지도 모를 어린놈이 튀어나와 신을 모욕하고 신도들을, 크라우치를 매도하지만 않았어도 성에서 나오지 않았을 것이다.

불같은 성격이, 분노에 찬 신도들의 울분이 성문을 열게 만들었다.

자신은 죽는다.

후회는 없다. 비록 자신과 병사들이 몰살당했지만 적이 흘린 피는 세 배가 넘을 것이다.

권력에 눈이 멀어 신을 배척한 조안 왕의 목을 치지 못하는 것이 한스러울 뿐.

이 정도면 됐다. 할 만큼 한 것이다.

‘교황님, 크라우치님, 불민한 이 신장은 먼저 불멸의 삶으로 회귀합니다. 신의 곁에 가서도 당신을 지켜드리겠습니다. 영원히… 이움타!’

교황이던 크라우치의 할아버지는 정변이 일던 날 먼저 신의 부름을 받았다.

새로운 교황에 등극한 크라우치는 이 역경을 딛고 일어서 이 탁한 세상의 한줄기 희망의 빛이 될 것이다. 신도라면 그 누구도 의심치 않는다.

쐐애앵!

어디선가 대기를 찢는 날카로운 소음이 들린다. 체력은 바닥이 났지만 오감만은 여전했다. 하지만,

파악!

노기사의 머리가 뒤로 훌떡 넘어갔다.

근거리에서 날아온 화살이다. 투구를 뚫고 들어간 화살이 이마를 꿰뚫었다.

"죽어라아아!"

악에 바친 소리가 울렸다.

여태 노기사의 한계를 넘어선 무력에 주춤 눈치만 보던 자들이었다.

그들도 전사, 이 기회를 놓치지 않았다. 누가 먼저랄 것도 없이 달려들었다. 라미안의 주요 인사의 목에는 막대한 현상금이 걸려 있었기 때문이다.

푸욱! 푹! 푹!

연이은 가슴과 복부의 통증.

이미에 회살이 박힌 상태로 노기사가 힘겹게 고개를 바로

잡았다. 기적이다!

짐승처럼 번뜩이던 용병의 눈이 새파랗게 죽었다. 죽여도 죽지 않는 이 광신도들은 사람이 아니다. 팔다리가 부들부들 떨린다.

"하… 하하. 내가 카뮤님의 12신장, 그리엄이다!"

온전한 상태였다면 서릿발 같은 호통에 오줌을 지릴 위엄이었으나 지금은 모기가 왱왱거리는 소리만도 못했다.

노기사 그리엄은 마지막 생명의 빛을 불태워 검을 들려 했으나 뜻을 이루지 못하고 그대로 허물어졌다.

"신장님!"

"어허엉! 장군님!"

그리엄이 쓰러지는 모습을 본 신병(神兵)들이 장신구처럼 투구에 화살을 달고 복부를 관통한 창대를 꺾으면서 자신들의 목숨을 도외시한 채 이미 시체로 변한 그리엄에 향해 달려들었다.

저 불손한 자들이 신장의 목을 가져가게 둘 수는 없었다.

"이, 이놈들!"

"천벌이다! 천벌을 받을 것이다! 악마의 종자들!"

신을 들먹이며 저주를 퍼붓는 소리에 두려움을 잊으려는 듯 시체로 변한 그리엄의 옷자락에 피를 닦은 용병들이 비릿한 웃음을 지었다.

신?

천벌?

배부른 자의 헛소리다. 입을 뗄 때마다 신을 찾는 저들도 인간의 연약한 피부에 검을 쑤셔 넣어 숨통을 끊어놓는다. 자신들과 다를 바가 없는 것이다. 전장에서는 죽지 않으려면 상대를 먼저 죽여야 할 뿐, 신병이고 뭐고 똑같다.

"미친! 광신도 놈들, 네놈들의 소원을 이뤄주마. 단칼에 신의 곁으로 보내주마! 하하하! 죽엇!"

이미 결과는 성문을 열고 나설 때부터 결정된 것이나 다름없었다.

오만 대 일만의 싸움이었다.

그 일만 중에서 검을 들 수 있는 장정은 육천이 채 되지 않는다. 무려 열 배.

성을 끼고 수성전을 벌이지 않았다면 예전에 고혼이 되었으리라.

그렇다고 성안에만 있을 수도 없다.

병사들의 사기를 고려해야 한다.

삶의 목적과도 같은 신을 욕보이면서까지 살기 위해 성에 숨어 머리를 처박고 있을 수만은 없었다.

작은 승리를 위한 기동전이 필요했다. 빠르게 치고 나와 소기의 목적을 달성하고 퇴각하는 작전이 말이다. 몇 번의 승리를 거두기는 했으나 오늘은 완벽한 매복에 당해 버렸다.

그리엄의 병력 후미를 기동력으로 무장한 경기병들이 자

르고 들어온 것이다.

그 다음부터는 조력을 기대할 수 없는 외길이다. 한 명이라도 더 신을 모독하는 적을 죽이고 장렬하게 산화하는 길밖에 없다.

성전(聖戰)이며, 성스러운 죽음이다.

라미안 신도에게 죽음은 끝이 아니며 또 다른 시작이고, 피안의 길이다. 신에게로 가는.

저 저속하고 저열한 적들의 죽음과는 차원이 다른 것이다.

철구에 두개골이 으깨어져도, 말발굽에 짓밟혀 내장이 터져도, 이빨을 뚫고 들어와 목구멍을 휘저은 장창에도 성스런 전쟁을 수행하는 신군들은 물러서지 않았다.

피가 콸콸 쏟아지는 그들의 입에선 비명 대신 단 한 마디만이 흘러나왔다.

이움타! 신의 뜻대로!

진실한 그들의 마음이 하늘에 닿았던 것일까?

무심한 하늘이 움직였다.

신화 속의 한 장면이 이러할까?

지옥의 한 단편을 엿보는 듯한 피와 광기, 살육의 현장에 한줄기 광영이 비춘다. 이 탐욕의 장이 보기 싫어 하늘을 가린 두툼한 먹구름을 걷어내며 신의 전차가, 네 명의 성천사가 이끄는 전차가 내려오고 있었다.

그곳에서 인세의 오욕을 씻어버리려는 듯 불비가 솟아져

내렸다.

　"걸려들었다, 쥐새끼 같은 놈! 이제야 모습을 보이는구나. 마법사들은 뭣들 하느냐!"

　콧수염을 멋들어지게 기른 장수의 입에서 공격 명령이 떨어졌다.

　그와 동시에 작전 지휘관들이 모여 있는 중앙 지휘소 후방에서 기다렸다는 듯이 마법사들이 날아오르고, 전방에서 몸을 낮추고 있던 궁수들이 몸을 일으켰다.

　일반 궁수들이 아니다. 하나같이 탄탄한 근육질의 훤칠한 장정들이었다. 죽도 못 먹은 듯 부실한 징집병, 농민 병사들이 아니라 체계적으로 훈련을 받은 기사를 보는 듯했다.

　그들은 일제히 하늘에 인상적으로 등장한 빛무리를 향해 활을 겨누었다.

　보통의 힘으로는 시위를 당길 수도 없다는 그레이트 보우(Great Bow)다. 당연 사거리와 파괴력은 일반 활을 훨씬 상회한다. 그것뿐만이 아니다. 석궁에 몇 가지 장치를 더해 그레이트 보우처럼 파괴력을 끌어올린 헤비 크로스 보우(Heavy Cross Bow)도 가세했다.

　크리릭! 철커덩!

　고정 나사에 시위를 거는 소리가 전선 곳곳에서 울렸다. 달랐다. 일반적인 크로스 보우라 하기엔 소음이 지나치게 컸다 여러 병사들이 달라붙어 장전을 하는 대형 석궁인 공성병기 발리스타(Ballista)였다. 발리스카의 양쪽 기둥에 감아 비틀어놓은 밧줄의 장력이 더할 수 없이 짱짱하게 당겨졌다.

수십 대의 발리스타가 성을 향해서가 아니라 허공의 한 점을 향해 조준하고 있었다.

돼지 꼬랑지같이 휜 수염을 말아 올리던 장수가 비릿한 웃음을 지었다.

"이번에는 빠져나가지 못하겠지?"

"대장군님, 아무리 크라우치라 해도 이번에는 틀림없습니다. 그놈을 잡기 위해 동원한 용병이 오천이고, 기사들에게는 활을 들게 했습니다. 마법사는 또 어떻습니까? 동원 가능한 마법사와 신관은 단 한 명도 빠짐없이 모았습니다. 저는 오직 놈의 시체가 갈가리 찢어질까 봐 걱정입니다."

대장군이라 불린 총사령관의 부관이자 군사인 베일의 확신에 찬 말에 토벌군이자 지금은 테리 성 포위군의 대장 머레이 공작이 호탕하게 웃었다.

"하하하! 그깟 시체 따위가 대수인가? 놈만 죽는다면 이 토벌은 그걸로 끝이야."

군세도 명분도 이쪽에 있다.

자신들은 왕명을 받았다. 사교로 돌아서서 국가를 전복하려는 사악한 무리를 토벌하는 것이다.

투실바는 왕국이다.

왕국(王國)!

왕국이란 무엇인가. 만백성의 어버이이자 주인인 왕이 다스리는 국가다.

교황이 법전 대신 성서로 다스리는 신성 왕국이 아니란 말이다.

하지만 라미안 교의 무리들은 옛 영광을 잊지 못해 왕권에 공공연히 도전하였다.

그 중심에 크라우치라는 걸출한 인물이 있다.

카뮤의 화신이니, 신의 아들이니 하는 소리를 듣는 자가.

그만 없으면, 아니, 애초에 그가 나타나지만 않았다면 막대한 국력을 소모하면서까지 내전을 일으키지는 않았을 것이다.

하지만 움직이지 않을 수도 없었다.

이대로 시간이 더 흐르면 왕가는 유명무실해질지도 모른다. 이미 권위는 교권이 왕권을 넘어섰다. 백성들의 신망도.

단 하나, 무력만이 남아 있었다. 교단의 세력이 간간이 끼어 있다고 해도 군수권만은 그들도 어쩌지 못했다.

기사는 성기사를 싫어한다. 보이지 않는 차별이 있는 것이다. 다른 나라는 다를지 몰라도 이곳 투실바에서는 그랬다.

엘리트 코스를 거친 기사들은 성기사다. 웃기지도 않는 일이다. 나라를 위해 피를 흘려야 할 젊은 기사들이 왕 대신 신을 선택하다니.

나라와 왕은 현실이고, 신은 이상인 데도.

충(忠)에 목숨을 아낌없이 바치는 기사도는 어디로 가버렸단 말인가! 통탄할 일이었다.

성기사가 레이디의 선망의 대상이라서?

먼지를 뒤집어쓰며 훈련을 하고 국가를 위해 피땀을 흘리는 것이 기사의 로망인데, 투실바는 뺀질나게 잘 차려입고 미끈한 미소를 매달고 사는 성기사를 더 우대해 준다.

타국에서는 왕의 근접에서 모시는 근위기사단이 젊은이들의 선망의 대상이건만, 투실바에서는 신성기사단 카뮤의 검이 그 자리를 대신하고 있었다.

"바로잡아야지."

기사와 성기사의 반목이다.

"이번 일이 끝나면 신성이란 말도 없애자고 주청을 올려야겠어."

머레이는 국명 앞에 신성이란 말이 붙는 것도 마음에 들지 않았다.

전장을 주시하던 머레이의 눈빛이 한순간 강렬해졌다.

아군 마법사와 신관들이 마치 하늘에서 강림이라도 하는 것처럼 잔뜩 멋을 부리고 내려온 크라우치에게 다가가는 것이 보였다.

"저것도 맘에 안 들어."

크라우치는 포위되어 몰살당하는 병력 중에서 수장을 구

하러 성을 나온 것이다.

여기 테리에서뿐만이 아니라 수도 히치벅에서 칼을 들었을 때부터 매번 그랬다. 그리고 항상 소기의 목적을 달성했다. 인정하고 싶진 않지만 그만큼 일신의 능력은 대단했다.

"이번만은… 지금이다! 활을 쏴라!"

머레이의 명령이 떨어지자 부관들이 그의 명령을 받아 소리치고, 기수들은 깃발을 미친 듯이 휘둘렀다.

"활을 쏴라! 활을!"

명령은 순식간에 전방까지 전달되었다.

티이잉! 팅팅팅!

거친 시위 소리가 울리고 강철 화살이 바람을 가르는 소리가 연이어 울려 퍼졌다.

쇄애애액!

쉭쉭쉭!

새까맣다 못해 시퍼렇다. 차가운 빛을 발하는 화살들이 방사형으로 날아올라 자석에 끌리는 쇠붙이처럼 한 점을 향해 모아졌다.

그리엄의 머리 위에 떠 있는 크라우치를 향해!

신의 전차로 보인 것은 신도들의 염원과 크라우치의 호위로 따라나선 장로들이 배리어를 쳤기 때문이다.

크라우치는 사방을 호위하는 장로 네 명과 함께 그리엄을 구하기 위해 날아올랐다.

병력도 열세인 상황에서 구심점이 되어주어어야 할 장수마저 잃을 수는 없었다. 사지에서 허우적거리는 병사들을 모두 구할 순 없지만 그리엄 한 명 정도는 구할 능력이 있었다.

"아아!"

전장을 내려다보는 크라우치는 신음성을 내뱉었다.

무엇이 저들을 이 사지로 몰아넣었단 말인가?

그가 바란 것은 단 한 가지다. 전 대륙에 신의 뜻을 전하는 것. 그는 눈을 질끈 감았다.

한두 번 본 장면도 아니지만 파르르 떨리는 긴 속눈썹 사이로 투명한 물방울이 흘러내렸다. 조각 같은 그의 얼굴에 참담함이 깃들었다.

"내가 죄인이다. 내가 힘이 없어서 가엾은 신도들을 이 지옥에 밀어 넣었구나."

신의 뜻을 무지몽매한 인간들에게 전한다는 건 가시밭길을 걷는 것이다. 하지만 이건 아니다.

배교도와 이교도들의 칼에 난자당할 만큼 저들의 믿음이 부족하다고는 생각하지 않는다.

도대체 카뮤님은, 신은 이 자식들의 아픔을 보고 계시는 것인가? 신이 원망스러웠다.

"카뮤님이 눈을 돌리고 귀를 막으셨다면 내가, 이 내가 나서리라! 네놈들에게 지옥을 보여줄 것이다!"

크라우치가 두 팔을 벌렸다. 장포가 폭풍을 만난 듯 무섭게 휘날리기 시작했다. 그가 눈을 떴을 때에는 새파란 빛이 피를 머금은 대지를 태워 버릴 듯 뿜어졌다.

아무런 말도 없었다. 그저 손목을 휘저을 뿐이었다.

그 간단한 동작의 결과는 대단했다. 시뻘건 불줄기가 벼락이라도 치는 듯이 적병들이 모여 있는 곳을 향해 내리쳤다.

쩌저쩍!

콰앙! 쾅! 쾅!

"으아아악!"

"아! 뜨거! 불이, 불이… 누가 나 좀……."

너무도 순식간에 나타나서인지 죽어서도, 시체가 되어도 악착같이 발목을 잡는 신군들 때문인지 용병들은 미처 하늘에서 떨어지는 마법에 대응이 늦었다.

"뭉쳐 있지 말고 흩어져! 방패수들은… 커어억!"

하급 지휘관인 듯한 사내가 대열을 정비하려 했으나 미처 말을 끝내지 못했다. 무언가 날카로운 것이 말문을 막은 것이다.

"마법사! 마법사들은 다 뭐 하는 거야!"

"아이! 개새끼들아! 우리가 다 죽을 때까지 기다리는 것이냐!"

용병들은 분통을 터뜨렸다. 마법은 마법으로 대응하는 게 일반적인 전투 전략이다. 그런데 아군 진영에서는 이무런 대응도 없었다.

마법 공격이 시작되었다면 아군 마법사들이 먼저 마나의 흐름을 파악해 전장의 병사들을 보호해 주어야 한다.

용병이라서 그런 것인가? 아니면 적이 지치기를 기다리는 것인가?

방패를 이불처럼 뒤집어쓰고 죽은 듯이 엎어진 한 병사가 장대비처럼 퍼붓던 공격이 뜸해지자 살짝 고개를 들었다.

"쳇! 겨우 화살이냐? 썩을 놈들. 이틈에라도."

병사가 엉금엉금 기어갈 때 화살은 빗살처럼 날아 크라우치의 전면에 도착했다.

"배리어!"

"쉴드!"

장로들이 연신 시동어를 외치며 방어력을 강화했다.

"크라우치님, 어서 피하십시오!"

팬톤 장로가 신성력을 바짝 끌어올리며 외쳤다. 쇄도하는 속도가 일반 화살보다 배는 빠른 듯했고 화살 자체도 나무 쪼가리가 아니라 철시였다. 그뿐만이 아니다. 새까맣게 덮은 화살 무리 뒤로 시커먼 인형들이 하나둘 자리하고 있었다. 마법사다.

쇄애애애앵! 쇄애애애액!

"이건?"

또 있었다. 일반 화살들과는 비교도 안 되는 엄청난 속도로 쇄도하는 무언가가.

"화살? 창?"

발리스타에서 쏘아 올린 대형 화살이다. 크기가 크다고 위력적인 건 아니다. 그는 고정된 성이 아니라 움직이는, 하늘을 날고 있는 상태였으니까.

하지만 화살비 사이로 한두 개씩 섞여 있으니 여간 까다로운 게 아니었다. 방어막으로 모든 걸 막을 수 있는 게 아니어서 방어력의 한계를 뛰어넘는 물질력이 부딪치면 깨진다.

지금 상황이 그랬다. 운만 조금 보태면 단단한 성도 깨는 발리스타의 화살이었다.

팬톤이 카뮤를 찾고 어금니를 깨물 때였다.

크라우치가 장로들을 뒤로 물리며 전면에 나섰다.

"크라우치님!"

"이번 공격을 막아내면 그 틈에 그리엄을 모셔오세요. 한 번 이상은 저도 힘들 것 같습니다. 뒤의 마법사들은 장로님들께 부탁드립니다."

너무나도 침착한 목소리여서 팬톤까지 마음이 차분해지는 느낌이었다.

"아, 알겠습니다."

크라우치는 두 팔을 전방으로 내밀고 눈을 감았다. 너무나 많은 화살 수에 눈을 뜨는 것보다는 차라리 감는 게 나았다. 눈을 떠봤지 현혹될 뿐이었다.

그는 전신 감각을 풀었다.

눈을 뜰 때보다 화살의 모습이 확연히 보인다. 심안(心眼)이다.

하나, 둘, 셋… 세기조차 힘든 숫자였다. 하지만 이 모든 화살이 그를 향해 날아오진 않는다. 눈먼 화살은 감각에서 제외했다.

그래도 꽤나 많은 수가 남았다. 특히 장창을 연상케 하는 대형 화살은 위협적이었다.

크라우치의 입가에 미소가 감돌았다. 못 막을 정도는 아니란 판단. 그러자 여유가 생겼다. 어떻게 막아줄까?

신도들의 사기를 올리고 적들의 간담을 서늘하게 해줄 방법은?

그의 눈부신 금발이 솟구치며 찬란하게 휘날렸다. 이어 후방에서 고통에 신음을 흘리는 환자들까지 보일 정도로 너무도 선명하고 휘황찬란한 빛이 터져 나왔다.

날개?

그렇게 보였을 것이다. 크라우치의 등 뒤에서 터진 후광이 거대한 새가 날개를 접는 것처럼 그의 전면에 둘러쳐졌다.

일순 금방이라도 연약한 피부를 뚫고 들어가 피육을 찢어 발길 것 같은 화살이 거짓말처럼 뚝 멈췄다. 날개에 화살이 막힌 것이 아니다.

그를 위협하는 화살들이 일정 공간에 들어오자 서버렸다.

마치 시공간이 비틀린 것처럼 말이다.

쉭쉭쉭, 쉬이이익!

지금 이 모습이 거짓은 아니었다. 사정권을 벗어난 눈먼 화살들은 일행을 스쳐 날아갔다.

드드드!

거미줄에 걸린 파리처럼 추진력을 잃어버리고 허공에 딱 멈춰 선 화살들 사이로 비교도 할 수 없는 거대한 화살 한 대가 악착같이 힘을 내었다. 하나 마나를 젤리처럼 뭉쳐 놓은 공간을 뚫지는 못했다.

툭!

너무도 연약하고 부드러워 보이는 손바닥 앞에 날카로운 화살촉이 있었다. 크라우치가 차가운 미소를 지으며 눈을 떴다.

후두두둑!

그러자 허공에 딱 멈추어 섰던 화살들이 일제히 지면으로 쏟아져 내렸다.

"아!"

"허!"

장로들의 입에서 절로 감탄성이 뱉어졌다. 적아의 구별 없이 너무도 놀라운 광경 앞에 모두가 입을 떡 벌리고 있을 뿐이었다.

"패튼 장로님, 뭐 하십니까? 어서 그리언을……."

"아! 예!"

팬톤이 수인을 맺기 무섭게 그리엄의 사체가 두둥 떠올라 크라우치 일행의 중앙에 자리했다.

"어서 돌아갑시다!"

연이어 공격해야 할 마법사들도 잠시 넋이 빠졌는지 아무런 마나의 흐름도 느껴지지 않았다.

"우와와와와!"

"역시! 크라우치님!"

"보아라! 배덕자들아! 크라우치님을!"

신도들의 함성을 밟고 크라우치는 그리엄의 시체를 회수해서 테리 성으로 돌아갔다.

전장에 남은 신군들은 무릎을 꿇고 신의 기적에 감사의 기도를 올렸다. 그들을 죽여야 할 용병들조차 검을 축 늘어뜨린 채 발길을 돌렸다. 앞에 적이 있지만 도통 싸울 생각이 들지 않았다.

"뭐, 이런 빌어먹을 개 같은 전쟁이 있어……."

테리 성 안의 심처.

12장로 중 배교도와 전사자를 뺀 7명이, 정변 시 히치벅에서 교황을 지키다 유명을 달리한 신장을 제하고 9신장이 모두 모여 있었다.

9신장 중 한 명은 한순간의 분기를 참지 못하고 싸늘한 시체가 되어 돌아온 그리엄이었다.

"휴우… 절명하셨습니다."

라미안의 장로들 중에서 가장 치유술에 능한 웨어스의 진단 결과였다. 그의 말이 없었더라도 그리엄이 이미 죽었다는 걸 모르는 사람은 아무도 없었다.

"치료하십시오."

축 가라앉은 좌중을 더욱 억누르는 저음이 크라우치의 입에서 흘러나왔다.

교에 귀의한 지 70년이 넘었지만 30대 초반으로 보이는 웨어스가 착잡한 음성을 토했다.

"크라우치 교황님."

"난 교황이 아니오. 성물의 축복을 받지 못했소."

성물은 신관을 임명한다든가 교구장의 선출 등의 고위 신관의 제위 등에 쓰여진다. 그중 뭐니뭐니 해도 가장 중요한 의식은 바로 교황의 즉위식이다.

그런데 왈카의 눈을 교를 등진 배교도 맥그레이가 가지고 왕에게로 갔다.

신도들의 사기 진작을 위해 크라우치를 재빨리 차기 교황에 등극시켰으나 웅장한 행사도, 성물의 축복도 없었다.

"크흠. 크라우치 사제님, 사제님의 마음을 모르는 바는 아니나 이미 그리엄 신장은 카뮤님의 품으로 돌아가셨습니다."

크라우치의 능력을 모르는 바는 아니다. 다 죽어가는 사람도 살릴 수 있다. 정말 다 죽어가는…….

하지만 그리엄의 심장은 차가워진 지 오래였고, 무엇보다 흉물스럽게 이마를 뚫고 들어간 화살이 문제였다.

"치료하세요, 웨어스 장로님. 내가 직접 하리까?"

크라우치가 웨어스의 의중을 모르는 바는 아니었다. 만약 그리엄이 살아 있다 해도 저 정도 중상을 치료하는 데는 장로 한 명이 탈진할 정도의 엄청난 신력이 소비된다. 그 신력이면 밖에서 고통받는 병사들 열 명은 살릴 수 있으리라.

웨어스는 그 말이 하고픈 것이나 눈이 벌게진 신장들 앞에서 대놓고 꺼낼 수는 없는 일이었다.

그는 크라우치가 그리엄의 마지막 가는 길을 온전한 모습으로 보내주기를 바라는 것으로 생각했다. 심장이 멈추고 머리가 식어도 죽은 지 몇 시간이 되지 않았다면 몸을 구성하는 세포는 아직 살아 있다.

머리에 박힌 화살을 뽑고 찢어진 뇌를 복원하고 자리를 바로 잡을 순 있다. 가슴에 뻥 뚫린 검상도 마찬가지고, 쏟아진 내장도 다시 집어넣을 수는 있다.

하지만 그렇다고 살아나는 것은 아니다.

"후우……."

누구의 명인가. 웨어스는 입술까지 파래진 그리엄의 앞에 섰다.

"수석 장로님과 라도스 신장만 남고 나가보세요."

꾸벅 인사를 건네고 돌아서는 발걸음 사이로 크라우치의
말이 이어졌다.

"전 그리엄을 살릴 겁니다."

크라우치는 그리엄을 살릴 수 있을 거란 강한 확신이 들었
다. 이건 전에 없던 느낌이다. 물론 죽은 자를 살려본 적은 없
었다.

'난 할 수 있다.'

강한 확신이다. 이번 내전을 통해 생명력을 더욱 능숙하게
다룰 수 있게 되어서가 아니다.

'신의 계시다. 카뮤께서 분명 나에게 살리라고 하시는 거
다.'

그동안 신을 영접하는 성은(盛恩)을 입은 적이 열 손가락이
넘지 않았다. 기도를 하다가, 꿈을 통해, 신력을 수련하는 과
정에서 신비로운 경험을 했다.

확연한 장면은 아니다. 뿌연 안개 같은 느낌이나 감히 범접
하기 어려운 성스러움이 넘쳐 나는 순간이었다.

그때마다 신께서는 분명 무언가를 전달하신다.

하지만 그 순간은 모른다. 신을 모시고 살면서 조금씩 알아
가는 거다. 지금까지도 그랬고, 앞으로도 그렇다.

이도 그 과정 중 하나이다. 살릴 수 있다는 확신이 든다. 분
명 신께서 그리엄이 아직 필요하다고 하시는 계시다.

반 시간이 흐른 뒤 신력을 다 써버린 웨어스가 부축되어 나가자 방 안에는 역대 성기사 중 가장 젊은 나이로 신장에 오른 라도스와 수석 장로 러팔로만이 남았다.

크라우치가 말끔해진, 그러나 핏기 하나 찾아볼 수 없는 그리엄의 이마에 손을 얹었다.

"두 분은 제가 가장 믿는 분들입니다."

"그렇지 않습니다, 크라우치님. 라미안의 전 신도들은 누구나 사제님을 믿고 따릅니다. 사제님 또한 신도들을 믿으셔야 합니다. 우리 형제들 간에 믿음은 즉……."

러팔로의 말이 길어질 것 같자 크라우치가 라도스에게 말했다.

"준비하세요."

"…부활 의식을 말씀하시는 겁니까?"

크라우치가 고개를 끄덕였으나 라도스는 재차 물었다.

"그리엄 신장은 이미 죽었습니다. 여기 이렇게 파리하게… 그래도 준비합니까?"

"저를 믿으세요. 카뮤님은 자식을 귀하게 여기십니다. 저한테 말씀하셨습니다. 그리엄은 아직 거두어 가실 때가 아니라고 말입니다. 더 중히 쓰라고 하셨습니다."

크라우치가 그 말을 끝으로 환한 미소를 보여주었다.

라도스는 심장이 터질 것 같았다.

"아!"

어릴 적부터 크라우치의 수발을 들면서 늘 보아오던 그 미소다. 늘 보았다고는 하나 볼 때마다 처음 본 듯 심장의 울림은 쉽게 가라앉지 않는다.

크라우치가 미소를 지을 때면 라도스는 그의 뜻을 그 무엇이라도 항거하지 못한다. 미소 하나로 모든 것이 결정되는 것이다.

"이행하겠습니다."

라도스가 몸을 돌려 성큼성큼 나가자 크라우치가 입을 떼었다.

"수석 장로님."

"하명하소서."

크라우치가 잠시 말을 잃었다. 그러다 작은 한숨을 쉬었다.

"항간에 떠도는 소문을 들었습니다."

"무슨 소문을……?"

크라우치가 영면에 들어간 그리엄을 처연한 눈빛으로 내려다보았다.

"인간의 생과 사가 무엇입니까?"

"예? 아! 잠시 거쳐 가는 과정입니다. 우리는 신께서 만들어놓으신 천국에서 살다 그동안 쌓은 죄업을 덜기 위해 인세로 내려옵니다. 하나, 몽매한 자들은 그 죄를 더 쌓기도 합니다. 우리가 신을 모시고 인간을 계몽하는 것은 그러한 이유 때문입니다. 더한 죄를 지으면 다시는 신의 세상으로 들어가지 못합니다. 인세의 생과 사는 그저 스쳐 가는 바람일 뿐입니다."

"그럼 그분께서 저에게 이런 능력을 주신 이유는 무엇 때문일까요? 인간을 죽이고 살릴 수 있는 능력을 말입니다. 항간에 그런 소문이 돌더군요. 제가 신의 섭리에 반하는 악마라는 소리를 말입니다."

"허허! 그런 말도 안 되는 소리를 귀담아들으실 필요 없습니다. 크라우치님께서 신의 사랑을 많이 받으시니 부러워서, 질투에 눈이 먼 자들이 만들어낸 헛소리에 불과합니다. 악마라니… 잡것들이로다. 크라우치님은 태어나실 때부터 신의 품에서 자라셨습니다. 이 늙은이가 평생을 보아왔지 않습니까."

크라우치가 고개를 들어 러팔로의 얼굴을 보았다. 백 세에 가까운 나이이건만 주름 하나 찾아볼 수 없는 미남이다.

러팔로는 크라우치의 눈이 왠지 슬퍼 보인다고 생각했다.

"맥그레이 장로도 수석 장로님과 같았습니다. 그런데 떠났지요."

"아니, 그것은 우연입니다. 우연일 뿐이다. 오오! 아이야, 그 일은 네가 슬퍼하지 않아도 된다. 그놈은 필시 신벌을 받을 것이야."

"후후후, 그럴까요? 과연 우연일까요? 우연도 겹치면 필연이라고 했습니다. 후우……."

긴 한숨을 쉰 크라우치가 다시 그리엄의 시체를 내려다보았다.

"수석 할아버지."

크라우치가 어릴 때 러팔로를 부르던 호칭이었다.

"오냐, 말해보거라."

"고백할 게 있습니다."

"……."

"한 5년이 된 것 같군요. 그때부터 교세 확장에 박차를 가했습니다. 그래서 제가 나서는 일도 빈번해졌고요. 권세있고 명망 높은 많은 이들에게 건강을 되찾아주었습니다. 어느 순간 이런 생각이 들더군요. 다 타 들어간 이들에게 불어 넣는 생명력은 어디에서 오나 하구요."

"그거야, 영원불멸의 신께서……."

크라우치가 고개를 가로저었다.

"저도 처음에는 그렇게 생각했습니다. 그러다 맥그레이 장로와 소원해지면서 다른 생각을 가져 봤습니다. 정말 그 아이의 죽음과 관계가 있을까 하고요."

"흐음……."

"그런데 말입니다. 혹시… 폴리 백작가를 기억하시나요?"

러팔로가 폴리 백작가를 모를 리 없다. 투실바에서 손꼽히는 부가(富家)다. 백작의 후계자가 사경을 헤매고 있을 때 크라우치가 나섰었다.

"생각만큼 위급한 상황은 아니었습니다. 웨어스 장로가 나서도 충분했을 정도로요. 어쨌든 완쾌를 시켰죠. 전보다 더욱 건강하게 말입니다. 그 일로 교단은 성전을 하나 더 지을 수 있었습니다. 그런데… 제가 치료하던 그날, 그 아이가 가장 아끼던 말 한 마리가 시름시름 앓기 시작했다고 하더군요. 죽지는 않았습니다."

러팔로가 무언가 말을 하려 했으나 입을 열지는 않았다.

"그 후 전 제가 나서지 않아도 되는 일까지 나섰어요. 확인하고 싶은 것이 있었기 때문입니다. 뭔지 아시겠습니까?"

러팔로는 그저 묵묵히 듣고만 있었다. 크라우치도 답을 원하지는 않는지 빠르게 말을 이었다.

"신력과 생명력을 구분하여 사용하는 법을 깨닫고 싶은 게 가장 큰 이유였고, 제가 사용하는 생명력이 어디서 오는지, 또한 환자들의 친인들의 죽음이 그들을 살렸기 때문인지 확인하고 싶었습니다."

마른침을 삼킨 러팔로가 더는 참지 못하고 물었다.

"알아내었느냐?"

크라우치가 처연하면서도 전혀 상반되는 싱그러운 미소를 지었다.

"그렇구나! 알아내었어. 나에게 그 이유를 알려줄 수 있겠느냐?"

크라우치의 생명력을 다루는 능력은 그 예를 찾아볼 수 없
는 특별한 능력으로, 신의 기적이라고밖에 표현할 수 없었다.
그런데 지금 그 능력의 일부를 알려주려 한다. 러팔로의 입
안이 바짝 말라갔다.

"지금 보여드리지요."

크라우치의 말이 끝나자마자 라도스가 들어왔다.

"준비를 마쳤습니다."

말을 한 라도스가 크라우치의 눈치를 살폈다.

러팔로는 미간을 찌푸렸다. 라도스의 눈치가 마치 자신이
나가야 하지 않느냐는 듯하였기 때문이다.

전대 교황이 죽은 이상 크라우치에게 가장 가까운 사람은
다름 아니라 자신이라 할 수 있다. 그가 막 언짢은 기색을 표
하려 할 때 크라우치의 음성이 가로막았다.

"데려와라."

라도스의 두 측근 기사가 잔뜩 겁에 질린 중년인 한 명을
대동하고 들어왔다. 단정하게 옷을 차려 입었으나 초췌한 인
상에 허름한 옷차림이었다. 평민, 아니, 그 이하의 계층으로
보였다.

"죄인입니다."

러팔로의 궁금증을 라도스가 해결해 주었다.

안절부절못하여 눈알을 쉴 새 없이 굴리고 눈에 보일 정도
로 다리를 부들부들 떠는 중년인은 입술을 오물거릴 뿐 그 어

떤 소리도 내지 않았다. 들어오기 전에 단단히 언질을 받은
것이다.

크라우치가 손짓을 해 보이자 기사들이 중년인을 끌고 와
그리엄의 옆에 꿇어앉혔다.

"내가 누군지 아느냐?"

"제, 제가, 어찌……. 처, 천만 라미안 신도들을 영도하시
는 교, 교황 폐하이십니다."

"넌 누구냐?"

"소, 소인은, 미, 미천한. 주, 죽을죄를 졌습니다. 제발, 제
발! 한 번만 자비를 베푸시어 살려주십시오."

크라우치가 피식 웃음을 흘렸다. 이런 자들의 반응은 항상
똑같았다. 보살필 일가족이 있다는 얘기를 하지 않았을 뿐 말
이다. 죽을죄를 지은 것을 알면서 왜 살려달라고 하는 것일까?

실수? 순간의 욕망을 다스리지 못한 것이 실수라 하면 실
수도 죄다. 또한 다음번에는 그 욕망을 다스릴 수 있을 거라
는 보장은 그 어디에도 없다. 대다수가 똑같은 실수를 되풀이
한다.

"크라운, 35세, 하눌 지방 출신. 신도를 사칭하고 테리 성
에 잠입한 첩자입니다. 이자를 알아본 정부군 소속이었던 신
도의 신고로 색출할 수 있었습니다."

미소를 지운 크라우치가 라도스를 쳐다보았다. 고개를 끄
덕인 라도스가 기사들에게 명령을 내렸다.

“의식을 시작한다. 이 시간부로 그 누구도 이 방에는 들어올 수 없다.”

“명을 받듭니다!”

기사들이 나가고 라도스가 무표정한 얼굴로 중년인에게 다가가 어깨를 부여잡아 짓눌렀다.

“크흐윽! 제발 사, 살려…….”

크라우치가 허리를 숙여 중년인의 코앞까지 얼굴을 대었다.

“지금 너는 죄를 씻기 위해 이 자리에 온 것이다. 기쁜 마음으로 죄를 속죄하고 영생을 누리거라. 이게 내가 해줄 수 있는 최대의 자비니라.”

“흑흑흑…….”

몸을 편 크라우치가 러팔로에게 시선을 주었다.

“인간에게는 두 가지 힘이 있다는 걸 알았습니다. 태어날 때부터 신께 부여받은 생명력이 그 한 가지, 나머지는 우주를 구성하는 에너지인 마나입니다.”

“그렇지. 넌 그 두 가지를 모두 사용할 수 있다. 정말 특별한 능력이지 않느냐.”

“그렇습니다. 신력을 바탕으로 한 마나는 제 의지대로 조절이 가능합니다. 하지만 생명력은 그러지 못했습니다. 분명 4년 전까지는 말입니다.”

러팔로의 얼굴에 격동이 빛이 떠올랐다. 4년 전까지라는 말은……

"지금은 가능하다는 뜻이냐?"

"완전하지는 않습니다. 그 누구도 알려주지 않은 생소한 능력이라 완전이라는 표현을 쓸 수 있을지조차 모르겠습니다. 수석 장로님께서는 제가 이 능력을 사용할 때 많은 장로님들과 성기사들의 도움이 있어야 한다는 걸 알고 계시죠?"

"지난 일이 아니더냐. 네 신력이 증진될수록 그 도움이 필요없어졌다고 알고 있었다만."

"그렇습니다. 그렇게 하기 위해서 숱한 고비를 넘겼습니다. 정확히는 신력의 증대보다는 생명력을 다루는 데 숙달하는 시간이 필요했습니다. 무엇이 신력이고, 무엇이 생명력인지조차 몰랐었으니까요. 그래서 그 무서운 신벌도 받았고요. 그러나 지금은 그렇지 않습니다. 조금 힘들긴 해도 전처럼 정신을 잃는다던가 생살을 헤집는 듯한 고통은 사라졌습니다."

깊이 숨을 들이쉰 크라우치가 한 손을 그리엄의 머리에 올려놓고 다른 손은 중년인의 정수리에 올렸다.

"제가 그 처절한 신벌을 받은 이유는 걷지도 못하는 자가 날려고 했기 때문이었습니다. 걸음마를 배운 후 걷고 뛰고 날아야 하는데, 중간 과정을 생략한 것이죠. 지난 5년 동안 그 일을 했습니다."

우우웅!

러팔로가 눈을 부릅떴다. 마나의 유동은 없었다. 신력도 아니었다. 하나 미지의 어떤 힘이 크라우치에게서 뿜어져 나오는 것을 느낄 수 있었다.

"이게?!"

치솟은 황금빛 머리카락이 서서히 회색 잿빛으로 변하면서 크라우치가 입을 열었다.

"저도 이 힘의 정체를 알기 위해 노력했으나 알아내지는 못했습니다. 제 생각에는 일종의 정신력, 아니면 영혼의 힘이 아닐까 합니다. 그렇게 실망하지 마십시오. 확실히 깨달은 것도 있습니다. 마나는 불멸(不滅)이며 불변(不變)입니다. 생명력 또한 불멸이며 불변입니다. 죽음이 죽음이 아니듯이 말입니다. 맥그레이 장로가 던져 준 숙제의 답은 이거였습니다. 하나를 얻으려 하면 다른 하나는 잃어야 한다는 것!"

소리치듯 말을 마친 크라우치가 입을 꾹 다물었다. 그의 창백한 피부 위로 푸른 혈관이 불끈 솟아올랐다.

은은한 은색 빛이 감돌기까지 했던 우윳빛 피부가 불에 대인 듯 붉게 물들어갔고, 깊은 호수 빛 같던 검푸른 눈동자가 온데간데없이 사라지고 짙은 핏빛의 혈안이 떠올랐다.

백발에 혈안이다.

크라우치가 신벌을 받던 때의 모습 그대로였다. 다른 것이 하나 있다면, 마주치기조차 떨리는 혈안에 광기가 감돌지 않는다는 점이었다. 이지가 있었다.

"크으으흡!"

하지만 고통만은 여전한지 크라우치의 붉다 못해 검붉은 입술 사이에서 한줄기 핏물이 흘러내렸다.

"떨어져라! 라도스!"

라도스는 이 일에 익숙한지 무표정한 표정을 유지한 채 지체없이 물러났다.

"라도스! 이게, 이게 대체 무슨 일이냐!"

러팔로의 물음이었으나 라도스는 입을 꾹 다물고 크라우치에게 시선을 고정했다. 말해줘도 모른다. 직접 보는 수밖에. 그 이후는 스스로의 선택만이 남아 있을 뿐이다.

그는 자신도 모르는 사이 검병에 손을 올렸다. 어쩌면 이 자리에서 피를 볼지도 모르기 때문이었다.

억겁(億劫) 같은 시간이 흘러갔다.

느낌이 그러했을 뿐 반 시간도 지나지 않았다.

하지만 러팔로는 그 짧은 시간에 한 십 년은 늙은 듯했다. 눈앞에 있는, 크라우치라고 부르기조차 힘든 크라우치가 그렇게 만든 것이다.

백발의 혈안으로 변한 모습을 그가 보지 못한 것은 아니다. 아니, 어떤 장로들보다도 더 많이 봤고 그 고통을 나누고 싶어 했던 그였다.

하지만 이렇게 정면에서, 그것도 신성 결계를 치지 않은 상태에서 보기는 처음이었다.

떨렸다. 크라우치의 모습이 상상 속에 그려왔던 악마와 다를 바가 없었다. 그 조각같이 아름다운 얼굴 속에 전혀 상반되는 또 다른 모습이 숨어 있었다.

"헉! 이, 이럴 수가!"

말라간다, 중년인이. 시체처럼 축 늘어진 채 크라우치의 손바닥에 정수리가 붙어 있는 죄수가 속이 빈 호박처럼 쭈글쭈글 말라갔다.

이마에 주름이 하나씩 하나씩 더해지더니 머리카락이 크라우치처럼 백색이 되어간다. 제법 살이 붙어 있던 양 볼 살이 쭈욱 빠지면서 금세 중늙은이가 되어버렸다.

그에게만 1초에 한 달이, 1분에 1년이 흐르는 것처럼 순식간에 늙어갔다.

이에 반해 그리엄은 어떠한가!

죄수가 늙어가는 속도만큼이나 피부에 윤기와 탄력이 돌아왔다. 파리한 입술에, 얼굴에, 피부에 점차 혈색이 돌아오기 시작했다.

이 무슨 괴사(怪事)란 말인가!

산 사람은 죽어가고 죽은 사람은 살아난다.

"오! 신이시여……."

감탄이 아니다. 그리엄이 살아나는 것 같아서 내뱉은 환호성도 아니다.

뭐라 말을 할 수 없다. 모순되고 상반된 감정이다.

‘이것, 이것이었나…….’

맥그레이는 이것을 눈치 챈 것이다. 그래서 교를 떠난 것이리라. 삶을 구원받았다고는 하나 목숨보다 소중히 여기는 손자를 잃었다.

자신이라면 어떻게 할 것인가?

이 한 목숨을 살고자 아직 꽃도 피지 못한 어린 생명과 맞바꿀 수 있을까?

분명! …아니라고는 못한다. 자신과 전혀 상관없는 사람이라면 말이다.

“크아아아악!”

쿠웅!

고막을 찢는 듯한 괴성이 크라우치에게서 터져 나오고, 그가 고통을 이기려는 듯 발을 구르자 건물 전체가 흔들렸다.

라도스의 눈빛이 무섭게 가라앉았다. 모든 신경을 수석 장로 러팔로에게 집중했다. 머리 속에서는 무섭게 최단의 검로를 계산하고 있었다.

풀썩!

가벼운 짚단이 떨어지는 소리가 나며 죄수가 허물어졌다.

“훅훅훅……!”

짙은 혈안이 러팔로를 주시했다.

꿀꺽!

절로 마른침이 넘어갔다.

얼마의 시간이 흘렀는지도 모른다. 어느덧 붉은 윤기를 되찾은 크라우치의 입술이 움직였다.

"후우……! 수석 장로님, 그리엄 신장에게 축복을 내려주십시오. 되돌아온 영혼이 안정을 취해야 합니다."

"그, 그러지."

의문도 질문도 많았지만 러팔로는 무엇에 홀린 듯 크라우치의 말에 따랐다.

뭐라 형언할 수 없는 사이한 기운이 사라지고, 그 자리에 포근하고 따듯한 느낌이 드는 신성력이 밀물처럼 밀려들었다가 그리엄에게로 빨려 들어갔다.

"우웩!"

미동도 없이 누워 있던 그리엄의 입에서 한 움큼의 죽은 피가 토해진 연후에 서서히 가슴이 들썩거리기 시작했다. 다시금 숨을 쉬는 것이다.

라도스는 격동에 찼지만 러팔로는 멍했다. 어떻게 반응해야 할지를 정할 수가 없었다.

"살아… 난 건가? 이마에 화살을 맞은 그리엄이?"

"정신은 내일이나 돌아올 겁니다. 살았습니다."

러팔로가 멍한 시선을 크라우치에게로 돌렸다. 예전에 그가 알던 그 모습 그대로 서 있었다. 눈이 부신 황금빛 금발에 깊은 검푸른 눈동자를 가진 크라우치가 말이다.

‘꿈이었을 거야…….’

아니라는 걸 안다.

“어, 어떻게……?”

“교황 할아버지와 장로 할아버지들이 늘 하늘에 감사 기도를 올리라고 하셨던 신께서 주신 천력이 이것입니다.”

크라우치가 피곤한지 의자에 몸을 깊숙이 묻었다. 그가 손짓을 하자 라도스가 기다렸다는 듯이 물 잔을 건넸다.

“마나도 불변이고, 생명력도 불변이라 말씀드렸습니다. 하나의 목숨이 살리기 위해서 그와 상응하는 생명이 필요한 겁니다.”

“말도 안 돼. 어떻게 그런! 한 사람을 살리기 위해 산 사람을! 오오! 신이시여…….”

“수석 장로님께서 찾으시는 그분께서 주신 능력입니다. 지금껏 행해왔던 기적들은 이런 식이었습니다. 만유의 국왕이나 맥그레이 장로님 등을 살린 방법이 말입니다. 드미트리 국왕 때는 누구였는지 모릅니다. 어느 이름 모를 사람이었을지도 모르고, 이 대륙 어딘가에 사는 자일지도요. 맥그레이 장로도, 아니, 어쩌면 그의 말처럼 손자이었을지도 모릅니다. 지금 보신 것처럼 이런 식으로 할 수 있게 된 지는 얼마 되지 않았습니다. 그 처음이 저 친구입니다.”

라도스가 고개를 숙여 보였다. 동의의 표시다.

“라도스는 저를 위해 죽었었습니다.”

러팔로는 충격에서 헤어나지 못했다. 생명을 옮기는 것도 모자라 라도스는 죽었었다라?

"저를 줄곧 따라다닌 친구입니다. 제 고민도 알고 있었죠. 후후, 스스로 제 앞에서 심장에 검을 박더군요. 저를 믿는다면서……."

라도스는 부끄러운지 얼굴을 붉히고는 아무것도 없는 벽면을 응시했다. 여전히 손은 검병 위에 올린 채였다.

"그게 일 년 전의 이야기입니다. 자! 수석 장로님 같으시면 어떻게 하시겠습니까? 그리엄이, 제가 죽었습니다. 장로님은 그들을 살리실 힘을 가지고 계십니다. 그것도 신께서 부여하신 능력을요. 쓰시겠습니까, 모른 척 고개를 돌리시겠습니까?"

질문을 던지는 크라우치는 슬퍼 보였다. 자신이 지금껏 고민하고 있는 문제다.

'한 사람을 살리기 위해 다른 사람을 죽인다.'

과연 해답은 무엇인가?

망루에 올라 아직도 연기가 간간이 피어오르는 전장을 바라보는 러팔로는 수심이 가득 찬 얼굴이었다. 크라우치가 던진 질문의 해답을 찾지 못한 것이다.

그는 마지막 질문에 답하지 못하고 몸을 돌려 망루에 올랐다.

"하아……!"

비록 보고 싶지 않은 광경이나 탁 트인 곳에 올라서자 마음이 한결 가벼워지는 느낌이었다.

"허허허! 나이를 헛먹었구나!"

한탄이었다. 그 자리에서 몸을 돌려서는 안 되는 거였다. 크라우치에게 다가가 그를 따뜻하게 안아주어야 했다. 자신이 이렇게 고민하는데 막상 본인은 어떠했을까?

크라우치의 마음은 이미 천 갈래 만 갈래로 찢어졌을 것이다.

이렇든 저렇든 간에 크라우치는 친손자와 다름없는 아이다. 또한 라미안을 이끌어갈 교황의 신분이다.

"경솔했다, 경솔했어. 지금 내가, 내가 이러고 있을 게 아니라……."

"다 이해하실 겁니다. 그분은 그런 분입니다."

망루를 오르는 계단에서 라도스가 모습을 보였다. 그가 러팔로와 나란히 선 채 말을 이었다.

"검을 신전에 바치고 성기사의 기도문을 올렸을 때부터 전 그분을 따르고자 맹세했습니다. 카뮤님의 성전사, 천신장 아르테르님이 천 길 지옥의 가시밭길을 걸을 때의 마음가짐으로 말입니다. 아르테르님은 천상의 모든 오욕을 뒤집어쓰고 스스로 지옥으로 내려가서 결국은 악마 아포피스의 목을 가지고 오셨습니다."

한 편의 신화를 이야기하던 라도스가 몸을 돌려 강렬한 눈빛을 발했다.

"흐음!"

그가 알던 라도스의 기세가 아니다. 성기사단장이자 12신장의 수장인 천신장 프랭크에 비해 절대 아래가 아니었다.

"왈카의 검은 분명 존재합니다. 신께 반하는 악마의 세력을 처단하라고 주신 거라 생각합니다. 오늘 그분께서는 사라질 이교도 한 명으로 신의 전사를 살리셨습니다. 그 죄수는 어차피 처단할 자였습니다. 장로님의 생각이 저와 같지는 않으시겠지만 저는 그렇게 생각합니다. 아니, 모든 왈카의 검들은 저와 같은 생각을 가지고 있을 겁니다."

러팔로가 라도스의 말뜻을 모르지는 않았다. 신께서 사랑과 검을 함께 내린 이유를 말함이다. 모든 만물을 사랑으로만 대하라는 신의 뜻이라면 검은 필요없을 것이다.

하지만 어느 교단이나 성기사단은 다 있다. 이는 세상이 선으로만 이루어지지 않고 악이 있기 때문이다.

선과 악, 악은 사랑만으로는 교화시킬 수 없다. 검이 필요한 것이다.

라도스는 그런 점을 말하는 것이고, 그의 입장에서 악인 죄수로 선인 그리엄을 살린 점을 강조하고 있었다.

"그분의 그 능력이 오욕이 된다면, 그 짐을 제가 지겠습니다. 제발 부타드립니다. 오늘 그분께서 감추고픈 모습을 보이신 이유를 헤아려 주십시오."

힘들었을 것이다, 혼자서 지기에는 너무나 무거운 짐이기에. 또한 그만 바라보며 목숨을 초개와 같이 던지는 신도들이 중압감을 더했을 것이다.

"못난 꼴을 보였네."

라도스가 털썩 한쪽 무릎을 굽혔다.

"무례를 범했습니다. 이 죄, 언제고 받겠습니다."

러팔로가 라도스를 일으켜 세웠다. 그리고는 그의 어깨를 두드려 주었다.

"나보다 자네가 훨씬 낫네그려. 지금 그 마음을 변치 말고 그 아이를 지켜주게."

"이 목숨, 다하는 그날까지."

"그래, 그래야지. 암, 그래야 하고말고. 허허허."

아직도 전장의 열기가 가시지 않았는지 그들 사이를 지나는 바람에 비릿한 피 내음이 실려왔다.

"이 냄새가 언제 없어질지 모르겠구먼. 너무 안일했어."

"크라우치님이 계시고 저희가 있는 한 절대 지지 않습니다."

"그래, 우린 지지 않아……. 아참, 자네, 정말 죽었었나?"

라도스는 아무런 대답 없이 고개를 숙여 인사를 건넸다. 러팔로와 잘 이야기가 되었으니 성기사들에게 그리엄의 부활 소식을 알리러 갈 참이었다.

자신이 그랬던 것처럼 그리엄은 더욱 강한 모습으로 돌아
올 것이다. 비록 전세가 불리하지만 왈카의 검들은 크라우치
가 있는 한 불사(不死)의 신군(神軍)이다.

Chapter 2

바다의 이야기

저벅! 저벅! 저벅!

바늘 떨어지는 소리조차 나지 않았다.

일개 사단이 사열을 받을 수 있을 정도로 넓은 시네르아 궁성의 정전(正殿), 펠리오 대전이다.

하루에도 수백 명의 명망 높은 귀족들이 들락거리는 곳이며, 시네르아의 주요 정사(政事)를 결정하는 장소이다.

사람이 없는 것도 아니다. 형형색색의 화려한 드레스로 잔뜩 치장한 여성들과 나름대로 멋을 부린 남성들, 시네르아의 귀족이란 귀족들은 죄다 모인 듯 발 디딜 틈 없이 대전을 가득 메웠다.

벨제르의 역모 사건이 수습된 이후 처음으로 제후가 주관하는 정의(廷議)가 있는 날이었기 때문이다.

그뿐만이 아니다. 역모 사건에 대한 논공행상을 마치고 공과에 따라 처분을 내리는 행사가 예정되어 있었다.

군중들은 숨도 쉬지 않고 당당한 걸음걸이로 대전을 가로지르는 한 청년에게 온 신경을 집중하고 있었다.

시네르아 정계에, 사교계에 새롭게 떠오른 별이다.

신성(新星), 이 말로도 그 청년을 설명하기엔 부족함이 있었다.

헤르반 제후는 역모에 연류되어 자살한 플루드 공작가의 저택을 저 청년에게 하사했다. 단순히 집 한 채를 준 의미가 아니다.

제1군단 군단장 자리를 제외한 플루드가 가지고 있던 모든 권력까지 넘어갔다는 의미가 맞을 것이다.

벌써부터 말 만들기 좋아하는 호사가들은 저 청년이 제후에게 끼치는 영향력이 플루드를 능가하며, 못해도 근위단장 위슬리 정도는 된다고 떠들고 다녔다.

그렇다고 그 전부를 믿을 바는 아니지만 반만 맞는다고 쳐도 대단한 일이었다.

이제 갓 약관을 넘은 나이에 5써클의 마법사로, 레티아를 이어 대마법사에 오를 기재로 각광받는 개인의 역량도 출중했지만 출신 가문의 내력도 만만치 않았다.

스왈츠, 대륙 전쟁 영웅의 가문인 스왈츠 가의 당대 가주였다.

"많이 비었군요."

한 귀퉁이에서 영양가없는 대화를 나누던 군중들 사이로 콧대가 휘어진 사내가 뜻 모를 말을 내뱉었다. 대전이 미어터질 정도로 꽉꽉 들어차 있는데 많이 비었다니?

그러자 그 옆의 중년인이 수긍을 표했다.

"그러니까 이렇게 얼굴 도장이라도 한 번 더 찍으려고 몰려든 것이 아니겠나?"

아닌 게 아니라 저 벽촌의 이름 없는 귀족들까지 신년 하례 인사를 온 것처럼 귀족이란 귀족은 죄다 몰려든 듯했다.

대왕대비 벨제르의 역모 사건으로 인해 꽤 많은 수의 중앙 귀족들이 숙청을 당해 그네들의 자리가 공석으로 남아 있는 상황이었다.

자리가 비었다는 게 아니라 안면이 있던 주요 인사들의 모습이 보이지 않는다는 의미였다. 역모 사건의 결과였다.

"저, 유진이란 친구는 위렌 공작의 줄이라는 소리가 있던데……."

이맛살을 찌푸린 중년인이 혀를 찼다.

"쯧쯧, 자넨 언제적 소리를 하고 있나? 내가 듣기로는 궁성에서 모반이 일어났을 당시 위렌 공작은 성에 들어오지도 못했네."

짐짓 놀란 표정을 지은 사내가 빠르게 재우쳐 물었다.

"그 말씀은?"

"이렇게 소식에 늦어서야, 쯧쯧."

다시 한 번 혀를 차고는 마치 귀중한 정보를 알려준다는 식으로 목소리를 낮추었다.

"내 먼 친척 중에 근위기사가 있는데, 그 아이가 그러더군. 역모 사건을 미연에 알아채고 대마법사님과 공조를 해서 평정을 한 것이 스왈츠 가라고. 그러니까 주공은 대마법사 레티아님과 스왈츠 가에 돌아간다는 소리지."

"아아, 그렇습니까."

"게다가… 대마법사님이 저 청년을 탐낸다는 소문도 있어."

"아니, 그럼?"

"그렇지. 제자로 받아들일 수도 있다는 뜻이지. 만약 그렇게 되면 어떻게 되겠나?"

마른침을 삼킨 사내가 다시금 단상에서 한쪽 무릎을 꿇고 있는 칸야를 쳐다보았다.

"새로운 파벌이 생기겠군요."

"그 이상이지. 은거에 들어가셨다고 알려진 레티아님이 이번 일을 계기로 전면에 나서는 게야. 그 힘은 고스란히 저 청년에게 옮겨가고 말일세. 레티아님은 예전부터 제후님의 후원자가 아니신가? 결국 스왈츠 가도 제후님의 힘으로 돌아서는 거고, 어쩌면… 기존 권력 구조가 한꺼번에 무너질 수도 있다는 뜻이라네. 아니지, 이미 무너졌다고 봐야겠지."

사내가 그럴지도 모른다고 고개를 끄덕여 동의를 표하는 순간, 궁성 시종장이 대변한 제후의 긴 치하가 끝이 나고 군중들의 귀를 확 트이게 만들어주는 목소리가 들렸다.

"…이에 시네르아의 제후 조지 클라디아 헤르반은 유진 그란델… 스왈츠 공에게 전 공작 플루드가 소유했던 설빈 영지와 함께 후작의 위를 제수(除授)한다!"

말소리가 끝나기 무섭게 곳곳에서 웅성거림이 일었으나 반기를 들고 나서는 자는 단 한 명도 없었다. 제수란 의미는 신하와의 논의없이 제후 뜻대로 작위를 내린다는 뜻이다.

제후와 권력을 양분하다시피 했던 벨제르가 사라진 마당에 직접 대고 제후의 뜻을 반할 인사는 없었다.

놀랍기는 작위를 받는 당사자인 칸야도 마찬가지였다. 백작 정도의 위를 예상했는데 갑작스런 후작이라니. 그가 슬쩍 단상을 쳐다보자 헤르반과 레티아만이 평온한 표정이었다. 그 둘의 결정인 것이다.

헤르반 제후가를 나타내는 의제용 검이 양어깨에 올려지고 긴 격식의 기사 서임식을 병행한 작위 제위식이 끝났다.

이로써 스왈츠 가는 3백 년의 유랑 생활을 끝내고 크로시안 제국의 시네르아 제후 헤르반 가(家)의 봉신(封臣) 가문이 되었다.

그 시각, 1골드는 엷은 비린내가 풍기는 바닷바람을 맞고 있었다.

"조금은 홀가분한가?"

스스로에게 던지는 질문이었다.

답은, 마음이다.

그리 생각하면 그런 것이요, 더한 욕심이 있다면 부족할 것이다.

하지만 자신조차도 정답을 내놓지 못했다. 인간지정을 물질의 척도로 재지 못하기 때문이었다.

이름마저 유명무실해진 가문의 이름을 다시 세웠다. 게다가 가문의 소망이었던 소드 마스터가 되었다. 그렇다고 유진이 베푼 은혜를 다 갚았다고 할 수는 없었다.

아니, 은혜라는 말이 틀릴지도 모른다. 별 볼일 없는 자신에게 아낌없이 준 부정(父情)이다. 무엇을 해도 다 갚지는 못하리라.

다크 엘프, 뜻하지 않은 인연이다. 작은 공간이나마 그들이 활동할 수 있는 영역을 만들어주었다. 그것으로 그들이 흘린 피값을 다 갚았다고 할 수 있을까?

1골드는 고개를 저었다.

'영의 종속……'

인간 대 인간으로 종속자라니, 그의 사고와는 맞지 않았다.

하지만 부정할 수도 없었다. 현실이 그랬으니까.

'잘도 숨어 있군.'

그가 마스트(Mast)와 터질 듯 부풀어 오른 돛의 이음새 부분, 음영(陰影)에 시선을 주었다. 순간 그늘진 부분이 미세하게 떨리는 듯하더니 그 영역을 좁혔다.

'큭큭. 녀석, 놀라기는……. 홉이라 했던가?'

호위인 홉이 몸을 숨긴 부분이었다.

피식, 웃은 1골드는 시선을 끝없이 펼쳐진 망망대해로 향했다. 그 끝에는 신성 투실바 왕국이 있었다.

'옳은 결정인가?'

이성은 아니라 했다. 한 달여의 짧은 인연으로 10여 년을 벼른 일을 제쳐 둘 만큼의 가치가 없다 한다.

하지만 가슴은 잔잔한 해풍을 탓하며 이미 저만치 달려가고 있었다.

웃기는 일이다. 그저 좋은 인연이라 여기고 안타까워하며 스치면 그만인 것을 만사를 제쳐 두고 뛰어간단 말인가?

더 웃기는 일은 투실바가, 아니, 크라우치에게 가까이 갈수록 마음이 설레인다는 것이다. 마치 오랫동안 떨어져 있던 연인을 만나는 것처럼 말이다.

'참, 인연이라는 게 알 수가 없다더니……. 왜 이토록 끌리는 걸까? 힘들 때 보살펴 주었기 때문일까?'

양쪽 세상에서 정인(情人)을 모두 잃고 만난 인연이었다.

아마도 그래서 마음속 깊이 각인되었을 것이다.

'전생에 부부였나? 크큭, 별의별 생각을 다 하네. 어차피 만유에서부터 시작할 일이었다. 이래저래 같은 길이다. 잠시 돌아가는 것도 나쁘지 않아. 마음이 가자고 한다면……'

잡생각을 털어버리려는 듯 숨을 깊이 들이쉰 1골드가 고개를 돌렸다.

"칸야 녀석은 잘 치렀으려나? 후작이라, 나쁘지 않군."

1골드는 떠나오기 전날에 봄멜과 함께 제후와 은밀한 만남을 가졌었다. 새로운 영지와 후작의 작위, 그리고 제후의 봉신이 되는 것까지 다 그 만남에서 합의된 사항이었다.

헛웃음이 흐른다. 문득 헤르반이 그를 대하는 모습이 떠오른 것이다.

"영의 종속자를 이런 식으로 거두는 것인가?"

생명의 은인이라 할 수 있지만 헤르반은 그 이상으로 그를 맞았다.

서큐버스와 아드카빌론.

헤르반의 정신세계에서 있었던 일이 뇌리에 깊이 각인되어 있는 듯싶었다. 다크 엘프들 정도까지는 아니더라도 헤르반은 1골드를 마치 친형처럼 대했다. 의지하고 믿고 따를 수 있는.

"영혼에 새겨진 기억이란 것이 그런 것이구나. 선이냐, 악이냐의 차이인가?"

공포와 경외라는 생각이 들었다.

아드카빌론은 드래곤 특유의 흉포함을 반 일족의 뇌리에 깊숙이 새겨 종속(從屬)으로 만들었던 것이고, 1골드가 현신한 아드카빌론은 헤르반에게 의지의 대상이 된 것이다.

1골드에게서 은근히 풍기는 기운에 친밀감을 넘어 우상을 대하는 듯했다.

그래서 우탕가에 자리를 잡은 이유를 말해주긴 했지만 말이다.

거짓도 진실이 포함되어야 믿음이 생긴다. 시네르아에 자리를 잡기로 한 이상 그곳의 지배자인 헤르반에게 거짓된 모습만 보여줄 수는 없었다.

그를 만나면서 보여주었던 몇 가지의 거짓말들은 조금만 알아보면 금방 들통이 날 것들이었다. 괜한 의심을 만들 필요는 없다.

생각이 다크 엘프들 쪽으로 미치자 절로 한숨이 나왔다.

'이거 보통 일이 아니구나. 반 일족을 영의 종속에서 해방시키려면 내가 아드카빌론보다 더한 공포의 존재가 되어야 한다는 소리네. 후와! 보통 일이 아니다.'

인간으로서 드래곤을 뛰어넘는다라……. 가당키나 한 일인가.

현세에 살고 있는 인간들은 드래곤을 본 적이 없다지만, 그는 달랐다. 드래곤으로서 반신반수가 된 아드카빌론을 직접 만나보았다. 절로 한숨이 나오는 소리였다.

"뭐, 어떻게든 되겠지. 안 그러냐, 홉?"

"……."

뿌우! 뿌우우!

뿔 나팔 소리가 높게 울려 퍼졌다.

망망대해에서 나팔을 부는 일은 흔치 않다. 최악의 경우 해적이 나타나던가, 지금처럼 다른 배가 스쳐 지나갈 경우였다.

1골드가 살며시 고개를 돌렸다. 그의 시선 끝에 상인이라기보다는 강인한 뱃사람을 보는 듯한 스캇이 걸렸다.

"맨 위의 큰 깃에 새겨진 잎이 많은 꽃 같은 문장은 카시리아 왕국의 깃발입니다. 그 아래 작은 삼각기는… 으음."

"검은 고양이가 그려져 있다."

"아! 감사합니다, 주군. 검은 고양이는 카시리아 왕국의 하운드라는 지역의 영물로 알려져 있습니다. 저 문장을 사용하는 가문이라면 패럴 공작가입니다. 검은 고양이가 지역을 휩쓸었던 전염병을 막아주었다는 전설이 있어……. 험험! 죄송합니다. 그 아래 노란 돼지는 재물을 불러온다 하여, 일종의 민간 신앙으로 재물 신을 나타냅니다. 프레스터란 상단의 표시입니다."

어느덧 다가오던 무역선의 선원들의 얼굴까지 보일 정도

가 되자 스캇이 손을 흔들었다.

"제국 내 해역을 통과하려면 통행세가 이만저만하지 않습니다. 그래서 후원자의 깃발까지 걸고 잘 봐달라는 표시를 합니다. 물론 우리 배는 전혀 걱정이 없습니다만."

1골드가 고개를 끄덕였다. 알라모에서 제국의 동북단에 위치한 로스빌까지 오기도 전에 3번의 기찰을 받았었다. 물론 제국 해군이 선상에 오른 적도 없었다. 시네르아 제후의 깃발이 걸려 있었기 때문이다.

"스캇, 배마다 항로는 다른가?"

1골드는 배나 항해에 대해 아는 지식이 전무했다. 바다를 본 것도 아이온에 와서 처음이었으니.

"바닷길은 크게 다르지 않습니다. 항로란 것이 경험적으로 내려오는 가장 안전한 길이다 보니 선장에 따라 지름길을 사용하는 자도 있지만 대부분 동일합니다."

"지름길?"

"일종의 노하우죠. 그래서 선장을 잘 선택해서 배를 맡겨야 합니다. 하루 이틀 차이라도 장사꾼한테는 많은 차이가 있습니다. 거래는 타이밍이 중요하니까요."

"그렇군."

잠시 말을 끊은 1골드가 수평선에 시선을 고정한 채 물었다.

"바다의 위험을 말해보라."

"위험이라면… 무수히 많지만 아무래도 첫째는 신의 장난입니다. 폭풍이나 날씨의 변덕은 인간이 어쩔 수 없는 것이니까요. 둘째는 해적입니다. 아무리 경비를 위해 용병을 고용해도 배 한 척에 가득 찬 해적을 다 막을 수는 없는 노릇이고, 그놈들도 나름대로 칼밥을 먹고사는 자들이라 더욱 그렇습니다. 도망치기도 쉽지 않습니다. 육중한 무역선에 비해 해적선은 상당히 빠릅니다. 항해 중 해적을 만나면 그 무역은 종쳤다고 봐야 합니다. 상품을 바다에 다 수장시키고서라도 도망쳐야 하니까요."

뼈아픈 경험이 있는지라 스캇은 입맛을 다시고는 말을 이었다.

"마지막은 관리들이죠. 반입 금지 물품이니 뭐니 하며 생떼를 쓰면 대책이 없습니다. 그냥 조용히 금화를 목구멍에 처박아 입을 막는 수밖에요. 아아! 밀무역을 말씀드리는 게 아니라 정상적인 거래에서도 그렇습니다. 제놈들이 슬쩍 하나 흘려 넣고 발광을 하면 며칠씩 붙잡혀서 배를 조사당합니다. 차라리 그놈들의 주머니를 채워주는 게 낫습니다."

말을 마친 스캇이 1골드를 슬쩍 올려다보았다. 하지만 워낙 1골드가 크다 보니 목이 반쯤 돌아갈 정도로 고개를 돌려야만 했다.

'어휴! 저놈의 가면 때문에 표정을 볼 수가 있어야지. 할 말 없으니 가라는 건지 생각을 하시는 건지……'

“스캇.”

“예? 예!”

“그분께서는 어디에 계신다고?”

저 삭막하고 무뚝뚝한 주군이 존칭을 쓰는 이는 몇 명 되지 않는다.

“크라우치 사제님은 테리 성에 계신다고 들었습니다.”

이미 보고한 내용이었다. 왜 다시 묻는지 알 수가 없어 고개를 갸웃할 때 1골드가 몸을 돌렸다.

“전세는?”

“현재는 교착 상태로, 보고에 의하면 조안 왕 측에서 장기전으로 몰고 가면서 동요하는 민심을 안정시키고 테리 성에 크라우치님을 몰아넣은 채 고사 작전을 펴면서 지방 영주들을 회유하고 있는 것으로.”

“얼마나 버틸 수 있을 것 같나?”

아는 사항을 다시 상기시킨 후 보고를 뚝 자르고 들어오는 1골드의 행태는 무언가 명령을 내리기 직전이란 것을 스캇은 경험을 통해 알고 있었다.

그의 말이 빨라졌다.

“저희 미천한 상인들의 눈에는 길면 9개월, 빠르면 반년입니다. 그 이상은 버티기 힘들 거라고……..”

상인들 사이에 퍼진 통설이었다. 상인의 정보 분석력은 가벼이 볼 문제가 아니었다.

"조안의 군상(軍商)이 어디라고 했지?"

"헙!"

스캇은 일순 입을 다물었다. 약간은 파격적이면서도 그 속을 알 수 없는 무서운 주군이 위험한 생각을 가진 듯해서였다.

"저……."

스캇이 말을 꺼내지 못하고 망설이는 듯하자 말을 하라는 듯이 1골드가 턱짓을 보냈다.

"송구스러운 말씀입니다만, 상인은 절대 원한은 잊지 않습니다. 다만 마음속 깊이 감추어둘 뿐입니다."

"……."

"일단 모든 상인은 중립의 위치입니다. 전쟁에 군수품을 대는 것이 상인이지만 전쟁의 승패와 상관없이 이익을 좇아 물건을 팔 뿐입니다."

1골드는 가만히 스캇의 눈을 보았다. 조금은 탁한 듯한 푸른 바다 빛 눈동자였다.

"그런가? 그럼 아무런 위험을 감수하지도 않고 무기만 팔아 이득을 챙기는 것인가?"

스캇은 역시나 싫었다. 주군은 조안 왕 측의 군상을 괴롭혀 크라우치를 도우려는 생각을 가진 것이었다.

상단은 외형상 경쟁자의 관계지만 길드의 내부 결속력은 상당히 끈끈한 편이다. 권력으로, 직위로 귀족들에게 수많은 수탈을 받아온 역사가 그리 만들었다.

"그건 아닙니다. 제가 말씀드리고 싶은 것은 물품을 인도하는 장소의 차이입니다. 군상은 전쟁터까지 물품을 배달하지 않습니다. 대부분 국경 지대나 안전한 후방에서 인도를 합니다. 그 다음은 상인의 책임이 아닙니다. 또한 패전을 하게 되면 판매 대금을 회수할 수 없는 위험도 있습니다."

"그럼 일부 병력을 돌려 적의 군상을 치는, 그런 적은 한 번도 없었나?"

스캇은 고개를 크게 끄덕이며 대답했다.

"단연코 한 번도 없었습니다. 보통 군상은 강대국의 상단을 지정합니다. 결론적으로 군상 뒤에는 그 국가가 있게 되는 겁니다. 군상을 치러 병력을 보내면 타국에, 그것도 강대국에 도발 행위를 하게 되는 것이지요. 현재의 적보다 더한 강적을 만들게 된다는 말입니다. 게다가 부수적으로 대륙의 모든 상단과 등을 돌리게 되는 것이고요. 조안 왕가도 마찬가지로 밀리언 연방의 상단과 계약을 맺었습니다. 상단이 오가야 무역을 하고 재화가 돌아 돈을 벌고 국가 재정이 튼튼히……."

"그렇군. 해적질 한번 해보려고 했는데 재미없게 됐어. 아! 밀리언이라고? 산적이군. 어쨌든 조금 아쉬운걸."

철가면 밑으로 씩, 미소를 지은 1골드는 고맙다는 듯이 스캇의 어깨를 두드려 주고는 선실로 향했다.

울퉁불퉁한 굳은살이 손바닥 전체를 덮다시피 한 커다란 손바닥 위에 어울리지 않는 엄지손톱만 한 매끈한 유리 구슬이 놓여 있었다.

어느 때부터인가 손바닥에 아지랑이가 피어나더니 구슬에서 어슴프레한 빛이 흘러나왔다.

"들려?"

—어어어! 형!

"그래, 나다."

—어디예요? 몸은 괜찮으시죠? 투실바에 도착하신 거예요? 거기 사정은 어때요? 그 사이비 신관은 만나보셨나요?

투박하게, 그러나 빠르게 말을 쏟아내는 칸야의 음성에는 반가움이 역력했다.

1골드의 눈매도 한층 부드럽게 휘었다.

이동 중에도 음성은 전할 수 있다며 봄멜이 손에 쥐어준 통신 구슬에 감탄하며 그가 부드럽게 말했다.

"하하! 너석, 떠난 지 얼마나 됐다고. 한 달 정도면 도착한다고 하더라. 그건 그렇고, 사제님한테 사이비라니?"

—쳇! 사이비 맞아요.

칸야에게 크라우치는 첫인상과는 달리 그 끝이 좋지 않았다.

"후작이 된 기분은 어때?"

—매일 파티에 불려 다녀서 귀찮긴 하지만 기분이 썩 나쁘

지는 않네요. 고귀하신 귀족들이 굽실거리는 걸 예전엔 상상도 하지 못했던 일이라 우습기도 하고요.

버려진 고아에서 수인족으로 다시 제국의 후작이 되었으니 상상도 못한 일이었다.

몇 가지 당부가 오가고 1골드가 통신을 연 본론을 꺼내들었다.

"그라노프는?"

―이번에 받은 영지에 가 있어요. 하늘에서 떨어진 후작이라 영지 내 귀족들이 조금 반발을 하더라고요. 우탕가에서 하즈도 불러올렸고요. 그라노프와 함께 영지를 정리하라고 보냈어요. 저도 이곳 일이 어느 정도 마무리되면 한번 내려가 봐야죠. 쳇! 형하고 같이 있고 싶은데…….

"거기 일도 나한테는 중요해. 네가 남아 있어주어야 든든하다."

1골드는 죽어도 떨어질 수 없다는 4대 호위를 제외하고는 단 한 명의 다크 엘프도 데려오지 않았다.

교단과 다크 엘프는 절대 어울리는 조합이 아니다.

그가 타고 있는 스캇의 상선에는 아즈빌 병사와 샤오스에서 모집한 용병과 1개 대만 타고 있었다.

그리고 뱀파이어 로드 퀸과의 일전을 벌이며 박살 낸 암살 길드들에서 흡수한 쉐도우들은 다른 경로로 북상하는 중이었다.

　쉐도우들은 암살뿐만 아니라 잠입, 은신의 귀재들이라 정보 수집 등의 여러모로 쓸모가 많다.

　"그럼 귀 없는 엘프는?"

　―하하! 루슬란이요. 그는 여기에 있어요. 왜요? 뭔 일이 있으세요. 제가 직접 갈까요?

　"아니, 너까진 올 필요 없고, 반 일족이 조금 필요하다. 불러도 될까?"

　―형도 참, 당연한 말씀을! 여긴 별일 없으니 그냥 데려가세요. 형이 없으니까 죽도 못 먹은 것처럼 비실비실해진 그들을 보기가 참 그렇더라구요. 왜 자신들을 데려가지 않았냐고 저만 보면 도끼눈을 뜨고 있어요.

　"그래? 녀석들도 참. 그럼 루슬란에게 산적이 될 준비를 하라고 해."

　―산적이요?

　조안 왕가의 군상이 밀리언 연방에 소속된 상단이라 했다. 투실바와 밀리언 사이에는 해로가 없기 때문에 당연히 육로로 가야 하고, 그 중간에는 만유 왕국이 있다.

　만유.

　꼭 가야 할 곳이며, 가야만 하는 곳이다.

　다크 엘프에게 군상을 치라는 명령을 전하라는 말을 들은 칸야가 물었다.

　―무기들은 어떻게 해요? 스캇 상단을 보내 가져오라고 할

까요? 가져오기에는 너무 먼 듯한데요.

"묻어."

─예?

"썩는 것은 태워 버리고, 나머지는 그 근처에 눈에 안 띄게 묻으라고 해. 언젠가 쓸 일이 있을지도 모르니까.

─아하! 그렇군요. 언젠가는 말이지요?

"자세한 건 로스빌에 도착하는 대로 서신을 띄우마."

통신 구슬에서 마나를 거두며 1골드가 혼잣말을 내뱉었다.

"안 걸리면 장땡이지."

심증은 가도 물증을 남기지 않으면 그만이다.

다크 엘프들에게는 적격인 일이었다.

"안 자?"

좁은 창으로 들어오는 희미한 달빛에 나신을 드러낸 수진의 자태는 매혹적이었다.

하지만 티 테이블 의자에 앉아 그녀의 시선을 받는 1골드는 무덤덤했다.

"좋은데."

"응? 뭐가?"

"달빛도, 공기도, 잔잔한 흔들림도… 그리고 네 모습도……."

"칫, 거짓말만 늘어서. 그런 눈으로 그런 말하면 어떤 여자도 안 믿어.”

새침한 표정과는 달리 싫지만은 않은지 눈가에 웃음이 걸려 있는 수진이었다.

“나 요즘 이상해.”

“응? 이상?”

“내 안에… 머릿속에… 아니, 아니, 뭐지? 아이! 씨이, 뭐라고 말해야 하지……. 아! 나 요즘 꿈꿔.”

“꿈? 꿈꾸는 게 뭐가 이상한데?”

아찔한 상체를 드러낸 채 가릴 생각도 없이 침상에 걸터앉으면서 수진이 말을 이었다.

“자기야, 난 꿈을 꾼 적이 처음이란 말이야. 지금껏 한 번도 꾼 적이 없었는걸.”

인간으로 태어나 죽임을 당하고 인위적으로 마법과 약물에 의해 만들어진 수진이었다.

그런 그녀가 꿈을 꾸는 것이 가능할까?

1골드는 그럴 수도 있다 여겼다. 인형이 아니다. 움직이기에 육체를 컨트롤하고 삶을 영위한 정신이 필요했으니.

그가 육중한 몸을 일으켜 수진의 옆에 자리했다. 그의 두툼한 팔이 수진의 여린 어깨를 감싸 안았다.

“이제는 혼자가 아니잖아. 여러 사람들과 부대끼고 살다 보니 그런 걸 거야. 난 네가 꿈을 꾼다고 하니까 더 좋은데, 넌 싫어?”

"아니, 싫다기보다는 보이는 장면이 맘에 들지 않아."

"어떤데?"

"빨게. 전부다. 그 속에 혼자 서 있어. 마치 피로 물든 세상에 홀로 있는 것 같아. 자기도 없이… 그래서 싫어. 피 따위가 무서운 게 아니라 외로워서."

1골드만의 느낌이었을까. 수진의 통망울만 한 눈동자에 습기가 차는 것 같았다. 거친 손길이 수진의 부드러운 머리카락을 쓸었다.

"언제부터 꿈을 꿨어?"

"궁에 갔다 온 다음부터. 가끔씩."

"충격이었나?"

"아니, 그 까짓것 아무렇지도 않았는데."

만들어진 인형, 키메라에 감정이 생기는 게 가능한 걸까?

1골드가 전부터 품고 있던 의문이었다.

하지만 수진은 그랬다. 도저히 만들어졌다고는 생각지 못할 정도로 인간과 똑같았다.

'드래곤의 힘이다' 라는 게 1골드의 결론이었다.

그 후 다 잊었다. 수진을 인간으로 여기고 그렇게 대했다. 하지만 이런 말을 할 때마다 의문이 드는 것은 어쩔 수 없는 노릇이었다.

수진을 안아 침상에 눕힌 1골드가 그녀의 귀에 대고 작게 속삭였다.

“난 아무 데도 안 가. 널 혼자 두곤 말이야. 걱정하지 말고 자. 내가 재워줄게.”

“자기는?”

“선상이라서 그런가, 잠이 오질 않네.”

“알았어. 난 자기의 따뜻한 품이 좋아, 히히히. 나 잘 때까지 가면 안 돼.”

1골드가 대답 대신 넓은 품으로 수진을 안았다.

“꿈같은, 지금까지와 다른 일이 생기면 꼭 애기해 줘. 알았지?”

“응.”

수진이 잠든 후, 1골드는 갑판으로 나왔다.

여전히 하늘엔 세 개의 달이 어둠에 잠긴 바다를 비추고 있었다.

세 개의 달.

아무리 시간이 흘러도 이질적인 모습이다. 거인으로 변한 몸도, 칼자루를 잡고 휘두르는 모습도.

하루를 1시간처럼 바쁘게 살아온 그에게 선상 생활은 오랜만에 깊은 사색의 시간을 주었다.

어느 때부터인가 잠이 줄어 1시간 반 정도만 자도 충분했기에 시간은 넘치도록 많았다.

하지만 넘치는 시간은 짐도 떠넘겼다.

상념(想念).

그 속엔 욕망도, 원한도, 회한도 숨어 있었다.

뒤틀린 수레바퀴 같다고나 할까.

이곳은 그가 있어야 할 곳이 아니다. 다른 세상의 존재가 이곳에 있다는 것 자체부터가 어긋남이다.

시작은 처음부터 좋지 않았다.

원한과 아픔으로 시작했으니 좋을 리가 없다.

그 끝은 어떠할까?

'내가 왜 여기 있는 걸까? 그리고 지금 왜 전쟁터로 뛰어들려고 하는 거지? 정우야, 넌 무엇을 바라니? 어이, 높으신 양반들, 당신들은 무엇을 바라고 나를 여기 있게 만들었소?'

의미없는 물음에 대답없는 하늘이었다.

'불쌍해서 그런 것인가? 이곳에서는 잘 살아보라고? 칫! 젠장할! 처음부터 개지랄을 떨어놓고…… . 아! 정말 모르겠다. 그래도 하나는 분명히 알지, 해야 할 일이 있다는 것. 할 일은 해야지.'

문득 1골드는 투박한 손을 내려다보았다.

피 묻은 손. 이 손으로 수십, 수백의 목숨을 빼앗았다.

'허어! 이거 뭐야? 다를 게 없잖아, 그놈들하고. 그러고 보니 이 세상 어딘가에서 나를 원수로 삼고 칼을 갈고 있는 자들이 있을지도 모르겠네. 크크큭, 재밌는 세상이야. 혹 그런 사람이 있다면 누군지는 모르겠지만 기다리쇼. 할 일을 끝내

고 당신들을 상대해 줄 테니까. 아아! 그 대신 센 놈이 사는 거요. 그냥 죽어주면 내가 억울하잖소.'

그러자 크라우치와의 만남이 그려졌다.

어머니의 품 같은 부드러운 미소를 지으며 달관한 노승처럼 복수의 덧없음을 일깨워 주던 그 모습이. 원한은 돌고 돌아 언젠가 돌아온다고 했던가?

"맞는 말이오. 하지만 난 그리 선자(善者)가 아니니 어쩔 수 없는 일이 아니겠소? 난 생각보다 상당히 이기적인 사람이라서 말이오. 후후."

1골드는 눈앞에 크라우치가 있는 것처럼 말을 하고는 털오라기 하나 없는 민머리를 쓰윽 문질렀다.

"모자를 벗어서 그런지 오늘따라 바람이 시원하다."

맹수의 눈처럼 엷은 광채를 흘리는 그의 눈동자가 은은한 달빛만이 비추어주는 검은 바다로 고정되었다.

저 멀리서 이름 모를 물고기가 힘차게 뛰어오른다.

상어처럼 지느러미를 세운 무리였다. 흥미가 동한 그는 안력을 높였다. 밀림의 짙은 어둠도 대낮처럼 볼 수 있는 그였다. 이 정도의 어둠은 장애가 되지 못했다.

"이곳에도 돌고래가 있나? 참 경쾌하게 물살을 가르고 가는구나."

상념을 털어버리려는 듯 그것에 모든 관심을 쏟았다.

어느 순간부터 사고 수련처럼 모든 걸 잊었다. 오직 이름

모를 물고기의 모습만 뇌리에 담았다.

그러다 자연스레 궁궐에서의 소드 마스터와의 대결로 장면이 이입되었다.

미루브와의 일전이 그에게 앙금으로 남아 있었던 것이다.

내력도, 검술도, 경험도 모두 밀렸었다.

살아남은 이유라면 오직 하나, 숨겨진 3푼의 마법이 있었다는 것. 아니면 죽었을 것이다.

그 결전이 슬라이드처럼 한 장면 한 장면 머리를 스쳐 갔다.

'참 무식하게도 싸웠다.'

검술이라고 부르기도 뭐한 단순한 힘의 대결이었다.

'그때 한 발 빠지면서 사선으로 베면, 으음…… 그래도 내 목이 먼저 떨어지겠군.'

비슷한 수준의 상대라면 아무래도 속도에서 차이가 있었다.

'이놈의 덩치가 문제인가? 작게 만들 수도 없는 노릇이니. 간결한 동작?

아니다. 더 이상 간결할 수 없을 정도로 기사의 검술은 정제되었다.

허초? 그런 건 전쟁터에서는 체력만 낭비하는 헛된 동작이다. 오직 적을 죽이기 위한 검술이기 때문이다.

'더 빠르게? 어떻게? 검 길이를 줄일까? 에이, 손에 딱 맞는데. 흐음…… 삼체 중 육체는 거의 완성에 가까운 상태니 도

구를 탓할 순 없다.’

아무리 인간의 한계를 뛰어넘었다고는 하나 순수한 육체만으로 낼 수 있는 힘과 속도에는 극한점이 있다.

그 이상의 기운을 북돋아주는 건 기이자 마나다. 이마저 같다면…….

‘찰나의 시간에서 승패가 갈린다. 최적의 검로를 찾으면 억만 분의 일 초라도 더 빠를 수 있겠지. 최적의 검로, 최적의 검로. 그런 게 있을까?

검술를 조각조각 나누어보면 결국 검로다.

검의 길.

오랜 시간 동안 이어져 온 검술은 결국 경험적으로 최적의 검로를 연결해 놓은 것이라고 볼 수 있다.

검술은 적을 최대한 쉽고 빠르게 잘 죽일 수 있는 법이니까.

‘같은 검로라도 개인마다 속도의 차이는 있지. 육체 단련, 마나, 순간 반응 속도, 헤아릴 수 없을 정도로 많은데 제일 빠른 검은 멀까? 으응! 물을 베고 달을 벤다?

달이 바다를 비추고 있어서일까? 문득 그런 생각이 떠올랐다. 폭포수를 자르고 달을 베는 무사란 소리를 어디선가 들어본 듯했다.

‘우주선을 타고 가야 도달할 수 있는, 그것도 어마어마하게 큰 달을 벤다? 그리고 물? 쇠붙이 따위로는 유체를 벤다는

건 물리학적으로 도저히 있을 수 없는 일이지만 착시를 일으
킨다면 가능하다. 시공간을 왜곡시킬 만큼의 빠름이라…….
엄청 빠르겠네. 한번 베어볼까? 머리만 굴려봤자 달이 베어
지는 것도 아니니.'

　몸의 일부분처럼 되어버린 대검을 빼 들어 육체 본연의 힘
만으로 아무 생각 없이 검을 휘둘렀다.

　슈앙!

　당연 휘영청 밝은 달은 멀쩡했다.

　1골드는 속으로 웃었다. 한때 이공학도로서 너무도 당연한
결과였다.

　이 아이온의 천체는 모르지만 적어도 수만km는 떨어진 위
성(衛星)을 인간이 짧디짧은 검 한 자루로 벤다는 게 가당키
나 한다는 말인가.

　"후훗! 너무 먼가. 어디 이번엔."

　우우웅!

　검이 운다.

　1골드의 입가에 만족한 웃음이 번졌다. 마나에 공명하며
검이 떠는 이 느낌, 언제부터인가 너무도 기분이 좋았다.

　'아마도 아드레날린 때문이겠지.'

　과학도이자 무사인 1골드는 그런 생각이 들었다.

　사람이 불가사의한 힘을 낼 때는 뇌에서 아드레날린이 분
비되어 마치 마약에 취한 환각 상태가 된다고 했다. 너무도

기분이 좋은.

하지만 마약쟁이와 다른 점이 있다면, 단련된 무사는 환각 따위에 취하지 않는다는 것. 더욱 냉철한 이성을 유지할 수 있다. 지금의 그처럼.

스슥!

상단세를 취하면서 오른 다리를 뒤로 뺐다. 허리의 비틀림, 어깨와 손목의 작은 회전이 전해져 온다. 육체의 작은 원심력까지 이용한 최대의 육체 활용이다.

이어 인간의 또 다른 힘. 기, 즉 마나가 무서운 속도로 활성화되어 기혈을 휘돌아 팔을 타고 검에 전해졌다.

기체의 확장.

손에 쥔 검을 기체가 신체의 일부분으로 인식하는 것이며, 신검합일(身劒合一)의 모습이었다.

그 순간 1골드는 날이 바짝 서 있는 한 자루의 검이 되었다.

'벤다!'

기합도 없었다. 기합은 투지는 살리지만 체내의 기를 토해내는 헛된 낭비이기에.

스팟!

범인의 눈으론 볼 수도 없는 전광석화(電光石火) 같은 속도로 섬광이 달을 베었다. 등 뒤로 넘어간 검이 끊긴 영화 필름처럼 한순간에 앞으로 와 있을 뿐이었다.

베어졌는가? 달이 갈라지는가?

멀쩡했다.

"흐음!"

검을 늘어뜨린 1골드가 고개를 갸웃했다.

'달을 벤다는 것…….'

무엇일까? 어떻게 해야 시공간을 벨 수 있는 것일까?

'착시는… 빛의 굴절이다. 아아! 여긴 과학의 시대가 아닌데, 이놈의 버릇은 고쳐지지가 않으니. 현상을 분석하지 말고 있는 그대로를 믿고 따라야 하는데. 쩝.'

입맛을 다셨으나 이미 길들여진 버릇을 고치기는 쉽지 않다. 초자연적 현상을 직접 체득하고 느끼고 있어도 말이다.

엷은 미풍이 철가면을 간질이고 지나갔다.

왼쪽으로 기울였던 머리가 반대쪽으로 넘어가고 1골드의 눈에 순간 기광이 스쳐 갔다.

"아! 이런 멍청한 놈! 텅 빈 진공의 상태가 아니다!"

다만 눈에 보이지 않을 뿐 허공에는 수많은 부유물이 있다.

공기의 흐름인 바람, 미세 먼지 등등, 그리고 가장 중요한 세상을 구성하는 마나의 흐름이 있는 것이다.

'시공간을 자른다는 게 혹시… 마나의 유동을 가른다는, 그보다 잠시 멈추게 한다는 뜻이 아닐까?

1골드가 헛웃음을 흘렸다. 예전에 영화 속에서 슈퍼맨이 사랑하는 여인을 살리기 위해 지구의 자전을 거꾸로 돌렸던 내용이 생각나서였다.

'자전이 역으로 돌아가면 시간이 거꾸로 가나? 그렇다고 치면… 마나의 흐름을 역으로 돌리면 같은 일이 벌어지는 걸까? 가능한 일일까? 그보다 인간의 힘으로 자연의 근본 법칙을 역행하는 일이 가능이나 할까? 아참, 그놈은 외계인이지. 크큭.'

웃었지만 해보지 못할 일은 아니었다. 결심이 선 1골드가 신체를 이완시켰다. 사고의 공부를 통해 무념의 상태로 들어가 마나의 흐름을 느끼기 위해서였다.

10년이 넘는 세월 동안 수천 번은 행한 공부다. 금세 머릿속이 백지가 되었다.

그러자 바다의 물결에 출렁이는 선체의 진동을 자연스럽게 받아들이면서 몸도 출렁였다. 바다가 지저귀는 소리가 귀청을 시원스레 만들어주었고, 곧 물방울 하나의 울림까지 들려왔다.

바람이 그를 휘돌며 전하는 이야기까지.

조금은 끈적끈적하면서도 포근한 기운, 마나가 그를 어우른다.

움직이지 않는 것처럼 천천히 올라간 팔이 수평을 이루고 정지한 듯 미세하게 움직였다.

'흐름이다, 이 흐름을 베어야 한다.'

1골드는 마나의 흐름에 더 더욱 집중했다.

그를 괴롭혔던 모든 상념을 무의식의 저편으로 집어던져 버리고, 오직 그를 감싸고도는 마나의 흐름에 의식을 집중했다.

손끝이 강물 위를 흐르는 나뭇잎처럼 두둥실 떠 마나의 흐름을 탔다. 하나 그저 물결을 타고 흐르는 나뭇잎과 다름없을 뿐 자르지는 못했다.

그러나 한 가지는 알았다.

'직선이 아니다.'

유려한 곡선으로 흐른다. 검을 이런 유려한 곡선으로 휘두를 수 있을까? 결을 따라…….

'결이구나, 결!'

결을 따라 베야 한다.

'극소의 마찰이다. 만약 마나의 결을 따라 베면… 진공상태와 다름없는 빠름이 가능할지도 모른다. 이게 시공간을 벤다는 게 아닐까? 그렇다. 마나의 결을 가르는 건 마나의 흐름을 멈추는 것과 같을지도. 시간을 되돌릴 순 없지만 아주 찰나의 시간이라 멈추는 것처럼 보일 것이다. 그런가? 그럴 거야.'

"푸하하하하!"

커다란 웃음소리와 함께 의식이 현실로 돌아왔다.

후우우웅!

드드드드!

그 순간 1골드의 몸에서 막대한 마나가 해일처럼 일어나며 일진광풍을 일으켰다. 그 힘에 족히 300명을 태울 수 있는 3본 마스트 범선이 지진을 만난 듯 흔들렸다.

"무슨!"

키를 잡고 있는 선장도, 별을 세며 항로를 잡던 항해사도, 음영에 숨어 1골드를 호위하는 호위도 모두 놀라 그를 바라보았지만 다가가지는 못했다. 아니, 다가갈 수가 없었다. 광풍에 휩쓸려 육신이 산산이 부서질 것만 같았기 때문에.

때 아닌 소란이 있은 후 용병들과 선원들이 불안한 눈으로 1골드의 눈치를 살폈지만 그는 아무 일도 없었다는 듯이 태평해 보였다.

우드득!

"뭐 하십니까?"

한밤중의 소란으로 잠을 설친 스캇이 충혈된 눈자위를 매만지며 갑판(甲板) 한구석의 나무 바닥을 뜯고 있는 1골드에게 조심스레 물었다.

"긴 나무판자가 필요해서."

"아, 네. 그러십니까? 그런데 말입니다. 어제 새벽에 무슨 언짢은 일이라도 있으셨습니까?"

길이가 3m는 됨직한 묵직한 판자를 가볍게 뜯어낸 1골드가 단검을 꺼내 들며 대답했다.

"아니."

너무도 태평한 말, 스캇이 미간을 좁히며 너스레를 떨었다.

"저기… 주군, 지난 새벽에는 꼼짝없이 죽는 줄 알았습니다."

소드 마스터, 소드 마스터라는 소릴 귀가 따갑게 들었지만 혼자서 범선 하나를 부숴 버릴 정도의 무시무시한 힘을 낼 줄은 몰랐다.

스캇은 정말 1골드가 무슨 일인가에 화가 나서 모두를 수장시키려고 그 난리를 피우는 줄로만 알았다.

"내가? 내 배를 왜? 미쳤냐?"

"아니, 뭐, 그렇다는 말씀이죠. 하하! 오해였나 봅니다. 혹, 수련을 하셨던 겁니까?"

판자 모서리를 깎던 1골드의 손길이 멈칫했다.

"수련?"

그리고 보니 아침에 행한 행공이 어제와는 달랐다. 단전의 포만감이 전보다 덜하다고나 할까.

'흐음, 단전이 조금 커졌나?'

온통 결에 대한 생각으로 가득 차 있어 미처 생각지 못한 부분이었다.

"그래, 수련이었다. 힘을 좀 과하게 썼나 보다. 주의하도록 하지. 그보다 이 범선, 불량품 아냐?"

"허허, 부, 불량품이라뇨? 여태… 아닙니다. 감사드립니다."

스캇이 조금 욕심을 부려 구입한 범선이었고, 이미 수십 차례의 항해를 무사히 마친 배였다. 웬만한 풍랑(風浪)에는 끄떡도 않는 대형 범선이라 마누라보다 더 애지중지 모시는데 불량품이라니.

하지만 주군의 말에 토를 달 수도 없는 노릇이라 애만 태울 뿐이었다.

"험험, 그런데 판자는 뭐에 쓰시려고요? 손재주 좋은 아이들도 많은데 시키시지 않고요. 이리 주십시오. 제가 하겠습니다."

"됐어."

점차 형체를 잡아가는 판자는 유선형의 긴 원반 모양으로, 스캇으로서는 생전 처음 보는 기물이라 그 용도를 짐작조차 하지 못했다.

"주군, 그게 뭡니까?"

"수상 보드(Board). 파도를 타볼까 하고."

파도를 탄다는 말에 스캇의 눈이 휘둥그레졌다. 말뜻을 전혀 이해하지 못한 것이다.

판자대기로 파도를 타다니, 저 엉뚱한 주군이 무슨 생각을 하는 도통 알 수가 없었다.

1골드가 겸에 대한 생각 끝에 떠올린 것이 바로 수상 보드였다.

달을 벤다는 명제 아래에서 고심 끝에 내린 결론이 먼저 물을 가른다는 것이었다.

달은 닿을 수 없는 곳에 있지만 물은 어디에서든 접할 수 있다. 게다가 지금은 바다 위였다.

그는 스스로가 손이 되기로 했다. 마나의 흐름을 손으로 느끼는 것과 같이 먼저 물의 흐름을 몸으로 느끼고자 하는 것이다.

폭포수가 있으면 많은 수련자들이 그 아래에서 명상에 잠긴 것처럼 할 수 있지만 지금은 바다 위였다.

바다도 물이니 바다의 흐름을 느끼고, 그 다음에 결을 읽은 후 최종적으로 결을 가른다는 목표를 잡았다. 될지 안 될지는 모르지만 이런저런 상념에 잡혀 시간을 낭비하는 것보단 낫지 않을까 싶었다.

명상에 잠기면 마나를 느낄 수 있다.

사고 수련에 접어들어 무아지경에 이르면 마나의 흐름이 눈에 보이듯 선하다.

하지만 격전 중에 마나의 흐름을 느끼려 명상에 빠졌다간 마나의 흐름을 느끼기도 전에 먼저 머리가 날아갈 판국이니, 실전에 사용하려면 숨을 쉬듯 자연스럽게 흐름을 느낄 수 있어야 한다.

판자를 한 시간여 동안 깎고 문지르고 기름칠을 하자 대충 수상 보드와 비슷한 모양이 되었다.

보드를 옆구리에 낀 1골드가 밧줄 뭉치를 들고 선미로 향했다. 선미 난간에 밧줄을 단단히 동여맨 후 보드에 올라 타고는 가는 줄로 발과 보드를 고정시켰다.

이때쯤에는 1골드가 파도를 탄다는 말이 배에 퍼져 용병단에서 고르고 고른 1급 용병들과 스캇, 수진, 그리고 선원들까지 모두 나와 힐끔거리면서 그를 지켜보고 있었다.

"자기야, 지금 뭐 하는 거야?"

수진의 얼굴은 걱정보다는 호기심이 가득했다. 1골드가 바다에 빠져 죽을 사람은 아니다. 만약에 빠진다 해도 그냥 플라이 마법으로 날아오르면 그만이니.

"간만에 찾아온 휴가를 즐기려고. 있다 봐."

그 말을 끝으로 보드를 발에 단 1골드의 몸이 서서히 떠오르기 시작했다.

"우와와!"

"헉! 골드님이 마법사였어?"

한 용병의 감탄이 섞인 물음이었다.

악어가 서 있는 듯한 우스꽝스러운 문양의 백악어, 크로커다일 용병단의 단원들은 모두 1골드를 최상급의 검사로 알고 있었다.

그런데 하늘에서 누가 끌어올려 주기라도 하는 듯이 서

서히 떠오르는 모습은 마법사의 부유 마법과 비슷해 보였
다.

"분명! 소드 마스터이시다!"

마법사가 아니라면 그렇게밖에 생각이 들지 않았다.

소드 마스터들은 인간의 범주를 넘은 초인이기에 저런 모
습을 보일 수도 있는 것이니까.

처음 샤오스에 등장한 거인, 1골드는 소드 마스터라 소문
이 났다. 갑자기 나타난 용병단에 두 명의 소드 마스터, 의심
과 경계의 대상이 될 수밖에 없어 용병단 측에서 속인 것이
다.

그들은 그렇게밖에 생각할 수 없었다.

그래도 손에 불끈 힘이 들어가는 건 어쩔 수 없었다. 강자
밑에 속한다는 것은 용병으로서 보험을 든 것과 다를 바 없
다.

그사이 선상에서 바다로 내려온 1골드는 파도에 신발을 적
실 정도까지 와 있었다.

'이 정도면 염력도 쓸 만하군. 그보단 수영도 못하는데, 이
참에 그것도 배워야 되겠다. 어디!'

저도 모르게 밧줄을 잡고 있는 손에 힘이 불끈 들어간 1골
드는 바다에 판자를 띄우며 염력을 풀었다. 그 순간,

멋지게 촤아아악! 하며 파도를 가르는 것이 아니라 그대로
바다 속으로 곤두박질쳤다.

밧줄에 몸을 지탱해 물속 깊이 빠지지는 않았지만 선상에서는 밧줄을 잡고 있는 손밖에 보이지 않았다.

"아! 파도를 탄다는 게 저런 것입니까요, 주모님?"

스캇의 물음에 고개를 갸웃하며 수진이 대답했다.

"볼품은 없지만… 타긴 타네. 스캇, 아침이나 먹으러 가자."

"제가 모시겠습니다."

"메뉴가 뭐야?"

"글쎄요. 뭐, 생선 아니겠습니까?"

"어휴, 지겨워. 입 안에서 생선이 튀어나올 것 같다니까."

특출한 신체여서일까?

1골드는 그날 정오 무렵에는 누가 봐도 멋지게 흰 포말을 일으키며 파도를 가르고 있었다.

탄탄한 근육질의 몸매를 고스란히 드러낸 채 햇빛을 산란시키는 포말의 아름다움이 더해져 한 여인의 눈을 몽롱하게 만들었다.

"저 남자가 내 남자야. 호호호!"

"하하! 당연하죠. 주모님, 주모님 같은 미녀를 주군이 아니면 누가 감히 거느리겠습니까?"

"스캇이 생각해도 그렇지?"

"암요, 그렇고말고요."

　남자가 봐도 멋진 모습이었다. 햇살에 그을린 윤기 나는 구릿빛 피부에 완벽이라고 해도 모자랄 것 없는 육체의 아름다움까지. 철가면이 옥에 티라면 티랄까.

　선상에서는 남성적인 아름다움에 취해 있었다면, 1골드는 죽을 맛이었다.

　보드를 타면서 결을 파악해야 하는데 중심 잡기도 여의치가 않았다.

　바다라는 게 미친년 마음 같아서 언제 변할지 모르기에 한가롭게 명상에 잠길 여유가 없었다. 그나마 고속 보트가 아니어서 그리 빠르지 않은 게 다행일 정도였다.

　"아! 빌어먹을! 느껴야 해, 느껴야 해."

　마음을 추스르며 경직된 몸을 풀었다. 빠지지 않으려고 힘만 주고 있으면 얻고자 하는 걸 얻을 수 없다. 보드를 타는 게 목적이 아니라 결을 파악해야 한다.

　'파도, 파도, 파도, 파도… 수평이 아니라 상하(上下)다.'

　밀물과 썰물을 생각해 바다가 수평으로 움직인다 여겼는데, 발에 전해지는 파도의 감촉은 분명 위아래로 움직이는 듯했다.

　'하나는 알았다.'

　어느 정도 능숙하게 파도에 몸을 맡길 수 있게 되자 판자라는 이물질을 바다에 거스르지 않고 흐르게 하는 느낌을 조금은 알 수 있었다.

‘역행하지 말고 순응한다. 바다의 흐름을 타는 거다. 나는 바다, 나는 물, 나는 흘러간다.’

1골드가 바다를 위를 그렇게 흘러가듯이 시간도 어김없이 흘러가고 있었다.

Chapter 3

과거와의 조우

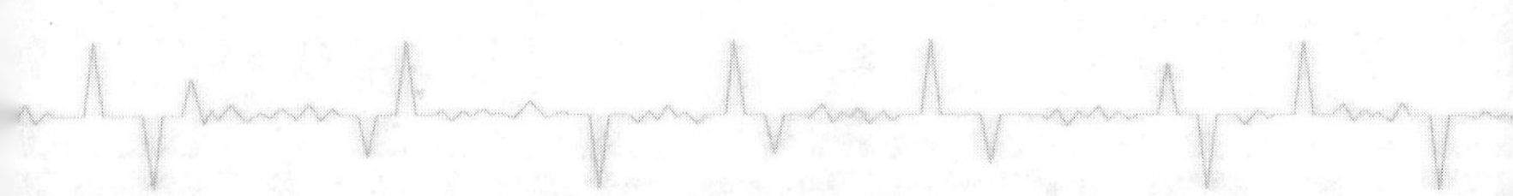

알라모에서 출발해 근 한 달 보름간의 항해가 짧은 여정이 아니라는 것을 보여주듯이 선원들의 옷차림이 두툼해졌다.

아침에는 갑판에 서리가 내릴 정도로 공기가 차가워져서 제국을 벗어났다는 걸 온몸으로 느낄 정도였다.

단 한 사람, 갑자기 추워진 날씨를 전혀 느끼지 못하는 자는 바로 1골드였다. 그는 밥 먹고 자는 시간을 제외하고는 얼음장처럼 차가워진 바다에서 도통 나오지를 않았다.

묘한 광경이다.

커다랗다 못해 거대한 범선 뒤에 가느다랗고 긴 꼬랑지가 매달려 있었다. 그 검은 물체는 범선이 지난 자리에 일렁이는 파도에 의해 이리저리 흔들리며 달라붙어 있었다.

1골드가 요상한 판자대기를 들고 바다에 들어간 지 20여 일이 흐른 후였다.

촤아아아악!

바다를 거스르는 느낌이 아니다. 레일 위를 달리는 기차처럼 바다가 만들어놓은 레일 위를 질주하고 있었다.

"이얏호!"

1골드는 수련이라기보다는 즐기고 있는 듯 보였다. 방향을 자유자재로 조절할 수 있게 되자 잃어버린 동심이 돌아온 듯했다.

물론 놀고만 있었던 건 아니다. 발의 감각이 바닷길을 고 보여주고 있었다.

그날 오후,

조악한 보드는 파도 타는 법을 가르쳐 달라 떼쓰는 수진에게 넘겨주고 1골드는 대검을 풀어 바다에 띄웠다.

바다에 던진 미끈한 쇠붙이 위에 착 달라붙어 있는 그의 모습은 신기에 가까웠다. 게다가 자체만으로도 무거운 대검이 육중한 1골드를 태우고 바다 속으로 가라앉지도 않고 말이다.

대검과 발바닥을 흡착한 건 음의 마나를 사용한 것이고, 대검이 바다 속으로 가라앉지 않은 것은 양의 마나 때문이었다.

그가 마나의 음양(陰陽)에 대한 성질을 알게 된 건 에티우스 밀림에 들어가기도 전이었다.

염력, 물질을 조정할 수 있는 능력이 곧 음의 마나를 활성화시키는 것과 다름없다.

흡(噏)이다. 음의 성질 중의 하나인 당기는 힘.

검으로 마나를 뿜어내는 오러는 내력을 형상화시키는 것이다. 오러에는 음과 양이 모두 포함되어 있다.

예전에 유진이 보여준 것처럼 오러를 통해 검을 튕기는 것이 양이요, 흡착시켜 당기는 것이 음이다. 음과 양은 곧 하나이면서도 양 극점에 닿아 있다.

하지만 그들은 통한다.

공존이며 공생이고, 조화이다.

1골드는 결을 찾는 수련을 통해 또 다른 하나를 얻었다.

음양을 조절할 수 있게 된 것이다.

범선은 생각보다 너무 느렸다. 보드가 부력을 얻어 바다 위에 떠 있을 수 없을 경우가 많을 정도로.

바람의 양이 적은 날에는 보드를 띄우질 못했다. 그때 생각해 낸 것이 몸을 가볍게 하는 것이었다. 처음에는 몸에 마법을 걸까도 생각해 보았지만 그건 무공 수련이 아니라 생각했다.

그리고 다른 생각도 있었다.

등평도수(登萍渡水), 물 위를 걷는 것이다.

그는 소금쟁이가 되려 했다.

물의 장력과 물체의 질량의 차이를 생각했다.

수면이 이물질을 밀어내는 표면 장력은 변함이 없다. 결국은 물체인 그가 변해야 했다.

내력을 끌어올려 몸을 가볍게 만들어 수면의 표면 장력과 반발력을 만들어내는 힘을 내뿜어야 한다는 생각을 가졌다.

양의 마나다.

이 점은 플라이 마법과 상통하는 점이 있었다.

플라이 마법을 시전하면 마치 투명한 원판 위에 발을 딛고 있는 느낌이 든다.

보이지 않는, 마치 손오공이 근두운을 타고 하늘을 나는 느낌이랄까. 하여튼 그는 그런 생각이 들었다.

1골드는 내력으로 근두운을 만들려 노력했고, 마나의 양의 성질을 이용해 어느 정도 뜻을 이루었다. 웬만한 장정들도 맘대로 휘두르지 못하는 대검을 바다 위에서 밟고 서 있는 모습이 그 결과였다.

밀림에서 나뭇가지를 밟고 뛰어다니던 경신(輕身) 공부가 도움을 주기도 했지만 말이다.

겨우 대검을 밟고 바다 위에 떠 있을 정도가 되자 돌연 검을 치우고는 맨발로 파도를 헤쳤다.

그것도 잠시, 다음날부터는 무슨 생각이 들었는지 밧줄 하나에만 의지해 바다에 몸을 담근 채 힘없이 끌려가는 모양새로 한나절을 바다 속에서 지냈다.

발로 전해지는 느낌을 온몸으로 체험하고 싶어서였다.

'이것도 편하긴 한데, 요상하게 졸리네. 자면 죽겠지? 멍청하게 익사할 수는 없는 노릇이고.'

그는 할 일이 있었다. 명상이다.

신체를 이완시켰다. 곧 숨이 쉬듯 안 쉬는 듯 느려지더니 모든 감각을 풀었다.

감응(感應).

기체를 실타래처럼 풀어 타 물질과 접촉하는 것.

다크 엘프들에게 배운 은신술 속에도 녹아 있는 것이고, 처음 초자연적 현상을 경험했을 때도 느꼈던 것이다.

1골드는 수면 장력 위에 그려진 흐름, 즉 결을 수중에서 바다를 거스르지 않고 헤엄치는 물고기처럼 느끼면서 따르려 했다.

먼저 몸이 반응했다.

스스로 길을 찾아 움직이는 듯 유연한 곡선을 그리며 부드러운 굴곡을 만들어내었다.

동화(同化)다.

환경과 감응을 통해 교감을 이루면 환경의 일부가 되는 것.

몸에 전해져 오는 감각이 같은 물속이라도 이리로 가라고 신호를 보낸다.

그곳이 길이며, 결이다.

인체는 신비로워서 스스로가 최소의 저항을 찾아 환경으로부터 신체로 전해지는 데미지(Damage)를 최소로 줄인다.

한순간, 1골드는 어두운 긴 터널을 빠져나온 것처럼 앞이 환해지는 느낌이 들었다. 얼음장처럼 차가운 바닷물에서 머리를 든 것도 아니다. 감은 눈을 뜬 것도 아니다.

길이, 결이 얼핏 보이는 것이다.

'이것… 이구나! 결이라는 것이… 보인다. 그러고 보니 이미 알고 있던 것이 아닌가! 멍청하다, 참으로 멍청하다!'

이미 체험한 경험이었다.

정우의 몸으로 부모님과 머물렀던 전원주택에서의 깨달음에 녹아 있었다.

조약돌에게 간섭했던 그 순간이다.

스스로의 의지를 가진 물체에 대한 간섭, 누에꼬치에서 명주실을 뽑듯이 뻗어 나간 그의 기체가 움직이라 명령을 내린 그 과정에서 기체가 뻗어간 길이 결국 결이었다.

대기에 흐르는 마나에 반하지 않고 조약돌의 파장과 접촉을 한 그 길이었다.

알고는 있었으나 인식하지 못한 것이다.

1골드는 새까맣게 잊고 있었다.

'어리석다, 참으로 어리석다!'

영체의 성숙을 가져온 그 깨달음을 그 당시도, 지금도 그리 중요하게 여기지 않았다. 이 순간 전까지는 그저 지푸라기를 손에 쥔 사건이었을 뿐이다.

'그렇다면!'

조약돌을 움직이기 위해 결을 따라 흘려보낸 건 기체를 매개로한 정신력, 네오 코어였다.

지금은 마나다.

'결은 최단의 거리, 검이 지나면 검로이고, 만약 마나를 보내면… 장풍인가? 격공장? 그보다는 은밀하게 보내 한순간 꽝! 호오! 그럼 마나에 파괴력을 실으려면 어떻게 해야 하나? 으음……'

쉽게 떠올랐다. 어제도 지금도 틈틈이 생각하는 음과 양이다.

무표정의 무뚝뚝한 얼굴이 아련히 떠오른다.

'내 이름을 써라'라 말하며 양자를 들이는 큰일을 아무렇지도 않게 말한 사람, 유진.

그리고 미친 달빛 아래에서의 검무.

'양의 마나의 성질, 팽창이다.'

1골드는 신체의 감각을 되살렸다. 반명상의 상태라 기혈을 휘감는 마나의 느낌이 확연히 다가왔다.

대주천을 시작한 지 어언 10년의 세월이다. 소로 같던 기혈이 해저 터널처럼 뻥 뚫려 있었다.

기혈을 따라 흐르는 마나가 한순간 손끝에서 뿜어지는 느낌, 손가락 끝이 터질 듯하다 간질거리는 감각이 전해져

온다.

손끝에서 체내에서 뿜어진 마나가 물방울 모양으로 뭉쳐진다.

고압축의 마나, 마나의 자유를 속박해 결을 따라 보낸다.

한순간 해방을 하면……

쾌쾅쾅!

'으힉!'

허공에 붕 뜬 듯한 느낌, 느낌뿐만이 아니라 화산이 용암을 분출하는 것처럼 솟구쳐 오르는 파도에 휩쓸려 하늘 높이 튀어올랐다.

"하하! 하하하하!"

광소가 쩌렁쩌렁 하늘을 울렸다. 속 시원한 웃음소리 같았지만 그리 가볍지만은 않았다. 그의 눈에 맺힌 한 사내의 영상 때문이리라.

'돌아가셨어도 여전히 저를 보살펴 주시는군요.'

한없이 정감이 감돌던 그의 눈빛이 한순간 냉랭해졌다. 수평선 끝에서 대지가 모습을 드러내고 있었다.

"수색하라!"

수병들이 배에 오르기 무섭게 군관의 명령이 떨어졌다.

대형 범선이 선착장에 접안할 수 있을 만큼 수심이 깊지 않은지라 스캇의 범선은 항이 지척에 바라다보이는 바다에 떠 있었고, 범선 주위로 3척의 소선이 달라붙어 있었다. 투실바 해군의 기찰선이었다.

"허허! 이보시오, 군관 나리. 이 깃발이 보이지 않소? 우린 크로시안 제국의 스캇 상단이오. 그것도 시네르아 제후님이 보살펴 주시는!"

스캇이 헤르반까지 들먹였지만 얼굴의 반이 덥수룩하게 수염으로 뒤덮인 군관은 눈썹 하나 까딱하지 않았다.

"지금은 전시 상황이다. 제후가 아니라 황제가 돌보아준다고 해도 예외는 없다!"

"거참, 빡빡하시기는. 제 배에는 향료와 약재만 있을 뿐입니다. 그리고 저들은 일을 얻고자 찾아온 용병들이오. 모두 제국에서 발행한 용병패들을 가지고 있으니 확인해 보시구려."

차가운 군관의 시선이 후미에 모인 용병들을 훑고 갔다. 개개인이 각양각색의 복장을 하고 있었다. 소속된 용병단이 없는 자유 용병이라는 의미였다.

"흐음……."

그의 눈에 중앙에 서 있는 한 거한이 들어왔다. 전장도 아닌데 안면 보호대를 쓰고 있는 용병이다. 그것도 일반인보다 훨씬 덩치가 좋은 용병들 사이에서도 두드러지는 체격이라 눈길이 갈 수밖에 없었다.

그사이 수색을 마친 병사들이 모여들고 아무 이상이 없다는 부관의 보고가 이어졌다.

"무기류나 밀반입 품목은 발견되지 않았고, 인원도 확인했습니다. 이상 없습니다."

고개를 끄덕거린 수장이 1골드에게 다가가 손을 내밀었다. 1골드가 말없이 번쩍이는 패와 둘둘 말린 서류 한 장을 건네주었다. 1급 용병을 나타내는 은도금 용병패와 용병 길드에서 발행한 증명서였다.

"1급? 그렇군."

1급이면 상급 기사와 검을 나눌 정도의 실력이고, 개인적 차이는 있으나 오러를 사용할 줄 안다는 의미였다. 군관은 중급에 머물러 있었으니 그보다 수준이 높았다.

"이름이… 골드? 특이한 이름이군. 1급이면 오라는 데도 많을 텐데 왜 소속이 없나?"

"얽매이기 싫어서 그럽니다. 불편하거든."

귀족에게 행할 언사가 아니었지만 군관은 귀족임을 내세워 발끈하지 않았다. 용병으로 오러까지 다룰 수 있는 강자라면 그만한 자존심은 있는 게 당연하다.

"이곳 사정은 아나?"

"처음이오. 돈 냄새, 피 냄새가 짙게 풍기기에 와봤소. 군관께서 추천해 주시오."

"처음이라? 어투가 이쪽 지방 사람과 다름이 없는데?"

"용병 이시오? 이리저리 떠돌다 보면 두세 나라 말 정두는다 합니다.”

그래도 미심쩍은지 1골드를 날카롭게 쏘아보면서 군관이 입을 떼었다.

“살려면 국왕 전하에게, 죽고 싶으면 사악한 교황 밑으로. 대답이 되었나?”

“대충은. 그럼 돈을 벌려면?”

“그 반대.”

군관의 눈빛이 매서워지자 1골드가 시선을 피하며 말했다.

“돈보다는 목숨이 먼저겠죠.”

“너, 항만을 벗어나지 마라.”

군관이 눈길을 돌려 다른 용병들을 훑으며 외쳤다.

“너희들도 전부 똑같다. 신분 확인이 끝날 때까지 항만을 벗어나면 즉결 처분이다.”

군관의 말이 떨어지기가 무섭게 여기저기서 껄렁껄렁한 대답이 튀어나왔다.

“알았수다.”

“이 짓 하루이틀이유. 다 알고 있소.”

“오랫동안 배를 타고 왔더니 목이 컬컬한데, 아직도 멀었소? 빨리빨리 합시다.”

용병들 특유의 시비조 말투에 군관이 인상을 찌푸렸다. 하나 이들은 곧 자신들 대신 피를 흘릴 자들이란 걸 알기에 몸을 돌렸다.

"하나만 물어봅시다."

거한이다.

"뭐냐?"

"왜 사악한 교황이오? 내가 들은 바와는 많이 다르오만."

"네가 무슨 말은 들었는지는 내 알 바 아니나, 지금 교황은 미친놈이다."

"지금 교황? 미친놈? 알아들을 수가 없소."

"크라우치를 아는가?"

"성자라 불리던 사람이 아니오?"

1골드는 군관과 말을 섞을수록 의문만 더해갔다. 어린 성자라며 추앙을 받던 크라우치의 이름을 말하면서 적의가 느껴진 것이다.

"성자는 무슨, 지금 교황이 그놈이다. 얼마 전에 제 할아비가 죽고 교황이 되었지. 하지만 그놈은 정통성이 없다. 게다가 스스로 신의 아들이라고 망언을 서슴지 않아 교 내에서도 반발이 생겨 교단도 분열한 상태다. 국왕 전하 휘하로 들어온 신관들이 성물(聖物) 왈카의 눈을 가져왔다. 왈카의 눈은 라미안 교를 상징하는 증표이자 카뮤님이 세상에 남기신 유일한 신물이다. 크라우치는 인간이 감히 신의 아들이라며 요상한 사술로 백성들을 현혹하고 우롱했다. 이에 분노한 국왕 전하께서 친히 검을 드신 것이다."

군관이 눈을 돌려 용병들에게 향했다.

"너희들도 생각이 있는 자들라면 영광스러운 전하의 군대가 되어야 하고, 당연히 그래야 한다. 신을 사칭하고 백성을 우롱한 극악무도한 크라우치는 천벌을 받을 것이다. 그에 동조하는 모든 자들까지."

군관이 휑하니 몸을 돌리자 1골드는 엷은 한숨을 쉬었다.

내우외환(內憂外患)이었다. 교단은 분열하고 이미 크라우치의 목덜미까지 검을 밀어 넣고 있는 상황이었다. 일이 더 어렵고 복잡하게 흘러가고 있었다.

인슈리아 항구에서는 전장의 기운을 느낄 수 없었다.

오히려 예전보다 항구가 살아 있는 듯했다. 투실바의 관문항이다 보니 전쟁 물자와 용병들이 쉴 새 없이 드나들기 때문이었다.

조금 과장하자면, 길을 가다 만나는 두 사람 중 하나는 검을 차고 있을 정도였다.

용병들이 먼저 하선을 하고 신분 확인 절차를 거쳤다.

그들이 일을 얻으려면 길드에 들러야 하지만 이곳에서는 그럴 필요 없이 모집관들이 아예 선착장에 나와 있었다.

투실바는 약소국이라 알고 있었는데 왕실 재정이 알려진 것보다 튼튼했는지 많은 수의 용병을 채용했다.

기찰 군관에게 느낀 것처럼 용병을 모집하는 건 모두가 왕가 측이었다. 하긴 이 항구는 중립 지역이 아니니 당연한 일인지도 모르지만 말이다.

"테리."

빠르게 출신 성분을 적어가던 모집관의 손이 멈칫하더니 고개를 들었다. 그는 한참을 올려다본 후에야 시선 끝에 철가면이 닿았다.

"흠… 당신이라면 갈 만하겠소."

"왜?"

"다른 용병들은 기피하는 자리요. 용병들이 제일 많이 죽어나가거든."

"그곳이 주 격전장이니 당연한 것 아닌가. 그러니 수당도 세겠지."

"그렇긴 하지만."

모집관은 고개를 숙이고 제국 용병 길드에서 발행한 증명서를 서류에 다시 옮겨 적기 시작했다.

"신의 군대라고 불리는 광신도와 싸워본 적이 있소?"

"신군? 아니."

"그 자식들은 제정신이 아니오. 뭐, 당신도 직접 겪어 보면 알 테지만. 말해줄 수 있는 건 말이오. 팔이 떨어져 나가면 다리로, 다리도 잘리면 이빨로 물어뜯는다고 합디다. 끔찍하지 않겠소? 이건 터무니없는 말이지만, 죽여도 다음날에는 살아나서 다시 전장에 나선다는 황당한 소문도 있다오."

"그렇군."

"이 나라 백성들은 이번 내전을 어떻게 보나?"

모집관은 고개도 들지 않은 채 목소리만 낮추어 답했다.

"위험한 질문이오. 아무리 용병이라도 말 한마디 잘못했다간 목이 떨어져 나갈 수도 있소이다. 굳이 알고 싶다면 내 생각은 마른하늘에 날벼락이오."

신청서를 손에 든 1골드가 몸을 돌렸다.

군관의 말과 모집관의 말, 이 정도 가지고 투실바 내부 사정이 어떻게 돌아가는지 알기에는 정보가 부족했다. 하룻밤만 자고 일어나도 변하는 게 세상이니 선상에서 보낸 시간 동안의 정보가 더 필요했다.

스캇의 범선에서 내린 용병들이 선착장을 벗어날 수 있게 된 건 하루가 지난 후였다.

길드에서 내건 공고에 테리로 가는 인원들은 삼 일 후에 출발한다고 나와 있었다.

삼 일의 여유를 가진 1골드는 저잣거리로 향했다. 일단 여관을 잡아 짐을 풀고 동행해 온 용병대의 수장인 피치와 마주했다.

피치는 아즈빌에 정착할 당시 부족장의 아들이자 사즈를 통해 스왈츠 가의 검술을 사사한 1세대 인물로, 반 일족만큼의 충성심을 가진 심복이었다.

"주군, 대원들의 배치를 끝냈습니다."

"수고했다."

"주군을 모시고 테리 성에 갈 인원은 총 50명입니다. 나머지는 두 부대로 나누어 암스트와 소리렌으로 보내도록 했고 암스트에는 조엘이, 소리렌에는 반데르에게 맡겼습니다."

현재 주요 격전장은 세 곳이었다. 크라우치가 있는 테리와 라미안 교의 발생지로 알려진 암스트, 그리고 크라우치를 따르는 북서쪽 지방 영주들이 반기를 든 소리렌이었다.

왕국의 중앙을 벗어나면 왕의 지배력이 약화되었고, 그런 곳은 왕보다는 교단의 힘이 더 강성한 지역이 많았다.

"그런데 저희는 왕 밑에서 싸우는 겁니까?"

"별도의 지시가 있을 때까지 전세를 파악하며 대충 시늉만 하라고 해. 물론 죽지는 말아야겠지."

1골드는 믿을 만한 자들로 선발한 용병들을 분산시키도록 지시했다. 유사시 힘을 발휘하기는 힘들지만 하나의 용병단으로 한 울타리에 묶여 감시를 당하는 것보다는 행동을 자유롭게 할 수 있었다.

"알로나는?"

"작은주모님께서는 아직 도착하지 않으셨습니다."

알로나는 그라노프가 스캇 상단과 함께 알라모, 샤오스와 동부 연안 도시들로 세력을 확장하면서 흡수한 쉐도우 조직을 이끌기 시작했고, 갈리나는 스캇의 장남 벨의 보좌로 정보 조직을 맡았다.

1골드와 끝까지 함께하겠다고 떼를 쓰는 그녀들을 떼어내는 방법으로 어둠의 정령을 잘 사용하는 알로나에게 쉐도우를, 빙계 마법에 능숙한 갈리나에게 정보 조직을 맡긴 것이다. 그녀들의 특성을 고려한 처사였다.

“늦는군. 흐음… 피치.”

“예, 주군.”

“이곳 정보 길드와 접촉해 봐라.”

“예, 알겠습니다. 현재 전선 상황을 세세하게 파악해 오도록 하겠습니다.”

“그것도 그렇게 하고, 교단의 분열 과정과 왜 교황이 욕을 먹는지 알아보고, 또 왕 뒤에 누가 있는지도.”

“명심하겠습니다, 주군. 그럼.”

손을 들어 일어서려는 피치의 행동을 제지한 1골드가 창가로 시선을 돌렸다.

“홉과 지젤은 피치를 따라가 뒤를 봐줘라.”

“명을 받듭니다.”

머릿속에 울리는 음성에 1골드가 고개를 끄덕였다. 피치가 나가고 얼마 안 있어 수진의 음성이 들렸다.

“어, 재들도 갔네.”

흠칫 놀란 1골드가 침상에 걸터앉아 장난스럽게 발을 놀리는 그녀를 바라보았다.

“홉과 지젤이 사라진 걸 느낄 수 있어?”

“응.”

너무도 간단한 대답이었다.

“언제부터? 전에는 몰랐잖아.”

다크 엘프의 은신술은 마법과 무공의 조화다. 환경을 현혹시키는 환영 마법을 은신할 장소에 걸고 그곳에 숨어 들어간 후 본신의 무공으로 최대한의 기척을 없앤다.

최상급의 검사라도 알아차리기가 쉽지 않았다. 6써클의 마법사 봄멜 또한 처음 반 일족을 만났을 때도 그랬었다.

더군다나 호위들은 그라노프를 제외하면 반 일족에서 열 손가락 안에 들어가는 최상급의 전사들이었다.

“샤오스를 떠나면서… 눈에 보이던데. 음, 베라는 지붕에 있고 이반은, 호호호! 자기 발밑에 깔려 있네.”

수진은 깔깔거리고 웃었지만 1골드는 웃을 수 없었다.

‘이게 어떻게 된 거야? 눈에 보여? 감추어진 능력이 나오기 시작하는 건가? 뱀파이어도 한눈에 알아보더니……. 거참, 알 수가 없는 노릇이군.’

당황스러운 일이다. 또 샤오스란 단어가 튀어나왔다. 수진은 뱀파이어 사건 이후 일종의 진화를 하고 있었다.

‘드래곤, 정말 대단한 종족이구나. 도대체 그 검정 도마뱀은 수진에게 무슨 짓을 벌여놓은 걸까?

1골드는 고개를 저었다. 자기 자신도 아직 다 모르는데 어찌 타인을 다 안다고 할 수 있을까? 부대끼며 서로를 조금씩 알아갈 뿐이다.

식당은 번잡스러웠다.

여관의 대부분의 손님들이 용병들이니 당연한 모습일 것이다. 칼날 위를 걷는 자들이라 언제 죽을지 모르는 하루살이와 다를 바가 없다.

즐길 수 있을 때 즐긴다. 평생을 하루처럼 말이다.

목숨을 내놓고 사는 용병들답게 건드리려면 건드려 보라는 식으로 목을 빳빳이 세우고 핏줄을 세우며 목청을 높이는 자들이 태반이었다.

기운을 갈무리하지 않고, 아니, 일부러 더욱 야성의 기운을 풀풀 풍기는 거한이 자리해도 등장할 때뿐 별반 달라진 것이 없다.

단지 대다수의 용병들은 뇌리에 그런 자가 있다는 것만 잊지 않고 기억했다. 뭔 일이라도 벌어지면 그자는 피하던가, 제일 먼저 죽여야 하니까.

지금도 이 항구 도시 곳곳에서는 싸움판이 벌어지고 있을 것이다. 각지에서 떠돌던 힘깨나 쓴다는 용병들이 모여들었으니 피가 튀지 않는 게 더욱 이상한 일이다.

1골드의 맞은편에 앉은 수진에게 관심을 가지는 용병들이 태반이었으나 겉으로 표현할 만큼 뱃심을 가진 자가 아직 나타나지는 않았다.

그래서 번잡스러움을 피하려 식당 구석에 자리한 1골드는 왁자지껄하게 떠들어대는 손님들의 영양가없는 이야기를 들으며 조용히 식사를 마칠 수 있었다.

"자기야, 이거 진짜 맛대가리 없다. 이런 걸 어떻게 그리 잘 먹어?"

"훗! 이 정도면 좋은 음식이야. 전장에 가면 가죽 조각 같은 고기와 돌덩이보다 단단한 빵을 먹어야 돼."

"웩, 난 그렇게는 못해. 자기 애들한테 먹을 거 만들라고 시켜야지."

1골드는 그냥 피식 웃고 말았다. 모습을 드러내 놓고 같이 다니자, 식사를 할 땐 동석하라는 등등의 자신의 지시도 듣지 않는 호위들이 수진이 시킨다고 할까? 어림도 없는 소리였다.

"그래서 칸야랑 있으라니까 왜 따라와서 이 고생이야?"

"자기가 없으면 이상해서 안 돼. 어딘가가 빈 것 같고, 허전하고, 뭘 잊은 것 같기도 하고, 마음도 심란해서 안절부절… 어휴!"

인간적인 감정을 떠나서 하루도 빠짐없이 10년이나 붙어 있었으니.

"근데 저 자식은 아까부터 계속 곁눈질이네. 확 눈깔을 뽑아버릴까 보다."

약간은 감성적인 분위기에 빠지려던 1골드기 그럼 그렇지,

하면서 슬쩍 수진의 눈길을 좇았다. 30대 초반으로 보이는 한 사내가 그의 눈에 들어왔다. 거친 수염을 기른 미남형의 얼굴이다. 쫙 벌어진 어깨하며 균형 잡힌 몸매가 제대로 수련을 쌓은 자였다.

1골드의 눈이 점점 커졌다. 그 사내의 얼굴에서 과거의 흔적을 찾은 것이다.

"…스웬."

기사답게 죽자며 트롤에게 달려들던 사람이다.

총각 딱지를 떼준다며 유난히 엉덩이가 커다란 여인네에게 밀어 넣어 정신적 충격을 주었던 그 친구다.

유진의 수련 기사였던 스웬이다.

1골드가 천천히 일어섰다.

스웬이 벌떡 일어나 환한 미소를 짓고 그에게 달려들었다.

"이놈! 이 오거 놈! 살아 있었구나! 너였어, 정말 너였어. 1골드!"

껴안고 거친 손을 맞잡고 호탕하게 웃는다. 한 팔로.

하지만 1골드는 반가움을 표현할 수 없었다. 스웬의 빈 소맷자락이 펄렁거리는 게 눈에 밟혔다.

"스웬……."

스웬이 어색하게 웃음 지었다. 어찌 보면 칼밥을 먹고사는 자들의 숙명이고 직업병이다. 사지가 멀쩡한 채로 은퇴하는 용병은 찾아보기 힘들다.

"재수가 좋았지. 목은 아니잖아. 게다가 왼손이라 검도 쥘 수 있고. 그보다 녀석, 어째 더 큰 것 같다?"

"후후, 조금. 앉지."

스웬이 수진을 보며 말했다.

"저분은 소개시켜 주지 않을 거냐?"

"저 사람은 내 여자야. 수진이라고."

제법 격식을 갖추며 미사어구를 잔뜩 늘어놓은 인사를 건네고 스웬이 자리했다.

"봄멜님은?"

"제국에 계셔."

"제국?"

"시네르아에 정착했어. 너는?"

스웬이 뒷머리를 벅벅 긁고는 1골드가 건네는 술잔을 단숨에 들이켰다.

"캬아! 좋다. 보는 대로지 뭐. 여기저기. 시니아, 와튼, 밀리언, 이제는 투실바까지."

"샤벨 소식은 들은 거 있어?"

스웬도 유진이 죽은 후 샤벨 용병단을 떠났었다.

"그게 참 처지가 묘하게 됐어. 한때는 라미안 교를 등에 업고 잘나가나 싶더니 요즘은 겨우 명맥만 유지하고 있다더라."

"그래, 아직 있긴 있단 말이지. 한번 가봐야 되겠어."

1골드는 샤벨에 좋은 감정이 남아 있지 않았다. 유진의 사후 대처가 맘에 들지 않았던 것이다.

"너는… 정착했다더니 여긴 어쩐 일이야? 아직도 용병질을 하는 거야? 옆에 부인도 데리고 다니면서?"

"사정이 있어서. 그런데 말이야. 혹시 글렌 소식 들은 거 있어?"

"글렌? 아, 돌격대 조장이던 친구?"

1골드가 고개를 끄덕였다.

"몇 년 전에 죽었다고 하던데, 어디라더라……."

"됐어. 죽었으면 그만이지."

조금 씁쓸하기는 했다. 아이온에 와서 그래도 제법 인연을 쌓은 사이인데, 금이빨 하나 때문에 첫 살인을 했다는 친구를 위해 1골드가 잔을 들었다.

'다음 생에는 부잣집 아들로 태어나라. 멍청한 자식, 벌써 뒈지긴.'

"후우… 저들은 동료?"

스웬이 앉아 있던 자리에는 두 명의 사내가 있었다.

"지난 전장에서 만난 놈들이야. 말이 제법 통하길래 여기도 같이 왔지. 왜 합석할까?"

"됐어. 어디로 갈 거야?"

"아직 정하지 못했는데, 너는?"

"테리. 같이 갈래?"

스웬이 누런 이를 드러내며 미소 지었다. 어릴 적 같이 수
련하던 동료와의 재회와 성장한 전사로서의 동행, 나쁘지 않
았다.

"좋지."

술자리는 밤늦게까지 이어졌다. 주로 스웬이 이야기하고
1골드는 호응을 하며 간간이 질문을 하는 쪽이었다.

"야, 트롤 뱀파이어."

"크큭, 오랜만에 듣는 소리인데. 왜?"

"제국에서 뭐 하냐? 살 만하냐? 아니지, 예쁜 마누라도 얻
은 걸 보면 잘나가겠구나."

스웬은 스왈츠 가가 다시 깃발을 세웠다는 소리를 듣지 못
했다. 꽤나 큰 사건이지만 시네르아와 이곳은 그만큼의 거리
가 있었다.

"그럭저럭, 돌아가신 아버지께 겨우 얼굴을 세울 정도. 아
직 멀었지."

"그 정도나 유진님의 면목을 세울 정도라니, 나는 네가 언
젠가는 한자리 할 줄 알았다. 자세히 얘기 좀 해봐."

"나중에."

"칫, 새끼, 긴 세월이 흘렀는 데도 말 짧은 건 변하지가 않
네. 척 봐도 트롤이 아니라 오거두 씹어 먹을 수 있을 것 같이

보이는데?"

"아버지 얼굴에 먹칠을 안 할 정도. 이제 시작이지."

스웬이 바닥을 드러낸 술병을 들어 점원에게 소리쳤다.

"야! 최고 좋은 술로 가져와."

반쯤 풀린 눈으로 스웬이 1골드에게 물었다.

"그놈들은 찾았어?"

두서없는 말이지만 1골드는 대번에 알아들었다.

"아직, 하지만 곧 찾을 거야."

스웬이 자리를 고쳐 앉았다. 눈에 감돌던 술기운도 어느새 물러난 상태였다.

"유진님은 너한테는 아버님이지만 나한테도 인생의 스승이셨어. 그분이 살아 계셨으면… 아니다. 이런 말은 필요없고, 나도 이리저리 떠돌면서 제법 알아보았는데 만유 왕국과도 얽혀 있더라. 재작년에 왕태자였던 2왕자 포리암이 죽고 전왕은 실각(失脚)했지. 결국은 밀리언 연방에서 뒤를 봐주던 올란도가 왕위에 올랐어."

1골드도 들은 이야기였다. 만유의 전왕 드미트리는 크라우치가 되살려낸 인물이었다.

"만유 왕성에 은밀히 퍼진 얘기인데, 크라우치가 습격을 받았을 때 올란도가 직접 보낸 자객들도 있었다는 거야."

흠칫 놀란 1골드가 물었다.

"그럼 그놈들이?"

"아니, 아니, 그럴 수도 있다는 거고. 여하튼 의심을 가져 볼 만한 놈들이 하나 더 늘었지. 하지만 감히 조사해 볼 수도 없는 위치에 있는 것들이라……."

스웬은 입맛을 다셨다. 일개 용병이 왕가의 뒤를 추적할 수는 없다. 목숨이 열 개라도 모자랄 것이다.

"그리고… 요즘에 이곳에서 급속도로 퍼지는 소문이 있어. 너무 빨리 퍼져서 누군가 만들어낸 것 같기도 하고 말이야. 크라우치 알지?"

1골드가 모를 리가 없다. 그 때문에 이곳에 있는 것인데.

"투실바에서 내란이 터지면서 귀를 솔깃하게 만드는 소문이 돌아. 세 살짜리 코흘리개도 다 아는 그자의 능력, 그게 말이야. 죽어가는 자의 생명을 부활시키는 게 아니고 산 자를 죽여 죽은 놈을 살리는 거래."

"…생목숨을 죽여 죽은 자를 살린다는 뜻이야?"

"비슷해. 그자가 살린 사람들이 몇 되는데, 우연인지 필연인지 되살아난 사람들의 가장 가까운 다른 사람이 죽었다고 하더라."

1골드가 눈살을 찌푸렸다. 그가 아는 크라우치는 그런 짓을 할 인물이 아니다. 왕가 측에서 그에게 쏟아지는 백성들의 신망을 희석시키기 위해 조작해 낸 헛소문일 것이다.

"왜 그 이야기를 지금 꺼내는 거지?"

"비슷하잖아. 그란델 집에서 벌어진 일. 생명력을 빨아 먹는 괴물이라며.”

“달라. 옮기는 것과 빼앗아 흡수하는 것이잖아.”

절대 잊을 수 없는 1골드가 직접 목도한 장면이다. 혈인은 그란델과 콥의 생명력을 흡수했었다.

“뭐, 어쨌든 둘 다 목숨이 달려 있는 일이니. 게다가 교가 분열된 것도 그 능력 때문이라던대. 저주받은 악마의 능력이다. 아니다, 신의 축복이다 등등 하며 지들끼리 침을 튀겼대. 그 짓 할 시간에 내 팔이나 붙여줄 것이지, 젠장.”

톡톡톡!

1골드가 무의식적으로 탁자를 손가락으로 두들겼다.

생명력의 전이와 흡수, 둘 다 있을 수 없는 일이다.

생명력은 신 중의 신이자 여타 신까지 만들어낸 창조주만의 권능이다. 오직 그만이 영혼에게 생명력을 부여할 수 있는 것이다.

1골드는 그렇게 알고 있었다.

그런데 창조주의 능력을 크라우치가 가지고 있다?

“직접 만나보는 수밖에……”

들릴 듯 말 듯한 혼잣말을 내뱉고는 스웬에게 말했다.

“고맙다. 귀중한 정보를 얻었다.”

“고맙긴 빌어먹는 똥개도 다 아는 이야기인데 뭘. 자자! 이런 이야기는 나중에 하고, 제수씨 만난 이야기나 해봐라. 요녀석, 능력도 좋아. 하하하!”

"스웬이란 자가 말한."

"친구."

"죄송합니다. 그분께서 전하신 내용이 거의 맞습니다."

피치의 보고에 1골드의 눈이 깊이 가라앉았다.

"교가 분열된 이유로 3장로였던 맥그레이란 자가 왈카의 눈이라는 신물을 가지고 따르는 자들과 함께 조안 왕에게 투항했습니다."

"지금 맥그레이라고 했나?"

샤벨 용병단에 왔었던 인물이다. 브리언 교의 암습으로 목숨이 경각에 달려 있는 그를 크라우치가 자신만의 특별할 능력으로 그를 살렸다고 들었다.

"그렇습니다. 투실바로 복귀 후 얼마 지나지 않아 크라우치님과 반목이 생겼다고 합니다. 그때는 그 이유가 밝혀지지 않았었는데, 요즘 화제가 되고 있는 그 소문에 비추어 보면 맞아떨어집니다. 그 무렵 맥그레이의 손자가 급사를 했다고 합니다."

"어린아이들이 급사하는 일이야 흔한 일이 아니던가?"

일반 백성들의 유아 생존율이 70% 정도밖에 안 되는 시대였다. 열을 낳으면 셋 이상은 죽는다. 위생 관념조차 제대로 확립되지 않아 살릴 수 있는 아이들조차 죽어가는.

"그렇기 합니다만, 제 생각엔 이유를 갖다 붙이면 어떻게

든 연결이 되지 않나 싶습니다. 둘 사이에 다른 불화가 있었
는데 그게 비화되어…….”

“그를 따르는 자들이 많은가?”

“그건 아닙니다. 신관의 수로는 열에 셋이고, 세력으로 보
면 십분지 이도 되지 않습니다. 다만 성물 때문에 힘을 얻고
있는 정도입니다.”

말을 마친 피치가 서류를 내밀었다.

“자세한 교 내의 세력도입니다. 그리고 전대 교황을 암살
하는 데 맥그레이 장로가 개입되어 있다는 정보가 있습니다.
교황만이 보관하는 성물을 빼돌린 점과 전대 교황이 변을 당
하고 다음날이 돼서야 발견되었고, 바로 그때 내전이 발발했
습니다.”

“왕이 때를 기다렸다는 말이군. 성물로 신도들의 반발을
최소할 수 있도록 말이야. 거기에 크라우치님에 대한 소문을
퍼뜨려 정당성을 세우고. 흐음…….”

1골드가 어느 정도 생각을 정리한 것 같자 피치가 보고를
이어갔다.

“재미있는 점은 왕가의 조력자들 중에 만유 왕국이 있다는
점입니다.”

“만유가?”

“예, 그렇습니다. 새로 등극한 올란도 만유 왕이 제일 먼저
한 일이 왕국에 퍼지고 있는 라미안 교의 교세를 꺾는 일이었

습니다. 거의 탄압에 가까울 정도였다고 합니다."

예년에 왕위에 등극했어야 할 올란도였다. 2왕자 포리암이 크라우치를 끌어들이지 않아 선왕 드미트리가 병세에서 벗어나지만 않았다면 말이다.

"포리암이란 놈은 참 멍청하군. 어느 시대나 왕위에 오를 자들은 정적부터 제거하기 마련인데, 쯧쯧쯧. 뒤통수를 맞을 만큼 올란도를 가만히 내버려 두었다?"

"밀리언 연방이 있었습니다. 왕태자에 올랐어도 올란도를 제거하기는 힘들었을 것입니다."

"결국은 투실바 왕가를 밀어주는 게 만유 왕국이고, 그 뒤엔 밀리언 연방이 있다는 건가?"

"옛! 두 교단의 싸움이라고 해도 과언이 아닙니다."

세불양립(勢不兩立). 두 교단 사이에 대양(大洋)이라도 있으면 모를까, 끊임없는 반목과 대립, 피의 역사이다.

'하긴 선을 추구한다는 종교의 역사도 되짚어 보면 피로 점철된 경우가 많았지. 그들 사이에는 화합이란 단어 자체가 없었을 테니까.'

신을 모시는 종교 단체에서 신의 뜻에 반한다 하여 칼을 든다는 것부터가 모순이다. 아니, 이전에 교를 사수한다며 신성기사단이란 무력 단체를 가진 것부터가 말이다.

'널리 만물을 사랑해야지 이것들은 지들끼리만 사랑하나? 하여간 맘에 안 들어.'

"맘에 안 들어."

"예? 뭐라 하셨습니까?"

"아니야. 그건 그렇고, 별일은 없었나?"

"꼬리가 붙었지만 보내주신 호위들이 잘 처리했습니다. 뒤탈은 없을 겁니다."

이미 물고기 밥이 되었을 테니 말이다.

"알로나는 아직도인가?"

"막 투실바로 잠입하셨다는 연락이 있었습니다. 이리로 오시라 할까요?"

"테리에서 만나자고 하지. 루슬란은?"

루슬란은 반 일족을 이끌고 만유로 가기로 되어 있었다.

"지금쯤 제국을 벗어났을 겁니다."

"흐음… 일단 만유에서 군상의 이동 경로를 확인하고 대기하라고 전해. 그리고 만유의 정세에 대해서도, 특히 올란도에 대해서는 속옷이 몇 장인지까지 파악하라 하고. 너무 무리하진 말고."

"예, 그리 전하겠습니다."

1골드가 자리에서 일어나 창가로 향하자 피치가 인사를 올리고는 방을 나섰다.

길거리에는 코흘리개 꼬마들이 편을 나누어 자기들 딴에는 진지하게 전쟁 놀이를 하고 있었다.

'여기까지 오니 어떻게든 연결이 된다. 아버지와 그란델은 두 교단 싸움의 피해자, 지금도 그 연결 고리 선상에 있다. 그 놈들도 언젠가는, 아니, 이미 나타나서 횡행하고 있을지도 모른다. 조금만 기다려라. 내가 꼬리를 잡아줄 테니까.'

한 아이가 조악하게 깎은 목검으로 뒤를 보이고 도망치는 아이의 등을 냅다 후려쳤다.

"내 검을 받아라! 이 악마야! 내가 성자 크라우치다."

딱!

"아얏!"

등을 맞은 아이가 몸을 웅크리고는 눈물을 터뜨렸다.

"앙앙앙! 등을 돌리면 진 거라고 했잖아! 왜 때려!"

"우하하하! 신의 불칼은 등을 돌린다고 해도 피해갈 수 없다!"

"이씨이! 병사 아저씨들이 성자 아저씨는 거짓말쟁이라고 했어."

"시끄러! 그분은 신의 아들이야. 이 불순한 배교 놈이! 너 진짜 죽어볼래. 엉!"

눈을 부라리는 아이, 찔끔해 실실 웃음으로 대신하는 아이.

1골드는 그저 눈웃음을 지을 뿐이었다.

아이들의 모습은 예나 지금이나 세상을 담고 있었다.

아직까지 투실바 백성들의 마음에는 크라우치가 커다랗게 자리하고 있었다.

Chapter 4

호수 위의 성(城)

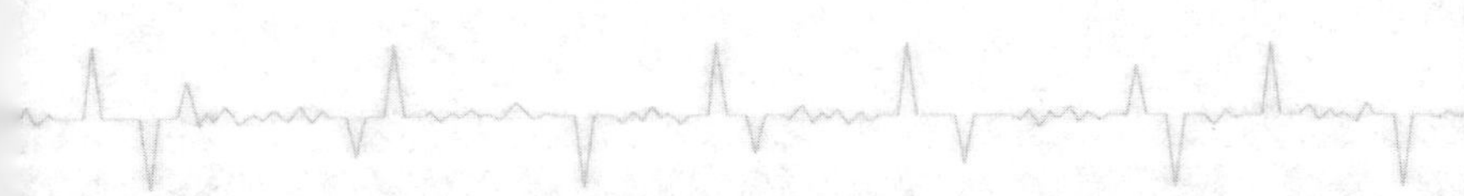

테리라는 이름은 역대 라미안의 교황 중 가장 성인이라 칭송받는 8대 교황의 이름에서 따온 것이다. 지명에서 알 수 있듯이 그곳은 교의 영향력이 강대한 지역이었다.

테리 성은 투실바의 지형적인 중심에 자리 잡고 있는 성이지만 지형적으로만 중심일 뿐 정치, 경제, 문화 측면에서는 국가의 중심이 수도 히치벅에 있었다.

히치벅에서 북동으로 말을 달려 일주일이면 갈 수 있는 거리에 테리가 있었고, 반대로 인슈리아 항에서 북서로 열흘 정도면 테리에 닿는다.

내전의 시작은 히치벅에서 시작해서 테리로 옮겨왔다. 그래서 인슈리아를 출발한 용병들은 며칠 동안은 한적한 풍경의 마을만을 보았을 뿐 그 어떤 전쟁의 흔적도 찾지 못했다.

전쟁의 기운을 느낄 수 있었던 건 인슈리아를 벗어나 사흘이 지나서부터였다.

스쳐 가는 마을마다 휑한 느낌을 받았다. 거리를 다니는 마차도, 말도 찾아보기 힘들었고 곳곳에 산재한 농지는 그동안 돌보는 농민이 없어 잡초들이 무성하게 자라 있었다.

병력 수를 늘리기 위해 영주들이 장정이란 장정은 죄다 끌고 간 것이다.

관로를 터벅터벅 걸어가는 오백여 명의 용병 보충대는 차마 군대라 부르기 민망할 정도였다. 테리를 이틀 거리 정도를 남겨둔 날이었다.

삼삼오오 짝을 이뤄 시시껄렁한 무용담 등의 이야기를 풀어놓으며 왁자지껄 웃고 떠들고, 복장은 가지각색이요, 무기도 제각각, 행군 대열 또한 엉망이었다. 마치 저잣거리를 어슬렁어슬렁 돌아다니는 난봉꾼들이 더 낫지 않나 싶을 정도였다.

서열이 잡힌 용병단도 아닌 자유 용병들로 구성되었으니 당연한 모습이었다.

보충대를 인솔하는 군관이 인상만 찌푸릴 뿐 입에 아교를 발라놓은 것처럼 꾹 다물고 있는 이유는 저리 보여도 전쟁터에만 갔다 놓으면 아무리 하급 용병이라도 정규군 병사 두 명

이상의 몫을 충분히 해내는 자들이었기 때문이다.

오합지졸처럼 보이는 또 다른 이유는 통일감이 없어서인데, 대부분의 병사들 개개인이 무구를 준비하듯이 용병들 또한 마찬가지다. 무구뿐만 아니라 단기간에는 여행자처럼 식량은 물론 취사도구까지 스스로 마련해서 가지고 다녀야 했다.

이동 수단도 마찬가지다. 말이나 마차는 개인이 알아서 준비하고 말을 마련한 자들은 말을 타고, 능력이 되지 않으면 짐을 최대한 줄여 등짐을 짊어지고 걷는다.

기병과 보병으로 나눈 군대의 대열이 아니라 여기 들쑥, 저기 들쑥 보병 대열에 말들이 끼어 있으니 더욱 산만하게 보였다.

그중 유독 눈에 띄는 일행이 있었는데, 대열 후미에 말머리보다 머리 하나는 더 큰 거대한 덩치를 가진 자가 후드를 깊게 눌러써 용모를 볼 수 없는 여인을 말에 태우고 종자처럼 말을 끄는 일행이었다.

"남북 전쟁인가?"

고즈넉한 시골 마을이 노을에 잠기는 초저녁 풍경을 눈에 담으며 1골드가 혼잣말을 흘렸다.

그러자 그와 어깨를 나란히 하고 걷던 피치가 목소리를 낮추어 대답했다.

"그렇습니다. 북쪽은 라미안이고, 남쪽은 왕이라고 할 수

있습니다. 그런 연유로 전선은 역삼각형의 모양을 하고 있고
요.”

“삐죽 튀어나온 아래 꼭지점이 테리이고.”

“그렇습니다. 중추이자 가장 중요한 거점입니다. 그곳이
무너지면 와르르! 쭉 밀리는 양상이 될 겁니다.”

“후우! 고립된 중추로군.”

피치는 넉살 좋은 성격으로 그동안 보충병을 이동시키는
병사들은 물론 각지에서 모여든 용병들과 많이 친해진 상태
라 그들이 늘어놓은 작은 정보들을 모아 전장의 상태를 파악
하고 있었다.

지금까지 그가 규합한 정보에 따르면, 왕 측에서는 테리를
고립시킨 채 북쪽 지역의 영주들을 회유하는 전략을 구사하
고 있었다.

피치가 슬쩍 말에 탄 채 소풍 온 것처럼 경치를 구경하는
수진을 흘려보고는 물었다.

“그런데 주모님을 전장까지 모시고 갈 생각이십니까? 아무
래도 전쟁통이다 보니…….”

“번거로워. 알로나에게 맡겨야지.”

“저어, 아직 주군께서 확답을 주시지 않은 문제가 있습니
다. 테리에서는 어떻게 해야 합니까? 라미안을 공격해야 하
나요? 병력이 오십이나 되니 어물정거리다가는 눈에 띌 것 같
아서 말입니다.”

1골드는 부하들에게 싸우는 척만 하라는 명령을 내렸었다. 하지만 검을 섞다 보면 그게 마음처럼 되지 않는다.

부하들은 1골드의 의도가 크라우치에게 있다는 걸 안다. 목숨이 걸린 전장에서 일단은 적군인데 상대를 안 할 수도, 그렇다고 할 수도 없는 노릇이었다.

"돈 좀 발라."

"예?"

피치는 선뜻 이해하지 못했다. 피가 내가 되어 흐르고 살이 튀는 전장에서 돈을 바르라니.

"그러고 보니 너는 전쟁이 처음이구나."

피치가 전투라고 경험한 건 샤오스가 처음이었다.

"왕의 병력이 5만이라고 했다. 그중 전투병이 몇이나 될 것 같나?"

"글쎄요? 이것저것… 한 천 명 빼면 되지 않을까 하네요. 4만 9천 정도요."

"경우에 따라 총력전을 펼칠 때는 5만 전부가 전투병이 되기도 하지만 지금처럼 고사 작전일 때는 대개가 성 주위를 두른 경비와 치중대에 더 신경을 쓰지."

적의 눈과 귀를 막고 천천히 말려 죽이는 방식이다. 제 풀에 지쳐 성을 열고 나올 때까지.

"오만 병력은 투실바의 국력으로는 함부로 일으킬 수 있는 병력이 아니야. 그 병력이 상주하여 똬리를 틀고 있으면 막대한 군비가 소모돼. 그만큼 식량도 많이 소모가 되고. 계속해서 음식물을 날라야 돼. 그럼 치중대의 규모가 커질 수밖에 없을 것이고, 후방 보급 창고 등에 경비가 강화될 것은 뻔한 이치다. 거기에 어디를 가나 떡고물을 바라는 자들은 있지. 뭐, 한직(閑職)이 그것뿐이겠냐? 후방에서 공성병기를 재는 병력도 있고, 보급품을 담당하는 병력, 그 경비 등등 말이야. 알아들었나?"

피치는 멍청하지 않았다. 오히려 1골드가 데리고 다닐 정도로 눈치가 빠르고 머리 회전이 좋은 축에 속했다.

"아하! 제가 선을 만들어보겠습니다."

용병들은 대게 전투병이었지만 꼭 그렇지만도 않았다. 후방에서 보급품을 확보하기 위해 주변 민가를 징집(徵集)하는 등의 일도 담당했다. 백성들에게 얼굴을 붉혀야 하니 아무래도 외인인 용병들이 나았다. 한마디로 가차없이 받은 명령대로만 행하면 되니까 말이다.

"그럼 주군께서는… 자리를 만들어볼까요?"

"필요없어. 난 최전방."

1골드는 우선 크라우치를 만나봐야 한다. 굳건히 성문을 걸어 잠그고 웅크리고 있는 크라우치를.

"그런데 어떻게 들어가나……"

잠시 생각에 잠긴 사이 대열이 멈추어 섰다. 야영을 하려는 모양이다. 그가 주변을 훑어보았다. 너른 평원이다.

“여기가 고토 평야 지역이라고 하더군. 저쪽 능선을 넘으면 바로 테리로 이어진대.”

스웬이 일행에게 다가오며 말을 건넸다.

고토 평야는 투실바 중부 지역에 위치한 유일한 평야 지대였고, 그 위로는 논농사가 불가능한 고산 지대였다.

투실바는 만유 왕국의 동쪽에 위치했고, 중간에 스칼라이드 산맥을 끼고 있으니 지형이 비슷한 점이 많았다.

“저녁은 뭘 먹을 거야, 피치?”

“에휴… 스웬님, 저 좀 살려주십시오. 매 끼니마다 음식은 뭘 준비해야 하나 고민을 해야 하니 이러다 팔자에도 없는 하녀가 되겠습니다. 제발 오늘은 스웬님께서 저의 고민을 덜어주시길 간절히 부탁드립니다.”

헤벌쭉 웃던 스웬이 안면을 싹 바꾸었다.

“허! 자네는 지금 나보러 내 밑에서 검을 배우던 오거한테 밥을 해서 바치란 말인가? 그것도 마누라가 있는 오거에게? 난 그렇게 못하이. 절대 못하지. 그렇고말고.”

“누가 오거예요?”

맑디맑은 미성이 불쑥 끼어들었다.

“오! 제수씨, 아주 훌륭하신 질문입니다. 그 오거라 함은 아리따우신 제수씨에게 사술을 부려 낚아챈 저 인간 같지 않은 자를 말함입니다. 저 친구 얼굴이… 험험!”

괴한들의 습격으로 죽다 살아난 1골드가 그 일 때문에 얼

굴에 철가면이 달라붙어 떨어지지 않는다는 걸 잠시 잊었
다.

　스웬이 급히 몸을 돌려 피치의 어깨에 팔을 올렸다.

　"자네, 뭐 먹고 싶나? 내 요리 솜씨는 용병 길드 내에서도
유명하다네."

　빈 소매를 펄럭거리는 스웬의 뒷모습에 1골드는 그저 쓴웃
음만 지었다.

　야영지 곳곳에서 연기가 피어올랐다.

　용병들이 분주히 오가며 저녁을 준비하는 것이다.

　모닥불을 사이에 두고 스웬이 슬쩍 피치의 눈치를 보았다.

　"말씀하십시오. 뜸을 들이시니 왠지 더 불안합니다."

　"하하, 그럴까? 내가 좀 그래. 생각이 얼굴에 다 나타난다
는 소리를 많이 들었거든. 자네."

　"피치입니다."

　"피치는 아즈빌 족인 것 같은데?"

　말린 고기 조각을 작은 솥에 집어넣으며 피치가 고개를 끄
덕였다.

　"이곳에서는 아즈빌 족을 보기가 힘들어."

　아즈빌은 소수민족이다. 시네르아 지역에서는 간간이 볼
수 있긴 하지만 제국의 수도에서도 찾아보기 쉽지 않을 정도
였다.

"주인님께서 시네르아에 계셨습니다. 그게 인연이 되어서 제가 모시고 있는 것이죠."

"흠흠! 아즈빌은 쉽게 주인을 모시지 않는다고."

"그렇습죠. 하지만 주인님께서는 평범하시지 않습니다. 제가 감히 쳐다보지 못할 정도로 대단하신 분입니다. 모시는 제가 영광이죠. 안 그렇습니까?"

스웬은 어색한 웃음을 지었다. 물론 1골드는 평범하지 않다. 유진에게 무재를 인정받아 양자가 되었을 정도니까.

"그런데 말이야. 그 보기 힘든 아즈빌 족이 이곳에는 무려 5명이나 있더군. 이유를 설명해 줄 수 있나?"

아즈빌 족이 전사의 민족이라 해도 이 먼 북방까지 올 이유는 없다. 제국 내에서도 그들을 원하는 고용주들은 줄을 섰을 테니까 말이다.

용병으로 장수를 하자면 몸이 단단하던가, 눈치가 빨라야 한다. 스웬은 둘 다에 해당된다.

"짐작하시는 그대로입니다."

피치는 의외로 선선히 대답했다. 1골드의 친구라서일까? 그 이유도 있었다.

"혹시… 1골드가 시네르아에서 한자리를 차지했나? 그래서 이곳 사정을 알아보러 온 건가?"

"비슷합니다."

피치가 주변의 눈치를 보는 듯하더니 목소리를 낮추었다.

"주인님의 친구 분이라 하시니 말씀드리겠습니다. 절대 비밀을 지켜주십시오."

"당연한! 내 입을 꽉 다물고 있을 테니."

"시네르아에는 아즈빌 족이 중심이 된 용병단 하나가 근래에 생겼습니다. 저희는 제국 고위층의 의뢰만 받습니다. 그런데 이번엔 특별 케이스로 여기까지 움직였습니다. 크라우치님을 아시죠?"

"그럼, 알다뿐인가. 직접 만나 인사도 했다네."

"그분과 주인님이 작지 않은 인연을 쌓으셨나 봅니다."

스웬이 은밀한 대화를 나누는 것처럼 몸까지 낮추면 말했다.

"그럼 크라우치님의 의뢰를 받고? 그런데 왜 여기에 있는 거지?"

피치가 흰 이를 드러냈다. 검은 얼굴에 흰 줄이 가자 스웬은 기괴한 기분이 들었다.

"우리는 용병이 아닙니까? 알아볼 건 알아봐야지요. 이곳에 대한 신빙성있는 정보를 얻지 못해 직접 온 것이지요. 원래 단장님께서는 반대를 하셨는데, 부단장님이 극구 가서야 한다고 주장하시니 제가 직접 모시고 올 수밖에요."

"허! 1골드가 부단장인가? 녀석, 출세했네."

제국 내에서도 고위층의 의뢰만 받는다는 용병단의 부단장이라 한다. 스웬은 1골드가 자신을 훨씬 능가하는 실력이란 걸 어렴풋이 눈치 챘다. 한 용병단의 부단장이라면 적어도 예전 유진의 수준 정도는 되어야 한다.

"역시 저놈은 한자리 할 놈이었어."

"주인님께서 지나가는 투로 말씀하시던데, 이번 일이 끝나면 스웬님을 데리고 가실 생각인 것 같아요."

"나를?"

"예, 주인님께서 물어보시면 절대 거절하지 마십시오. 원체 말이 없으신 분인데 스웬님을 만나고 얼마나 기분이 좋으셨으면 일 년치 하실 말씀을 다 하셨겠습니까? 게다가 저희 용병단은 웬만한 기사단 급 대우를 받습니다. 제국의 남작 따위는 주인님 앞에서 고개를 들지도 못하지요. 흐흐흐."

스웬이 눈을 동그랗게 떴다. 제국의 남작 앞에서는 투실바의 백작도 고개를 들지 못한다.

"녀석, 쓸데없는 짓을."

짐짓 훈계하는 투였으나 목소리는 가벼웠다.

"주군의 의중을 파악하는 것도 아랫사람의 도리라고 배웠습니다. 그리고 용병들 사이에서의 수근거림도 들립니다. 원체 주군도 대단하시지만 스웬님의 말처럼 깜둥이들이 다섯이나 있어 주목받을 수밖에요. 연막이 필요했습니다. 스웬님께서 잘 말씀해 주실 겁니다."

스웬이 피치에게 들은바 곧이곧대로 말하지는 않을 것이

다. 만약 피치가 지어낸 이야기가 퍼진다면 피치는 직접 스웬의 목을 칠 결심이었다. 그런 자는 주군의 친구가 될 자격이 없다.

"넌 힘보다는 머리를 쓰는 게 낫겠다."

1골드는 웃어넘겼다. 용병 모집에 응한 것은 주변 상황을 파악하기도 하고 왕의 진영을 직접 보자는 의도였다. 덤으로 테리까지 편안히 모셔다 준다.

마음만 먹으면 진영에서 몸을 빼내는 것은 그리 어려운 일이 아니다. 자다 말고 겁에 질려 도망친 용병들도 부지기수로 많은 상황이었다.

고용주 측에서도 도망쳤나 보다 하고 별반 신경 쓰지 않는다. 그들에게는 어리버리한 용병이 며칠 공짜로 일해준 걸로 치부하면 그만이었다. 어차피 비용은 후불제이니까.

피치가 물러가자 1골드는 잠자리에 누웠다. 잠자리라 해봤자 풀을 깔아 땅바닥에서 올라오는 습기를 막고 그 위에 얇은 천 조각 하나를 펼치고 눕는다.

이불은 망토다. 망토는 잘 때는 이불로, 비 올 때는 우비로, 바람 불면 피풍의 역할을 한다.

질긴 오거 가죽을 수십 번 무두질해 부드러운 천같이 만든 1골드의 망토는 겉보기와는 달리 갑옷과 다름없었다. 망토의 안감에 눈이 빙빙 돌 정도로 복잡한 마법 수식들이 그려져 있는 것이다.

1골드가 자리에 눕자 수진이 귀신같이 나타나 그의 품으로 파고들었다.

"말도 없이 어디를 갔다 온 거야?"

"알로나한테."

"걔 왔어?"

"응, 나 오늘 밤만 자기랑 자고 내일부터는 알로나랑 다닐게."

수진이 고개를 치켜올리고 눈을 가늘게 좁혔다.

"들었니?"

"쳇! 누굴 바보인 줄 알아. 들으라고 한 소리잖아."

"바보인 줄 알았지."

"이게 정말… 계속 그러면 확 덮친다."

1골드가 헛웃음을 흘리다 불쑥 수진의 상의에 손을 집어넣었다. 탄력있고 풍만한 가슴이 그의 한 손에 가득 들어왔다.

"아!"

"전쟁은 남자를 짐승으로 만들지."

하루가 흘러 낮은 능선을 넘자 내륙에 펼쳐진 회색 물결이 밀려드는 듯했다. 각양각색의 막사들이 줄지어 푸른 초원을 덮고 있는 것으로 보아 포위군의 진지였다.

말이 오만이지 실제로 보는 규모는 1골드마저 흠칫 놀랄 정도였다. 오만이 이 정도인데 역사 속에 자주 등장하는 백만 대군은 어떠할까?

막사 하나에 열 명이 잔다 치면 십만 개. 막사를 한 줄로 쭉 세우면 대충 계산해도 무려 30㎞다.

수차례 전장에 출전한 1골드로 이 정도의 규모는 처음이었다.

"요 근래에 이 정도 전쟁은 아마 처음일걸?"

구릉을 내려가며 스웬이 말했다. 그의 말처럼 소영주 간의 다툼은 끊임없이 발생하지만 중앙군이 움직일 정도의 대규모 전쟁은 없었다.

"제국에서는 어땠어?"

"비슷하지. 자잘한 일들이야."

"그런데 아침부터 제수씨가 보이지 않던데……."

갑작스레 차가운 검푸른 빛이 감도는 철가면이 코앞으로 다가서자 스웬이 흠칫 놀랐다.

"왜? 관심있어?"

"아, 아니, 내 말은… 하하… 하!"

1골드가 바람에 흐느끼는 기다란 풀을 꺾어 들었다.

"딴 놈이랑 눈 맞아서 도망쳤나 보지. 여자의 마음은 이거래잖아."

"정말로?"

"후후후, 시커먼 놈들이 가득 찬 곳에 제 여자를 데려가는 놈이 있나? 잘 숨겨놓았지. 가끔 딴 짓을 하고 싶을 때도 있고. 스웬, 못 보는 동안 많이 순진해졌어.”

스웬은 벙찐 표정이었다.

‘이 자식, 그동안 어떻게 산 거야? 옛날의 그놈 맞아?’

무리 지어 모인 막사 사이를 통과할 때 1골드가 한쪽 무리
에 시선을 주었다. 최후방에 동떨어진 막사들이었는데 다른
곳과는 이질적인 모습이었다.

“막사를 배정받고 오늘은 내가 한턱 내지. 저기에서.”

스웬이 1골드의 시선을 좇더니 풀썩 웃었다. 전장의 꽃들
이 모여 있는 막사들이었다. 막 여인네들을 가득 채운 마차
한 대가 그곳으로 들어가고 있었다. 한몫 잡으러 전쟁터만 찾
아다니는 상처 입은 꽃들이었다.

“부대 정지!”

“정지! 정지!”

숱한 깃발이 펄럭이는 막사들 사이를 지나 보충대가 당도
한 곳은 좌현 외곽에 따로 마련된 용병 부대의 막사군이었다.
이곳은 다른 진지와는 달리 부대를 상징하는 깃발이 보이지
않았다.

엉성한 목책으로 두른 진지 입구에 몇몇 군관들이 나와 있
었다. 보충병 배정을 맡은 자들이었다.

“베이튼!”

모집관이 인슈리아에서 작성한 명단의 이름을 호명했다.
도착 인원을 파악하고 소속될 부대를 배정해 주는 것이다.

용병은 자유인으로 강제성이 없기에 전장에 도착하기 전에 몸을 돌려 돌아가면 그만이다. 계약의 시작은 일터에 도착한 순간부터다.

1시간여가 흐르고 1골드의 차례가 왔다.

"골드, 제국에서 보증한 1급 용병."

군관이 눈에 이채를 띠며 1골드를 훑어보았다.

"좋은 체격이다. 그런데 왜 기병이 아니라 보병인가?"

1급 용병이면 상급 검사 이상의 수준이라 친다. 당연 기사로 구성된 기병대에 지원하고 배치를 한다.

"보다시피 탈 만한 말이 없소."

격렬한 움직임을 필요로 하는 전장에서 아무리 튼튼한 군마라도 철갑으로 무장한 기사를 태우고 한 시간 이상은 뛰기 힘들다. 무구의 무게와 기사의 체중까지 합하면 대략 150kg에 육박한다.

그래서 여러 차례 말을 바꾸어주어야 하는데 1골드는 언뜻 보아도 체중이 완전무장한 기사 정도는 되는 듯했고, 여기에 풀(Pull)로 갑옷을 착용하고 무기를 들면 200kg은 훌쩍 넘을 것 같았다.

"허허, 그것도 그렇겠다."

그때 보충병을 인솔한 군관이 다가와 귀엣말을 건넸다.

"으흠, 여자를 데리고 왔다고 하던데?"

"오다가다 만난 사이요. 싫증이 났나 보지."

너무도 뻔뻔한 말이었다. 일부 용병들이 시골 처자들을 납치해서 가지고 놀다 팔아버린다는 소리가 있었다. 이 앞의 흉악한 놈은 그런 류인 것이다.

"됐소? 난 어디로 가면 됩니까?"

"저 줄에 서라. 넌 돌격 부대다."

"크큭, 원하던 바요. 피가 보고 싶거든. 담에 봅시다."

"막사 사용료, 식비 등은 일당에서 제한다. 급료는 매일 여기서 계산한다."

"귀찮게, 잘 쌓아두시오. 한목에 받으러 올 테니. 여기 괜찮은 년은 누구요?"

"아아아악! 엄니, 나 죽어!"

얇은 천조각 사이로 여인의 애타는 비명이 높게 울렸다. 당장 천막을 찢고라도 들어가야 할 상황인데 막사 근처에 모여 있는 병사들은 묘한 표정을 지으며 막사에서 흘러나오는 비명 소리에 귀를 기울였다.

"누구래?"

"오늘 왔다는데, 대단한 놈이다."

"여긴 제시카네 집이 아니야?"

쑥덕거리던 사내들이 동시에 입을 다물었다.

점차 커지는 교성.

"오오오오오! 자기야! 여보! 죽여줘! 사랑해!!"

입맛을 다신 한 사내가 게슴츠레해진 다른 사내들에게 푸념 섞인 소릴 내뱉었다.

"하아! 살려달라더니 죽여달란다."

"뭐니뭐니 해도 백미는 '사랑해'야. 쟤네들한테 그 소릴 듣는다는 건 남자로서 마스터에 올랐다는 뜻이지. 그런데 얼마나 저 짓을 하는 거야?"

"놀라지 마라."

"엥? 설마 저녁 내내?"

"뭔 소릴, 들어간 지 10분도 안 됐다. 더 대단한 거지. 10분 만에 그 방면의 프로 하나를 넉다운시켰잖아. 아! 존경심이 절로 우러나온다. 진정한 마스터야, 저 친구는."

교성인지 비명인지 모를 소리는 반 시간 후에 스웬이 옆 막사에서 나올 때까지도 계속되었다.

"스웬님, 여기서 뵙는군요."

막사 사이에서 흰 이를 드러낸 피치가 다가왔다.

"이런 데서도 수행을 하나?"

"하하하, 무슨 말씀을. 저 소리를 듣고 있으면 난 남자도 아닌 것 같은 자괴감이 들어 살기가 싫어집니다. 저도 일이 있어 왔지요."

"꽃을 찾는 일은 한 가지지, 꿀샘을 찾아왔군."

"여러 벌들이 같이 왔습죠."

피치가 빙글 웃었다.

1골드의 말대로 '돈질'을 하고 나온 참이었다. 전장의 꽃을 찾은 건 그 후에 일종의 여흥을 제공한 것이다.

1골드가 제시카네 집에서 나온 건 10여 분 정도가 지난 후였다. 숱한 사내들의 선망의 눈초리를 받으며 스웬에게로 다가갔다.

"피로가 풀렸나?"

"더 쌓였어, 너 때문에. 밑에 깔린 년이 자기도 저 소리가 나오게 만들어달라더군. 요즘 용병들은 허우대만 멀쩡하고 제대로 힘도 쓰지 못한다는 말까지 들었어. 아… 정말 처참한 날이야."

"크크큭. 스웬님, 그 기분 저는 잘 알고 있습니다. 아참, 내일 부대 이동이 있을 겁니다."

"웅? 나 말이야? 네가 어떻게 알아?"

"어쩌다 보니 알게 되었습니다."

"어디로?"

"전선 아래에서 지하 갱도 작업을 하고 있다고 하더군요. 저와 스웬님은 그리로 가게 되었습니다."

스웬이 인상을 찌푸렸다.

"설마 두더지처럼 땅을 파라고?"

"감독관입니다. 인부를 잡아오는 일도 해야 하고요. 제 생각에는 아마 주로 인부들을 동원하는 일을 할 것 같습니다."

"에휴! 지저분한 일은 다 우리 몫이지 뭐. 어느 세월에 땅굴을 파서 성에 들어가려고 하나."

지하 갱도를 뚫는 일은 보편적인 공성법 중 하나였다.

요새나 성을 공격하는 경우 대개 포위 공격으로 시작한다. 하지만 단단한 성을 함락시키는 일은 보통 어려운 게 아니다. 대부분의 공성전은 장기전으로 치닫고 수많은 전력 손실을 가져온다.

이들은 고사 작전을 펴면서 성을 직접적으로 공격할 방안도 모색하고 있는 것이다.

"주군, 미행이 붙었습니다."

1골드는 스웬과 함께 지정된 막사로 향하는 길이었다. 진지 곳곳에 지펴진 모닥불 사이를 걷는 와중에 호위인 지젤의 텔레파시가 머릿속에 울렸다.

"내버려 둬. 그리고 너와 이반은 사령관의 막사를 감시해라."

"안 됩니다. 주모를 모시고 간 베라가 아직 돌아오지 않았습니다. 그럼 홉만 남게 됩니다."

"네 걱정이나 해. 홉도 필요하면 데려가고, 명령이다."

"명을 받듭니다."

스웬이 끄집어낸 문제를 다른 자들이라고 간과하지는 않을 것이다.

아즈빌 인은 너무 눈에 띈다. 피치와 함께하는 1골드도 그렇고.

그래서 여자를 찾았다. 눈 가리고 아웅 하는 식이지만 다른 용병들과 전혀 다름이 없다는 걸 보여주는 의미도 있었고, 다른 계획도 있었다.

'히야! 멋있다!'

테리 성을 직접 본 1골드의 감상이었다.

진지에서 도보로 반 시간여 거리에 전선이 형성되어 있었다. 잠을 자다 불벼락을 맞을 수도 있어 전선 가까이에 진지를 구축하지는 않는다.

테리 성은 호수 속의 섬 위에 있었다.

호수는 고토 평야의 젖줄이다. 그 호수로 유입되는 시냇물을 저장하는 댐 구실을 하는 거대 장벽이 점차 발전해 성벽을 이룬 것이다.

10m가 넘어 보이는 높이의 성벽은 대체적으로 보면 내외부 벽의 이중 구조로 직사각형 모양이다. 내부 벽은 각 모서리마다 거대 망루(望樓) 역할을 하는 탑이 세워져 있으며, 섬에 건설된 내성으로 들어가는 정면 입구에는 사방이 탁 트인 높은 누각이 있었다. 이 누각은 동과 서쪽의 출입구도 이것과 마찬가지로 지어져 있었다.

외벽은 내벽보다 낮고 얇으며 모서리에는 탑이 없었고, 대신 곳곳에 총안이 뚫려 있는 망루가 설치되어 비교적 안전하게 화살을 쏠수록 설치되어 있었다.

외벽은 1차 저지선이고, 2차는 내벽, 3차는 외성벽과 내성 사이에 흐르는 호수였다. 외성과 내성은 가동교(可動橋)로 연결되어 있으나 다리만 치우면 배를 띄우지 않는 이상 대군이 넘어가기에는 힘들었다.

해자를 시체로 채우는 공성법도 테리 성에는 맞지 않는다. 호수가 내부 해자 역할을 하니 그곳을 채우려면 수만의 시체로도 어림없다.

외성의 주된 출입구는 세 곳이었는데 입구마다 각기 격자문(格子門)으로 방어되고 있었다.

외성에서 내성으로 향하는 통로는 정문의 가동교와 보트가 이동 수단의 전부였다.

호수의 수위를 조절하는 수문이 외성벽 밑으로 뚫려 있었는데, 물고기가 아닌 이상 그곳으로 들어가기는 쉽지 않아 보였다.

테리 성은 수성만을 목적으로 한다면 수십 년도 견딜 것 같은 천혜의 요새였다. 하지만 반대 상황으로 방어군이 포위군을 공격하려 하면 단언컨대 효율적인 성의 구조는 아니었다.

원래 저수지로 사용하기 위해 호수에 댐을 쌓은 장벽을 성벽으로 활용하여 건설되었으니 방어에 중점을 둔 것이다.

테리 성을 바라보는 1골드의 눈빛이 깊게 가라앉았다. 저곳에 들어가 크라우치를 만나야 하는데 생각보다 쉬워 보이지가 않았다.

처음에는 야밤을 틈타 플라이 마법으로 성벽을 넘을 생각
도 해보았다. 하지만 고개를 저을 수밖에 없었다.

라미안의 주력은 병사들이라기보다는 신관들이다. 즉, 신
성 마법으로 무장한 마법 군단이란 말이다. 아무리 6써클을
바라보는 그라도 하늘에서 통구이가 될 판이다.

다크 엘프의 은신술을 이용해 몰래 잠입을 한다면,

'글쎄, 어느 정도는 가능할지도 몰라. 아니지, 성벽에 알람
마법이라도 걸려 있으면… 좀 더 지켜볼 필요가 있겠어.'

그가 마치 떠나간 여인을 그리워하듯이 테리 성을 하염없
이 바라볼 때 진군을 알리는 북소리가 울렸다.

두웅! 둥둥둥!

"하늘에 태양이 있듯이 땅에는 투실바가 있다. 우리는 천
세만세 이어질 이 위대한 왕국에 가장 현명하시고 영명하시
며 유일하게 신께 선택받으신 왕국의 주인이자 만백성의 어
버이이신 조안 전하의 은총을 받은 전하의 군대다. 오늘 우리
는 일신의 사술로 어리석은 백성을 우롱하고 농락하며, 신의
뜻을 변질시키는 저 사악한 사교도들에게 하늘의 무서움을
보여줄 것이다. 왕의 용맹한 군사여! 군대여! 검을 들어라! 진
군의 나팔을 불어라!!"

"우아아아아!"

전장을 한 번도 굴러보지 못한 듯 화려한 갑옷을 입은 장수
가 출격을 대비하는 군사들 앞에서 말을 달리며 소리치자 그

에 호응하는 병사들의 우렁찬 외침이 울렸다.

아군에게 명분을 부여하고 사기를 올리는 행위였다.

목이 터져라 함성을 울리는 건 투실바의 병사들이 대부분이었고, 용병 부대는 건성으로 소리를 지르는 척할 뿐이었다.

하루에 적어도 네다섯 번씩은 이런 출정식을 한다. 전 부대가 동원되어 성을 공략하는 총공격은 딱 두 번 있었는데, 그때 막대한 희생만 치렀다고 했다.

"어이! 신참, 하품이라도 좀 해라. 저 새끼가 앞에서 바락바락 소리치는데 미안하지도 않나?"

검 중간 위부터 톱을 붙여 달아놓은 듯한 기형검을 들고 있는 용병으로, 1골드가 속한 조의 조장이었다. 1골드에게 1개 대의 대장 자리를 준다 했으나 번거롭다며 거절을 했다.

"힘 빼서 뭐 하게. 악은 지들끼리 쓰라고 해."

"크크크, 새끼. 제대로 굴러먹은 놈이구나. 맞다. 죽으려고 나가는 놈들은 우리뿐이지. 야, 근데 네 소문이 쫙 퍼졌더라."

"뭐가?"

"그 방면에 도통했다면서? 내가 요즘 그게 부실해서 말이야. 좋은 방법이 없겠나?"

"후후, 갔다 와서 가르쳐 주지. 확실한 방법으로."

긴장을 풀려고 잡스런 이야기를 늘어놓던 용병 부대에게 진격 명령이 떨어졌다.

상체를 가리는 커다란 방패를 앞세우고 돌격 부대가 선두에 섰다. 그 뒤로 성문을 열고 튀어나올 적 기병에 대비해 장창수들이 위치했고, 모닝스타나 망나니들이 주로 사용하는 도끼인 부르바(Bullova), 함마 같은 중병기(重兵機)를 든 중병 부대가, 후미에는 궁수들이 자리했다.

병력 구성이 성을 함락하기 위한 부대라고 보기에는 무리가 있었다. 그보다 전형적인 기병을 상대하는 보병의 구성이었다.

기병이 나타나면 먼저 궁수가 화살을 퍼부어 타격을 주고, 거리가 좀 더 좁혀지면 방패수들이 메고 있던 단창을 던진다. 그런 연후에 방패로 장벽을 치고 그사이에 땅에 박아 고정시킨 장창을 내밀어 기병의 돌파력을 줄이는 전술이다.

장창은 중갑으로 무장한 기병을 꿰뚫어 죽이려는 것보다는 기사를 밀어 떨어뜨리던가 말을 잡는 목적이다. 말을 잃어버린 기병은 중병을 들은 병사들의 몫이다.

검으로 찔러 죽이는 게 아니라 중병으로 때려죽인다.

메이스로 투구를 찌그러뜨리고 부르바로 갑옷의 약한 부분인 목을 단도대에 올려진 사형수처럼 댕강 잘라 버리는 것이다.

그런 연유로 웃기게도 중갑기병의 사인은 외상보다는 내상이 더 많았다. 무거운 갑옷을 입고 돌진하는 말에서 내동댕이쳐진 충격에 중장보병들의 무식하기 짝이 없는 타격으로 고막이 터지고 내장이 이탈하며, 심장이 마비되어 끝내는 멈쳐 버린다. 성난 보병의 난도질은 그 이후였다.

용병 부대가 전선을 이탈해 한 걸음 한 걸음씩 테리 성으로 다가갈 때 신경을 끄는 소리가 들렸다.

드드드! 드드드득!

선두에선 1골드가 고개를 돌렸다. 흐릿한 먼지를 일으키며 전선에 세워져 있던 망루가 움직이고 있었다.

이동 망루다. 성벽 위의 순찰로와 공격로를 연결하기 위한 이동 망루와는 모양새에 차이가 있었다.

밀리터리 다큐멘터리에서 보았던 해병대가 접안 작전을 펴는 장갑차처럼 앞과 좌우를 철판으로 보호하고 성벽처럼 활을 쏘기 위한 총안을 뚫어놓았다.

"이봐, 조장."

"왜에?"

잔뜩 긴장한 채 성벽 위를 노려보던 조장이 건성으로 대답했다.

"이동 망루와 우리들만 가지고 성을 함락하자는 거야? 이 병력으로?"

용병 부대는 총인원이 대략 육천 정도다. 지금 나서는 인원은 그 반수인 삼천으로, 이 병력으로는 어림도 없었다.

"하는 척만 하는 거야. 보면 아니까, 화살이나 조심해. 저 새끼들은 성 밖으로 잘 나오지를 않아. 가끔 튀어나와 일자리를 늘리고 가는 적도 있지만 "

1골드의 궁금증이 더해갈 때 공기를 가르는 미약한 소리가 들렸다.

슈우우웅!

하늘을 가르고 돌덩이들이 포물선을 그리며 성으로 날아가고 있었다. 투석기에서 쏘아올린 것이다.

펑펑!

쾅! 쾅! 쾅!

열에 서너 발은 어이없는 곳으로 날아가 맨땅을 들썩이게 만들었고, 나머지는 성벽과 성벽 너머에 타격을 주었다.

하지만 중간중간에 요지로 향하던 돌덩이들이 폭죽처럼 허공에서 터져 버렸다. 신관들이 마법으로 방어를 한 것이다.

'흐음… 이 정도면 활의 사정거리가 될 텐데.'

외성 벽까지는 150여 보의 거리다. 아직까지 성에서는 어떠한 공격도 없었다.

그가 고개를 갸웃하는 순간 어느새 이동 망루가 최전방까지 나와 있었다. 망루가 빠른 것이 아니라 용병들의 이동 속도가 그만큼 느렸다.

"궁수! 일제 사격!"

망루에 달라붙은 사격 통제관의 명령이 떨어졌다.

날카로운 소음이 울리며 망루마다 수십 발의 화살들이 성벽 위를 향해 쏘아져 갔다.

"야! 이 새끼들아! 화살을 퍼다 주지 말란 말이다! 정확히

쏴! 한 발에 한 마리씩!"

궁수들을 독촉하는 소리가 울리자 1골드는 일련의 행태를 이해할 수 있었다.

'소모전이군.'

방어군의 첫 대응은 불덩이였다. 망루에서 사격이 시작되자 기다렸다는 듯이 내성 모서리마다 우뚝 솟은 탑 꼭대기에서 불덩이들이 정확히 일직선으로 이동 망루를 향해 날아갔다.

콰앙!

끼리리릭!

1골드의 좌측에 있는 망루에도 불덩이가 적중했으나 망루는 뒤로 밀려났을 뿐, 부서지지도 불에 타지도 않았다. 이쪽도 준비가 되어 있는 것이다.

"불꽃놀이가 어떠냐? 볼 만하지? 밤에는 더 멋있다."

누런 이를 드러내는 조장이었다.

"우린 이번 주에 주간이니까 못 볼 테고, 네가 재수없게 돼지지만 않으면 다음 주에는 볼 수 있을 거야."

"이게 끝이야?"

"상황에 따라 다른데 대부분은 그래. 거의 한 달 동안 이 짓을 한 것 같은데, 처음에는 망루도 날아가고 궁수들도 꽤나 죽어나갔지만 이제는 별 피해도 없어. 저놈들은 화살이 별로 없어서 망루만 공격하거든."

물자를 공급받지 못하는 고립된 상황에서 수차례 수성전을 치렀으니 화살 한 대도 목숨처럼 아낄 것이다. 어쩌면 지금은 이쪽에서 더 많은 화살을 날려주기를 바랄지도 모른다. 주워서 써야 하니까.

마법도 그렇다. 마나가 샘처럼 솟아 나오는 것도 아니니 소비된 마나를 채우려면 시간이 필요하다. 고위급 신관들뿐만 아니라 신성 마법을 사용할 줄 아는 신관이라면 죄다 체력이 바닥이 나 지친 상태일 것이다.

이런 공격이 밤낮으로 서너 차례씩 계속 이어지고, 때때로 소모전 양상인 척하며 전면 공격을 하면 방어군들은 한시라도 신경을 늦출 수 없다.

'말려 죽이는군. 제법 머리를 쓸 줄 아는 놈이 있구나. 왕은 계속 병력을 보충할 수 있지만 라미안은… 가랑비에 옷이 젖겠어. 으음!'

방패 너머로 성벽을 바라보던 1골드가 누각으로 눈을 돌렸다. 신경을 확 끌어당기는 강대한 기운이 나타났다.

'크라우치… 아니군. 제법인데, 마스터?'

1골드가 안력을 높였다. 기억에 남아 있는 복식이었다. 흰 망토와 그 사이로 보이는 은색에 가까운 갑옷에 그려진 눈동자, 왈카의 검이라고 했던가? 성기사의 표시였다.

얼굴은 30대 중후반의 준수한 미남으로, 두툼한 입술이 인상적이었다. 그 사내가 커다란 화살을 치켜들며 소리쳤다.

"내가 보이느냐! 이 악마의 종자들아!"

후방의 지휘관들까지 들릴 정도로 쩌렁쩌렁 울리는 커다란 음성이었다. 그가 느닷없이 물었다.

"신의 전사들아! 내가 누구인가!"

역시 대답은 성안에서 들려왔다.

"왈카의 검! 천군의 신장!"

"내가 돌아왔다!"

"와아아아아!"

함성 속에 하늘을 찌르는 사기가 담겨 있었다. 소리를 치는 사내가 굉장한 카리스마로 병사들을 휘어잡는 자라고 1골드는 생각했다.

"돌아와? 부상당했었나? 이봐, 조장."

조장은 1골드의 말을 듣지 못했는지 눈이 휘둥그레져 입을 헤 벌리고 누각에 당당히 서 있는 성기사를 쳐다보고만 있었다.

"미치겠군. 내가 잘못 봤나? 이봐, 골드. 저기에서 소리치는 놈, 어떻게 생겼나?"

"잘생겼는데."

"혹시 주둥이가 커다란 놈 아닌가?"

1골드가 고개를 끄덕였다. 입을 헤벌린 조장이 머리를 흔들었다.

"저 새끼 분명 죽었는데……. 귀신이야, 귀신. 히이……."

"죽어? 저놈이 죽었……."

1골드는 말을 잇지 못했다. 지금까지 발현된 마법들과는 비교도 안 될 정도로 강대한 기운이 그자에게로 모여 번쩍이는 순간, 망루 하나가 산산조각이 되어 날아갔다.

'호오! 화살에 마나를 실어 날린다?'

그 짧은 순간에 1골드는 분명 보았다. 오러를 발하는 검처럼 화살에는 마나가 잔뜩 실려 있었다.

'마스터네. 질적으로는 뒤지지 않는다는 건가?'

망루 다섯 개가 더 날아가고 나서야 용병 부대는 퇴각했다. 애초에 성을 공격할 목적은 아니었다.

1골드는 후방 진지로 돌아와서야 조장의 말을 이해할 수 있었다. 그 성기사의 이마에 화살이 뚫고 들어갔고 심장에 검이 박힌 장면을 목격했다는 자가 한둘이 아니었다.

그들은 서로 질세라 침을 튀기면서 그 상황을 장황하게 설명했다.

1골드는 그저 '죽다 살아난 자군' 하며 넘기고는 오늘도 어김없이 전장의 꽃들을 찾아나섰다.

진지에 들어온 지 일주일 동안 하루도 빠짐없이 다니는 길이었다.

첫날은 제시카네 집이었다. 1골드를 받은 제시카는 하루 동안 몸조리를 한 후에야 영업을 재개했다.

그날 찾아간 한 병사가 '다시는 그놈을 받지 않겠지?' 하고 물었는데, '다음에 오면 공짜야' 라고 대답한 제시카의 일화는 용병들 모두가 알고 있을 정도로 유명했다.

용병 막사를 막 빠져나가는 1골드를 붙잡는 손길이 있었다. 아이온에 와 처음 인연을 맺은 글렌을 연상시키는 조장, 머치였다.

"아까 부탁한 거."

하며 아랫도리를 쓰윽 만지는 머치였다.

헛바람 빠지는 소리를 낸 1골드가 철가면을 머치에게 들이밀었다.

"단기간? 장기간?"

"당연, 단기간이지."

1골드가 함지막 한 손으로 그의 어깨를 턱 잡더니 속삭이듯 말했다.

"지금 당장 불개미 구멍을 찾아."

"꿀꺽! 그래서?"

"바지를 내리고 내 물건을 거기에 집어넣어. 이상."

그 말을 끝으로 1골드는 더 할 말이 없다는 식으로 성큼성큼 앞으로 걸어갔다.

"불개미 소굴에 이 귀한 걸 박아 넣으라고?"

한참을 망설이듯 제자리를 맴돌던 머치가 불개미를 찾아 수풀로 향할 즈음에 1골드는 가구라고는 침상과 탁자 의자뿐인 막사 안에서 연신 숨넘어가는 교성을 토해내며 몸을 비비 꼬는 여체를 감상하고 있었다.

"하악! 하악!"

침상에 누워 허공에 누가 있는 것처럼 허우적거리는 여자와 의자에 앉아 그를 구경하는 1골드. 누가 보면 변태라고 할 모습이었다.

그런데 연기처럼 나타난 사내가 그 모습을 보았다.

"주인께서 이런 취미가 있는 줄은 몰랐습니다."

뽀족한 귀를 자랑스럽게 드러낸 사내는 샤먼 마법사 안드레이였다.

"이것도 고욕이야. 지켜보는 것도 힘들어. 그보다, 조사해 보았나?"

"예, 주군. 성의 설계도는 찾을 수 없었습니다. 있어도 성내의 성주가 가지고 있지 않나 생각되어집니다. 그래서 탐문한 끝에 성내를 자세히 알고 있는 시종을 하나 찾을 수 있었습니다. 이게 대략적인 내부도입니다."

성을 대략적으로 그려진 내부도를 1골드가 유심히 살펴보았다.

"성안에 들어가서도 성주 침실까지 상당히 고역이겠어."

"헤엄치지 않는 이상 내성으로 가는 길은 내성과 외성을 연결하는 가동교 하나뿐이랍니다. 경비가 집중되겠지요."

"날아갈까?"

"테리 성은 투실바 중추의 요새라고 하더군요."

"방어 마법진이 있겠지."

"예, 상공에도 수작을 부려놓았을 겁니다."

1골드가 여전히 교성을 토하는 여인을 보다가 입을 열었다.

"저 짓도 고문이야. 두어 시간이면 완전히 진이 빠지겠는데?"

"잔인한 고문이지요. 시네르아의 제후를 보셨지 않습니까? 왜 주군께서 알로나 대신 저를 오라고 하셨는지 이제야 이해가 되었습니다."

안드레이는 알로나에게 존칭을 붙이지 않았다. 반 일족의 입장에서 보았을 때 그녀들은 주인의 시녀였다.

"변태적인 취향을 마누라들에게 보이기 싫어서?"

화들짝 놀란 안드레가 손을 저었다.

"그런 뜻이 아니라……."

"소란없이 들어갈 수 없다면 그냥 정면으로 뚫어버릴까? 머리 굴리는 것도 피곤해."

1골드는 천재 소릴 듣던 과거를 싹 잊은 듯했다. 언젠가 스스로에게 그렇게 된 이유를 질문한 적이 있었다. 그의 대답은 '몸만 굴렸더니 바보가 된 걸 거야' 였다.

여인에게 걸린 최면과 환상을 풀어주고 1골드는 막사를 나섰다.

탁자 위에는 두둑한 화대가 놓여져 있었다.

"아흐응! 정말 몇 번을 죽었다 살았는지 모르겠네. 어휴! 짐승……."

탈진한 채 침상에 축 늘어져 있던 여인이 사지를 쭉 폈다. 우악스런 사내의 손길이 온몸에 남아 있는 듯했다. 하지만 나쁜 기분은 아니다.

"내일은 안 오려나?"

그녀의 바람은 어긋났다. 1골드는 어김없이 꽃을 찾아왔지만 한 번 맛을 본 꽃은 미련이 없다는 식으로 다른 꽃을 찾았다. 이후 어김없이 비명에 가까운 교성이 터져 나오고, 더불어 검은 바람 또한 흘러나왔다.

바람에 흩날리는 갈대를 가볍게 밟고 스치듯 달리는 인영이 있었다.

팅팅팅!

소리가 났다면 아마 이런 식이었을 것이다.

1골드는 전신의 내력을 북돋아 풀잎을 밟고 달렸다. 전에는 바람을 뚫고 달리는 느낌이었다면, 결을 느낀 이후로는 바람을 타는 기분이 들었다.

그만큼 소모되는 내력도 줄어들었고, 속도는 오히려 배가(倍加)되었다.

'수문을 여는 횟수는 한 달에 두 번. 오늘을 놓치면 보름을

기다려야 한다.'

호수에 찬 물은 정기적으로 방류를 한다. 원래 용도대로 농업 용수로 사용하기 위함이고, 호수 면이 높아지면 내성이 물에 잠기게 되니 수위를 낮추어야 했다.

지금은 전시라 수문을 개방하는 날짜가 바뀔지 모르지만 사람의 행동 패턴은 크게 달라지지 않는다.

성내 부원 중에서 수문의 개폐를 담당하는 자가 있을 것이고, 그자는 버릇처럼 제날짜에 수문을 열 확률이 높았다.

폭포수처럼 콸콸 쏟아지는 물을 역류해서 오를 능력을 가진 자가 몇이나 있겠는가?

만약 수문이 열리기를 기다리는 병력이 있다고 해도 모두 물에 휩쓸려 갈 판이다. 게다가 안드레이가 가져온 내부도를 보면 수문 안쪽에는 창살이 처져 있다고 했다.

쏟아지는 물살을 버티면서 수문에 달라붙어 창살을 떼어 내야 한다. 감히 엄두도 내지 못할 일이다.

예외없는 법칙이 없다고, 조용히 들어가고 싶은 사람은 있었다. 그는 그럴 만한 능력도 갖추고 있었다.

전선까지는 마법도 사용하면서 속도를 높였고, 전선을 지나면서는 최대한의 은신술로 병사들을 스쳐 갔다. 이후 전장은 땅바닥에 몸을 최대한 낮추어 수풀 사이를 헤치는 뱀이 되었다.

'후우……'

1골드가 하늘을 올려다보았다. 어김없이 세 개의 달이 그를 반겨주었다. 그중 가장 큰 놈이 머리 꼭대기에 위치하는 시간이 자정이다. 방류 시간은 그때라 했다.

자정에 방류를 해야 새벽녘에 농지에 도착한 농민들이 물을 쓰기에 적절하다는 이유였다. 지금은 물을 쓸 농민도 없지만.

'흐음! 수문을 열지 않으면 천상 성벽을 날아 넘는 수밖에 없는데……'

정말 카뮤라는 신이 라미안 교를 보살펴 주기라도 하는지 미세한 진동이 전해지기 시작하더니 밤의 정적을 깨뜨리는 육중한 소음이 울렸다.

철컹! 크룽! 크룽! 크르르르륵!

쇳덩이로 만든 수문이 올라가면서 시꺼먼 물줄기가 토해지기 시작했다.

눈을 빛낸 1골드는 기다렸다. 수문이 완전히 개방될 때가 그나마 물살이 약하다. 수분의 시간이 흐르자 수문은 더 이상 올라가지 않았다.

콰콰콰콰콰!

조금 전보다 물살이 약하다고는 하나 수로에 나무가 심어져 있었더라면 뽑힐 정도로 거셌다.

크게 숨을 들이마신 1골드는 아무런 두려움 없이 훌쩍 몸을 날렸다.

'몸을 가볍게 하는 방법은 외부의 마나로 몸을 바치면서 내력으로 몸을 띄우는 것. 반대라면…….'

어깨에 태산이 올려져 있다고 생각했다. 다리에 마나로 만들어진 수천 톤의 철구를 달았다. 수로의 중간 지점에 도착한 1골드가 쑥 하고 급격히 떨어져 내리자 거센 물살은 소리도 없이 그를 집어삼켰다.

'으윽!'

1골드는 수로 바닥에 발을 딛지도 못한 채 물살에 휩쓸려 떠내려갔다. 내력을 최대한으로 끌어올리고 검으로 바닥을 찍어서야 겨우 멈추어 설 수 있었다.

하지만 그것뿐이었다. 앞으로 나갈 엄두를 내지 못했다.

'허! 이거 장난이 아닌데. 배에 매달린 건 갖다 붙이지도 못하겠다. 빌어먹을.'

그사이 수중에 떠오른 부유물들이 거센 물살의 힘을 얻어 암기처럼 쏟아졌다. 철가면에도 뭔가가 부딪쳐 고개가 홀떡 넘어갈 정도로 눈을 뜰 수조차 없었다.

'으드득!'

1골드는 이를 악물어 투지를 불태웠다. 자연의 힘이라고 하기에는 뭐하지만, 하여튼 물과의 싸움이었다.

그는 싸우고 대항하는 것만이 능사가 아니란 걸 안다. 그렇다고 물살에 순응만 하면 목적을 달성할 순 없다. 동화되려 했다.

먼저 물을 느끼고 주변 환경을 파악했다. 그리고는 자연스럽게 굴러온 돌덩이가 아니라 원래부터 그 자리에 있었던 것처럼 수로의 일부가 되었다.

그는 수저(水底)에 우뚝 솟은 바위였고, 조금 지나서는 물결에 흔들리는 수초(水草)였다.

1골드는 깊게 뿌리를 내린 거목처럼 다리가 바닥에 고정된 것처럼 보였으나 보이는 것과는 달리 점차 물살을 뚫고 올라가고 있었다.

정으로 동을 제압한다는 이정제동(以靜制動)의 묘리다. 그는 움직이지 않는 것 같으면서도 거친 물살을 헤치며 역류하는 연어보다 더욱 빠르게 움직였다.

길을 가로막은 장애물을 물살이 일부러 피해가는 것처럼 보여졌다.

얼마 지나지 않아 1골드는 수문에 설치된 창살에 도착할 수 있었다. 창살은 방류하는 수로를 거슬러 오르는 것보다 훨씬 쉬웠다.

그저 창살을 두 손으로 잡고 의지를 전달했을 뿐이다. 그러자 그의 말을 알아듣기라도 한 것처럼 창살이 저절로 휘었다.

염력이자 정신력이고, 타 물질로의 간섭이다. 물질 고유의 파장을 느끼고 존재의 의미에 대한 변화를 준 것이다. 곧은 창살에게 휘어지라고 말이다.

수문을 통해 역류해 들어온 커다란 물고기는 그 고생을 한

낙도 없이 어이없게도 그물에 잡혀 버렸다.

‘헐!’

웅장한 장벽이 가로놓여진 수문의 양옆 돌벽 위에 수십 개의 횃불이 일렁이고 있었다.

“어영차! 어영차!”

선두에선 사람의 횃불 신호에 맞춰 이 열 종대로 줄을 잡고 있는 병사들이 구령을 붙이며 힘차게 그물을 잡아당겼다.

전시에 수문을 개방하는 이유 중 가장 큰 이유가 이것이었다. 방류하기 전에 수문에 그물을 쳐놓고 개방한 후 그물에 걸려든 민물고기를 잡는 것이다. 식량 확보의 수단이었다.

성내의 모든 사람이 배불리 먹을 순 없어도 입에 풀칠이나마 하는 것이 어디인가.

이도 금방이다. 성내 인원이 적정 인원을 초과한 지 이미 오래다. 비축한 식량은 바닥을 보이고 있었고, 물고기도 몇 달만 더 지나면 씨가 마를 것이다.

“엇차! 조금만 힘을 내라! 끝이 보인다! 혹시 아느냐, 이놈들아! 어여쁜 인어 한 마리가 걸려들었을지. 하하하!”

늙수그레한 병사의 말에 여기저기서 핀잔이 들려왔다.

“피! 어르신, 여기가 무슨 바다예요?”

“히히! 냅두게. 저 노친네가 인어를 잡아 회춘을 하고 싶나

보지 뭐.”

“하하하!”

라미안의 신도들은 몸은 지치고 힘들었지만 마음만은 평온했다. 그들이 하늘처럼 섬기는 성자 크라우치 사제, 이제 교황이 된 그를 매일 지척에서 볼 수 있는 것이다.

어디 그뿐인가, 몸소 각 처소마다 방문해 성스러운 손으로 거친 손마디를 감싸주고 격려를 아끼지 않으신다. 오늘내일 하는 노인이라도, 아니, 관속에 들어간 시체라도 벌떡 일어날 일이었다.

예전에는 신관 한번 대면하기가 하늘의 별 따기 같은 그들이었다. 앞날의 걱정 같은 건 저 멀리 떠나보냈다.

“걸린 물고기도 다 도망가겠다. 이놈들아, 힘을 쓰란 말이야. 에잉! 젊은놈들이 왜 이리 힘을 못 써! 비켜봐!”

“어이쿠! 이 노친네가 진짜 회춘을 했나?”

떠밀린 사내가 피식 웃음을 짓고는 다시 줄을 잡으려고 하다 문득 허리를 폈다.

“저게 뭐야?”

진짜 인어라도 되는 것 아니냐는 식으로 물가로 다가갔다. 그러자 병사들도 하나둘 일손을 놓고 몰려와 섰다.

“어어… 어!”

수문 밖은 거친 물결에 수포가 일고 포말이 튄다. 수문 안은 작은 소용돌이가 생기기도 하지만 의외로 잔잔하다. 그 잔잔한 수면 위에 불쑥 둥근 물체가 솟아올라 있었다.

"아앗!"

"사람이다! 침입자다!"

"활! 활을!"

누군가의 목소리가 병사들을 일깨웠고 활을 가진 병사들이 급히 살을 매겼다.

빠른 급류를 뚫고 둥근 물체가 물가로 점점 다가왔다. 일부 병사들은 헛바람을 일으켰다. 달빛에 번들거리는 철가면을 본 것이다.

철가면은 50여 보의 거리까지 다가와 있었다. 그 순간 화살이 바람을 갈랐다. 꽤 솜씨 좋은 병사여서 화살은 정확히 날아갔다. 모두 숨을 죽여 그 결과를 지켜보았는데, 철가면이 손을 휘젓는 것이 보였다. 화살을 튕겨낸 것이다.

"쏴라! 쏴!"

그 소리가 터지기도 전에 대여섯 발의 화살이 동시에 날았다. 활이 없는 병사들은 검 손잡이를 땀이 나도록 세차게 움켜잡았다. 이번에는 삼십여 보 정도 거리밖에는 되지 않았다. 이 정도면 갑옷이라도 관통할 거리였다.

병사들은 눈을 부릅떴다. 철가면이 일수에 화살을 모두 쳐낸 것이다. 그것도 한 손으로.

"검을! 검을 들어라!"

"신장님을 불러라! 신관님을!"

물질을 하러 온 병사들은 군사 교육을 받지 못한 일반 신도
들이었다. 그들은 자신들이 저 침입자를 막지 못할 거라 판단
했다.

"차, 창! 창으로 찔러! 호수에서 나오지 못하게. 어서!"

"에잇! 죽어라!"

병사 한 명이 들고 있던 창을 힘차게 내질렀다. 그런데 죽
이려고 한 병사의 의도는 구조의 표시처럼 되어버렸다. 철가
면이 날카로운 창날을 맨손으로 쥐었다.

창을 찌른 병사도, 긴장한 병사들도 모두 당황했다. 양날이
예리한 찌르기 위주의 창이다. 그걸 맨손으로 잡아버린 것이
다.

"어어!"

병사는 힘껏 창날을 돌려 빼려 했으나 꿈쩍도 하지 않았다.
그러다 철가면이 훌쩍 호수에서 몸을 빼내자 엉덩방아를 찧
고 말았다. 자신이 창을 내밀어 그를 건져 낸 것처럼 보였던
것이다.

"아, 아니야. 나, 나는……."

병사들이 검을 빼 든 것은 그 다음이다. 차창창! 소리가 울
리며 검으로 철가면을 압박했다.

"꼼짝 마라! 움직이면 죽는다!"

1골드는 얼굴에 검버섯이 핀 노인을 쳐다보았다. 병사 차
림새를 하고 있지만 제대로 된 갑옷도 갖춰 입지 못한 차림이

다. 힘이라고는 전혀 쓸 수 없을 것 같은, 훅 불면 날아갈 것 같은 그런 평범한 노인이었다.

하지만 세찬 눈길만은 여느 장군 못지않았다.

1골드가 잡고 있던 창을 버렸다.

"마귀에 사로잡힌 왕이 보낸 놈이냐! 네놈은 첩자렷다!"

"크라우치님을 뵈러 왔다."

"성자님을 뵈러 온 놈이 쥐새끼처럼 숨어 들어오느냐!"

1골드가 노인에게 한 걸음 다가가자 누가 먼저랄 것도 없이 병사들이 한 발 물러났다. 하지만 노인은 이를 악물고 버텼다.

"그럼 어디로 들어오란 말인가?"

맞는 말이다. 이곳은 나는 새도 들어오지 못한다.

"그, 그건……."

노인은 1골드를 똑바로 바라보았다. 세월의 연륜이 철가면이 진실을 말하고 있음을 알려주었다.

"무기를 내려놓고 기다려라. 기별을 넣겠다."

"후후후! 노인장은 멋진 사내구려."

그때 옷깃이 펄럭이는 소리가 나며 순백의 빛을 뿌리는 사람들이 내려왔다. 라미안 교의 장로들이었다.

1골드가 그들의 면면을 훑어보다가 이채를 발했다. 안면이 있는 자가 있었다.

장로들도 마찬가지였다. 철가면을 쓰고 덩치가 산만 한 사람은 한 번이라도 보면 잊혀지지가 않을 것이다.

"오랜만이오, 팬톤 장로."

"이, 이노옴! 언사가 불경하다! 죽고 싶은 것이냐!"

10년 전이라면, 1골드가 평범한 용병이었다면 극존칭으로 장로를 대할 것이나 지금은 위치가 달랐다. 그를 따르는 수천의 사람들이 있었다. 수장이 숙이고 들어가면 아랫사람 또한 허리를 접을 수밖에 없다.

1골드는 라미안 신도도 아니고 크라우치 외엔 허리를 굽힐 이유가 없었다.

발작하려는 신도를 제지한 팬톤이 만면에 미소를 띠었다.

"10년 만에 뵙는 것 같습니다. 유진님이라고 하셨지요. 뜻하지 않은 장소에서 의외의 손님을 맞는군요. 저희가 귀빈을 맞은 격식을 따르지 못함을 허물로 여기지 말아주시기를."

"별말씀을. 불쑥 찾아온 이가 무슨 허물을 논할 자격이 있겠소?"

"감사합니다. 그럼 이 야심한 시각에 어인 일로 예까지 오셨습니까?"

마치 이웃집을 방문한 사람처럼 대하는 팬톤이었다. 1골드 또한 가볍게 대답했다.

"크라우치님을 뵌 지 오래되어 인사나 드릴까 하고 왔소이다."

“참으로 요란히 방문을 하십니다. 잠시만 기다려 주시겠습
니까?”

“밤은 짧습니다. 제게 그리 시간이 많지 않소. 한 사람의
목숨이 달려 있어서 말이지요.”

1골드의 귀에 한 여인의 숨넘어가는 소리가 들리는 듯했
다.

Chapter 5

터닝 포인트(Turning Point)

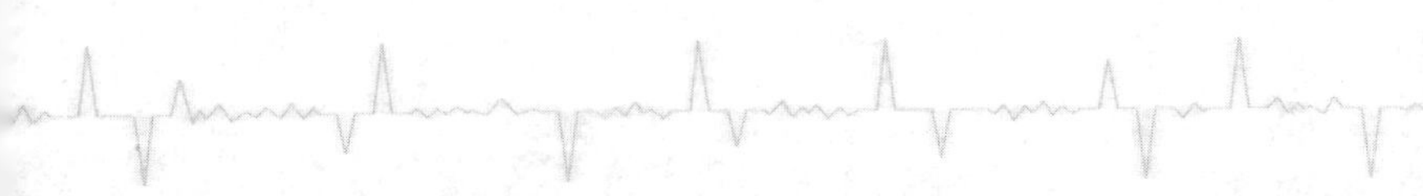

장내 분위기는 무거웠다.

20여 명의 사람들이 자리를 차지하고 앉아 있었으나 누구하나 입을 열지 못했다. 개개인의 능력이 모자란 것도 아니다. 일신의 능력이 하늘에 닿아 초인이라 불려도 모자랄 것이 없는 자들이었다.

라미안 교 최고위층의 회의석상이다. 연일 이어지는 회의. 하나, 뚜렷한 해결 방안은 도출하지 못했다.

최종 목표는 단연코 왕을 몰아내고 신성 왕국으로의 회귀였다.

하지만 그전에 발등에 떨어진 불을 꺼야 했다. 포위군을 물리치고 성에서 빠져나가는 것과 왕의 회유에 흔들리는 북방 영주들을 아우르는 일이었다.

그보다 당장 식량 확보와 병력의 보충이 가장 시급했다.

"후우……."

크라우치의 고운 이마에 골이 생겼다. 그가 생각해 보아도 뾰족한 수가 없었다. 연락병 한 명 보내지 못할 정도로 적의 포위는 빈틈이 없었다.

거기에 쉴 만하면 장난이라도 하는 것처럼 툭툭 싸움을 거는 소모전은 몸도 마음도 피폐하게 만들었다.

"최후의 일전밖에 없습니다."

눈꼬리가 쭉 째진 날카로운 인상의 천신장 프랭크가 침묵을 깼다. 라미안의 무력을 대표하는 소드 마스터로, 그리엄보다 더하면 더했지 절대 뒤지지 않는 불같은 성격의 소유자였다.

그러나 악인을 베는 그의 검은 얼음장보다 더 차갑다고 알려져 있었다.

"배교도들의 도발을 최대한 참으면서 힘을 축척한 후, 일시에 치고 나가 끝장을 봐야 합니다. 병력 차이가 많이 난다 해도 신의 병사들은 두려움이 없습니다. 감히 일당백, 일당천이라고 말씀드릴 수 있습니다."

카뮤의 기적을 직접 체험한 그리엄이 프랭크의 의견에 힘을 실어주었다. 그는 죽음을 경험한 후에 드디어 마스터의 벽을 넘어서게 되어 자신감이 팽배했다.

신의 선물이라며 감격해했지만 이미 경험한 라도스는 그저 담담한 웃음으로 축하를 보냈다.

"우리 성군의 사기는 높으나 현실은 그렇지 않아요."

부드럽게 타이르는 듯한 말투로 수석 장로 러팔로가 반대 의견을 들고 나왔다.

"무엇보다 간과할 수 없는 수적 열세뿐만 아니라 배교도들은 간악하게도 헛소문을 퍼뜨려 교단의 신성을 더럽혔고, 돈에 눈이 먼 용병들을 전방에 앞세웠어요. 그 일전으로 신의 뜻을 전해야 할 신도들이 다 신의 곁으로 돌아간다면 껍데기만 남은 교단이 무엇을 할 수 있나요? 의미가 없어요, 의미가."

"수석 장로님! 성전입니다. 우리는 단 한 명도 결코 죽음을 두려워하지 않습니다."

"허허! 백성 없는 국가가 없듯이 신도 없는 교단도 없는 겁니다."

"크라우치님만 건재하시면 우린 언제라도 불길처럼 활활 타오를 수 있습니다. 제가 앞장서서 길을 열겠습니다. 장로님들은 크라우치님을 모시고 암스트로 가십시오."

암스트는 라미안 교의 발생지다. 현재 전선 중에서 유일하게 라미안 교가 승전보를 올리고 있는 곳이었다.

"그렇겐 못합니다. 어리고 불쌍한 신도들의 시체를 밟고 저 혼자 살라 하십니까?"

크라우치의 성품이라면 당연히 나올 말이었다. 프랭크도 많은 숙의를 했는지 물러서지 않았다.

"이곳에 크라우치님이 계속 붙들려 계시면 암스트도 소리렌도 위험합니다. 그곳을 지키는 신군들의 믿음을 의심하는 것은 아니지만 구심점이 없으면 힘을 모으지 못하는 모래알이 되기 싶습니다. 크라우치님의 건재하신 모습을 보여주어야 합니다. 제발 제 충의를 받아주시기를."

이 시대의 교황이라 함은 신을 대신하는 위치로 받아들여졌다. 다 죽어가는 사람도 교황을 먼발치에서 바라보는 것만으로도 기적처럼 힘을 얻는 것이 신앙이라는 믿음이다.

하지만 사람의 마음은 요물 같아서 작은 것에도 흔들리기 마련이다. 계속적으로 무력으로 압박하면서 감언이설을 퍼뜨리면 거짓을 진실로 받아들이게 될 수도 있는 것이다. 눈에 보이는 것만큼 믿음을 주는 것은 없다.

내전은 단기 승부가 유리하다.

그것이 조안 왕이 단기 승부를 걸지 않고 장기전을 택한 이유이기도 하다.

백성들의 마음속에 크라우치의 존재가 깊이 각인되어 있어 한순간에 전복해 버리면 왕국 곳곳에서 벌 떼같이 민란이 일어날 가능성이 높았다.

백성들뿐만이 아니라 영주들이 앞장을 서고 있을 것이다

신앙 때문인지 그들만의 탐욕 때문인지는 알 수 없지만.

신장들은 결전을 주장하는 쪽이었고, 장로들은 반대를 표명했다. 남은 방도는 정치적인 타협뿐인데 이는 결단코 있을 수 없는 일이다.

조안 왕은 전대 교황을 죽이고 신성을 모독했다.

신성모독.

신성모독은 어느 교단이든 최악의 범죄로 친다. 타협이란 단어를 쓸 수조차 없었다.

오늘도 여지없이 돌파구를 찾지 못하고 옥신각신 떠들고 있을 때 야간 경계를 책임진 팬톤 장로가 들어왔다.

"크라우치님, 손님이 찾아오셨습니다."

손님이란 말에 크라우치를 포함한 모두가 의아스러운 눈길을 보냈다.

"손님?"

"유진님입니다, 만유에 있는 샤벨 용병단에서 만난 적이 있는."

"아!"

크라우치가 벌떡 일어나 뒤도 안 돌아보고 회의실을 빠져나갔다. 짧지만 강한 인상을 남겨준 사내였다. 대화를 조금 섞자마자 호감이 일었고, 조금 더 지나서는 처음으로 사람을 곁에 두고 싶은 욕심을 일게 만들었다.

변함이 없었다.

여전히 깊숙이 가라앉은 눈빛에 당당하다 못해 악마를 때려잡는 신장 같은 풍모다. 그리고 아직도 강렬히 남아 있는 친숙한 느낌, 10년 만에 본 것 같지가 않았다.

"이 사람!"

크라우치는 철가면이 없었다면 미소를 짓고 있는 얼굴까지 보았을 것이다.

"오랜만에 뵙습니다, 크라우치님."

가식적인 미소가 아닌 진심이 우러난 환한 미소를 만면에 짓고 크라우치가 날듯이 달려들어 1골드의 손을 덥석 잡았다.

"유진! 이 친구야! 이게, 이게 얼마만이야, 하하하하!"

1골드는 깊게 숨을 들이켰다. 격한 감정이 밀려온다. 반가움이다, 병원에서 웅크리고 잠들어 있는 부모님을 뵈었을 때와 비슷할 정도의.

알 수가 없다. 이렇게까지 이 사람을 생각했나 하는 의문이 든다.

마치 무언가 보이지 않는 끈으로 그 둘 사이를 묶어놓은 것만 같았다.

1골드는 긴장이 확 풀어져서 몸에 힘이 쭉 빠졌다. 여인들과의 잠자리에서도 긴장의 끈을 놓지 않았는데, 오늘은 이상한 경험을 많이 한다 그가 떨어지지 않는 입을 열었다.

"약… 속을 지키러 왔습니다."

샤벨 시에서 헤어지던 그날 함께하자는 크라우치의 제안을 뿌리치며 그는 작은 힘이라도 보탤 수 있을 때 찾아온다는 말을 남겼었다.

"하아, 이 친구! 그 말을 기억하고 있다니. 내가 네 앞에서 얼굴을 들 수가 없다."

1골드의 양부를 죽인 흉수를 찾아준다는 약속을 크라우치는 지키지 못했다.

그런데 1골드는 흉악스런 전장에, 그것도 불리한 전세 속에서 포위망을 뚫고 성까지 찾아왔다.

와서 한다는 소리가 약속을 지키기 위함이란다.

바람처럼 스쳐 가는 인연에서 흘러가는 강물처럼 흘린 한 마디를 지키기 위해 사지를 뚫고 왔다. 크라우치의 맑은 눈망울에 습기가 차올랐다.

서른 평생 동안 요즘처럼 힘든 적이 없었다. 전대 교황인 할아버지가 죽고 최악의 상황에서 수십, 수백만 신도들의 목숨이 걸린 무거운 짐까지 이어받았다.

친할아버지와 다름없는 장로인 맥그레이는 목숨보다 소중한 성물을 훔쳐 등을 돌렸고, 신에게 받은 축복이라 생각한 생명력을 다루는 능력까지 그를 괴롭혔다.

아무도 모를 것이다. 그 괴물 같은 능력 때문에 수없이 고민했던 나날들을…….

1골드는 크라우치를 만나는 순간 수없이 되새겼던 그 많은 질문들을 하나도 할 수가 없었다. 기억 저편으로 다 달아나 버린 것 같았다. 기껏 나온다는 말이,

"그대로이십니다."

크라우치는 흐릿한 눈물 자국을 닦지도 않고 허허로운 웃음을 흘렸다.

"너도 그대로다, 유진. 키는 조금 더 큰 것 같구나."

마치 큰형이 막내 동생을 대하는 투였다.

이 훈훈한 장면에 눈에서 불똥이 튀는 한 사람이 있었다. 크라우치의 그림자가 되고픈 라도스였다.

라도스는 크라우치의 저런 모습을, 한 치의 가식도 없는 저리 따뜻한 눈빛을 본 적이 없었다. 그도 1골드를 기억했다. 만유 왕국의 일을 마치고 돌아가는 여정에서 저 사람 때문에 한 달을 지체했었다. 그 한 달의 인연이 10년이 가도 퇴색하지 않은 것이다.

평생과 한 달이다.

누구에게나 묻는다면 평생을 쌓아온 인연이라고 대답할 것이다. 지금 보여지는 광경에 평생을 모셔온 그가 한 달의 인연에 질투심을 불태우고 있었다.

다음에 나온 크라우치의 말에 라도스는 살심까지 일었다.

“미안하다.”

미안하다니, 하늘보다 태양보다 더 존귀한 존재인 크라우치의 입에서 나올 말이 아니다. 그것도 출신 성분조차 알 수 없는 천한 용병 따위에게.

“흉수들은 찾지 못했다. 지금 보다시피 우형(愚兄)의 사정이 이래서.”

우형이란다, 형!

라도스는 고개를 돌리고 귀를 막아버리고 싶은 심정이었다. 천상천하, 세상에 오직 하나뿐인 존귀한 크라우치가 동생으로 대하는 사람이라니.

“괜찮습니다. 이제는 제가 찾을 수 있습니다.”

자신감이 넘치는 말투다. 크라우치가 미소를 더했다.

그동안의 고생이 그대로 느껴질 정도로 풍기는 기세가 남달랐다. 포위군을 뚫고 그의 앞에 서 있는 자체만으로도 어느 정도인지 짐작이 갔다.

“제가… 모셔도 되겠습니까?”

“고맙다. 네가 옆에 있어준다면 세상을 다 얻은 것 같을 거야. 나와 함께하자.”

“불가(不可)합니다.”

참다 못한 라도스가 나섰다.

“저자는 출신 성분도 불투명할뿐더러, 성내에 잠입한 의도도 수상합니다. 배교도들이 포섭한 첩자일 수도 있습니다. 또한 신도가 아닙니다. 이교도를 크라우치님의 옆에 둘 수는 없습니다. 교의 역사상 그런 일은 단 한 번도 없었습니다. 절대 불가합니다."

크라우치가 빙긋 웃고는 부드럽게 말했다.

"이 친구는 내가 보장합니다. 절대 그럴 친구가 아니에요. 태어날 때부터 신도는 없습니다. 그래서 우리들이 포교 활동을 하는 것이 아닙니까? 라도스 신장은 저를 믿지 않으세요?"

이 말에 라도스는 더욱 분기가 치솟았다. 크라우치는 누구에게나 존대를 쓴다. 하지만 저놈한테는 반말을 한다. 눈에 불똥이 튀고 머리에서 김이 날 정도였다.

"그게 아니오라, 저자한테서 마력이 풍깁니다. 교와는 함께할 수 없는 자입니다. 제발 재고해 주십시오."

"이 친구는 마검사라서 그래요. 그것만 봐도 대단하지 않나요? 마법사들 또한 신의 어린 백성일 뿐이에요. 교화하고 교단이 안을 사람이란 뜻입니다. 제가 늘 생각한 문제예요. 너무 폐쇄적인 것은 좋지 않아요."

"끄응, 장로회의의 결정이 날 때까지 잠시 보류해 주십시오."

크라우치가 강경하게 나오자 라도스는 한발 물러설 수밖에 없었다. 장로회에서 절대 인정하지 않을 거라는 믿음도 있었다.

"가시죠."

뜬금없는 1골드의 말에 좌중의 시선이 쏠렸다.

"이곳은 크라우치님이 계시기에는 위험합니다."

1골드가 모신다는 말에는 이런 뜻도 포함되어 있었다.

크라우치는 고개를 저었다. 삼엄한 경비망을 뚫고 들어왔으니 나갈 수도 있을 것이다.

"하하, 저 불쌍한 신도들을 두고 어찌 나 혼자 살겠다고 도망갈 수 있겠나? 그렇게는 못해. 그리고 나가려고 마음을 먹으면 언제든지 갈 수 있다네."

"흐음, 알겠습니다. 그럼 오늘은 이만 인사를 드리겠습니다."

화들짝 놀란 크라우치가 물었다.

"아니, 이렇게 만났는데 또 어디를 가려고 그래?"

"준비해야 할 일도 있고, 기다리는 녀석들도 있습니다. 보름 후에 찾아뵙겠습니다."

떨어지지 않는 발걸음을 억지로 돌린 1골드가 순간 멈칫했다.

"한 가지 묻고 싶은 말이 있습니다."

머릿속에 울리는 음성, 크라우치도 심언을 전했다.

"무엇이든?"

"저를 믿으십니까?"

"네가 나를 믿듯이……."

몸을 돌린 1골드가 진심을 담아 허리를 숙여 꾸벅 인사를
건넸다.

"모자란 우형을 찾아와 주어 고맙네."

"건강한 모습으로 맞아주셔서 제가 감사드립니다. 크라우
치님의 시름을 제가 조금이나마 가져가겠습니다."

알 수 없는 말을 남기고 1골드가 바람처럼 사라졌다.

크라우치의 시선이 창으로 향했다. 그의 입가엔 흐뭇한 미
소가 감돌고 있었다.

"휴우, 아직 늦진 않았군."

1골드의 눈에 온몸이 붉다 못해 벌겋게 달아오른 여인이
식은땀을 줄줄 흘리며 쾌락이라기보다는 고통에 몸부림치는
모습이 보였다.

지체없이 여인에게 건 마법을 풀어주고는 깊은 잠에 빠지
게 만들었다.

여인들은 그의 종적을 증명해 주는 수단이었다.

강자는 강자를 알아보는 법.

진지 내에도 그 못지않은 강자가 있었다. 포위군의 수장 총
사령관 머레이 공작이다. 머레이의 기사단인 붉은 늑대들은
왈카의 검과 더불어 투실바 왕국의 양대 기둥이라 불렸다.

머레이의 정보망에 1골드가 걸려들었다. 특이한 용병이라
병사들의 관심을 받았고 기사의 눈에 띄었다. 여지없이 감시

가 붙었다.

이 정도는 1골드도 혼자 오지 않고 세력을 끌고 왔을 때부터 예상한 바였다. 그래서 팔자에도 없는 변강쇠 노릇을 한 것이다.

아마 머레이에게는 1골드가 '확인되지 않은 목적을 가지고 제국 내의 용병단에서 온 자' 정도의 정보가 들어갔을 것이다.

"흡."

"예, 주군."

"피치에게 한 달 안에 부하들을 전선에서 빼서 알로나 일행과 합류시키라 하고, 알로나에게는 일인당 두 필의 말을 준비하라 전해라. 루슬란은 만유에서 대기 중인가?"

"그렇습니다."

"시작하라고 전해라."

"명을 받듭니다."

1골드는 크라우치를 대면했을 때의 떨림을 아직도 간직하고 있었다. 이성적으로, 논리적으로는 표현할 수는 없다.

하지만 머리는 몰라도 가슴은 이해를 한다.

"나… 변태인가?"

남자를 사랑하게 된 것 같았다.

에로틱이 아닌 플라토닉 사랑을…….

두 연인(?)의 재회는 정확히 보름 후에 이루어졌다.

수문까지 나와 있던 크라우치는 1골드를 품에 안으며 그를 반겼다.

"옷이 더러워집니다."

"이깟 옷, 빨면 그만이야. 오느라고 수고가 많았다."

그 둘은 한가로이 호숫가를 걸으면서 대화를 이어갔다.

"네가 원하던 걸 얻은 것 같다."

"아직 부족합니다."

"부족하긴, 그 나이에 그 정도 성취면 대단한 것 아니냐? 따르는 부하들도 있는 것 같고."

험난한 길을 뚫고 온 1골드다. 혼자였다면 첫 방문을 한 날 잡지 않더라도 남았을 것이다. 성 밖에 다른 이들이 있다는 의미였다.

"많이 힘들어 보이십니다."

"후후, 이 상황에서 생생하다면 그게 더 이상하겠지. 하지만 이 정도 가지고는 나도 그렇고, 교의 식구들도 고생이라고 생각지 않아. 신께서는 가끔 어리석은 인간을 시험하려 고난을 내려주시곤 하거든. 그 순간은 참기 힘들고 고달퍼도 그때를 이겨내면 광명이 눈앞에 있다. 굳건한 믿음만 변치 않는다면 천 길 지옥에서도 버틸 수 있는 것이지."

1골드는 아무 말 없이 듣고만 있었다.

그는 무신론자였다. 신이란 존재는 인간 스스로가 저지른

죄를 덜기 위해 만들어낸 일종의 피난처라 여긴 것이다.

신비한 영적 경험을 한 후에 신이 있다는 걸 알았다. 물론 직접 보진 못했으나 그에 근접한 반신들을 만나며 있을 거라는 추론을 이끌어냈다.

이런 경험을 겪은 후에도 종교를 가지지 않았다. 전에는 믿지 못해서였고, 이후에는 너무 많이 알게 된 것이 문제였다.

라미안이 섬기는 카뮤라는 신, 아드카빌론의 마성이 전해 준 단편적인 지식 속에 없다 해서 신이 아니라고는 말하지 못한다.

그 존재가 우주를 만들어낸 조물주일 수도 있고, 그저 선계에 오른 신 중의 하나일 수도 있다.

같은 신이라도 지역에 따라 다른 이름을 가질 수 있으니까.

"너무 고리타분한 이야기를 해서 재미가 없나 보지?"

"잘 아시는군요."

신관 앞에서, 그것도 한 교단을 대표하는 교황의 면전에서 설교를 지루하다고 말하는 사람이라니. 다른 사람이었다면 종교 재판에 회부되어 화형을 당할 일이었다.

"뭐? 아하하하하!"

크라우치는 오랜만에 마음껏 웃을 수 있었다. 그가 1골드를 좋아하는 점 중 하나였다. 허례허식이 없다.

"오늘 뵙고 나면 오랫동안 자리를 비워야 합니다."

"으응? 어딜 가려고?"

"밖에서 할 일이 많습니다. 그전에 제가 교단의 일에 나설 수 있도록 허락해 주시겠습니까?"

1골드는 이교도다. 라미안의 성서인 틸트를 단 한 글자를 읽어본 적이 없었다. 그런 사람이 교단의 일에 나선다는 것 자체가 말이 안 되는 소리였다.

일을 하다 보면 신도들과 부딪치는 일도 있을 것이고, 그의 생각과 교리가 맞지 않는 부분도 많을 것이다. 교단을 위한답시고 일을 하다 반대로 교단의 명성에 누를 끼칠 수도 있다. 신도들과의 반목도 생길 우려가 있었고.

"흐음, 유진."

"골드라고 불러주십시오. 그 이름의 주인은 따로 있습니다."

"그러지. 골드, 여기 앉아서 이야기 좀 할까?"

호수변 바위에 걸터앉은 크라우치가 수면에 반사된 달빛을 맞았다.

"아!"

1골드는 자신도 모르게 감탄성을 터뜨렸다.

눈이 부시다 못해 창백하게까지 보이는 백옥 같은 피부에 호수를 그대로 옮겨놓은 것 같은 눈동자, 붉은 듯하면서도 윤기가 감도는 입술이 대조적이다.

조각 같은 크라우치의 옆모습에 보는 것만으로도 가슴이 답답해지고 심장이 울렁거렸다.

인세에서 찾아보기 힘든 환상적인 아름다움이다. 거기에 달빛을 두른 듯한 자연의 조화가 더해지자 절로 감탄이 흘러나왔다.

1골드가 정신을 차리려는 듯 고개를 세차게 털었다.

"왜 그래?"

"아, 아닙니다."

"골드, 카뮤님의 자식이 될 생각은 없어?"

"아직은 모르겠습니다. 지금은 개인적으로 크라우치님을 돕고 싶을 뿐입니다."

크라우치는 붉은 기가 감도는 입술을 꾹 다물고 호수면에 비친 테리 성의 자태를 감상했다.

"교단에서도 가끔 외부 사람을 고용하긴 해. 골드는 용병이었지?"

"지금도 용병입니다. 그럼 저를 고용하시겠습니까?"

"비싸면 외상이야."

"반값으로 할인해 드리죠."

피식 웃은 크라우치가 손을 내밀었다.

"계약은."

"성사되었습니다."

진득한 정이 담긴 시선이 교차되었다. 사랑이라 하기에는 조금 그렇고, 우정이라고 하기에는 뭔가 부족한, 그런 감정의 교류였다.

크라우치가 발치 아래에서 조약돌을 들어 손가락으로 팅겼다. 조약돌은 팅팅팅 소리를 내며 호수면 4군데에 작은 동심원을 만들어내었다.

"밖에서 나에 대해 떠도는 소문, 들었어?"

1골드가 흠칫 굳었다. 크라우치는 만나면 제일 먼저 물으려던 질문이었다. 재회의 기쁨에 밀려나 있던 의문이 다시금 수면으로 올라왔다. 그가 숨을 죽였다.

"골드는 어떻게 생각하지?"

"흠, 그 생명을 다룰 수 있다는 능력 말입니까?"

알고는 있었지만 되물었다.

크라우치는 감출 것도 없다는 듯 단어를 정정해 주었다.

"생명이 아니라 생명력이야."

"전부터 다 죽어가는 사람도 살릴 수 있는 뛰어난 소생술을 가지고 계시다 들었습니다."

"에이, 너답지 않게 말 돌리지 말고. 한 사람을 살리려 산 사람의 생명을 빼앗는다는 얘기에 대해서."

"그 소문… 사실입니까?"

크라우치의 고개가 미세하게 끄덕여졌다.

1골드가 흠칫 놀라 숨을 들이켰다.

"그 능력… 자세히 말씀해 주실 수 있으십니까?"

1골드의 심장이 무섭게 뛰기 시작했다. 조금 전과는 다른 떨림이다. 크라우치가 생명력을 어떻게 다루는지는 모른다.

분명한 것은 십 년의 세월 동안 뼈를 깎고 살을 여미는 고통을 인내하여 목적에 닿아 있었다.

생명력.

혈인은 생명력을 흡수했다.

크라우치는 생명력을 다루는 능력이 있다.

혈인과 크라우치는 그 당시 같은 공간 내에 있었다.

결론은?

듣고 싶었다.

그러나 1골드는 재촉할 수 없었다. 크라우치의 얼굴에서 고통의 빛을 읽은 것이다. 1골드의 입에서 이성과는 다른 가슴의 이야기가 흘러나왔다.

"남과 다른 능력이 가지고 있으면 선망의 대상이 되기도 하고 질투의 표적이 되기도 합니다. 선망보다는 질투가 앞서는 경우가 많죠. 본인은 가만히 있어도 세상은 이런저런 이야기들을 만들어내곤 합니다. 과거에 어떤 뛰어난 천재는 주변 사람들에게 아무런 이유 없이 몰매를 맞아 죽기도 했습니다. 아, 이유가 있었군요. 하나를 보면 열을 알고 백을 안다는 게 문제였습니다."

"…그 친구는 사람을 잘못 만났어."

"그렇습니다. 그 천재성을 아끼고 닦아줄 사람을 만났으면 세상에 커다란 공헌을 했겠지요."

"나는… 조금 달라. 헛된 소문이 아니거든."

쓸쓸함이 묻어난 표정에는 처연함까지 더했다.

"정확히 말하면 옮기는 능력이지."

"옮긴다……. 이해를 하지 못하겠습니다."

"하나를 얻기 위해서는 하나를 잃어야 한다는 말뜻을 알어?"

1골드가 고개를 끄덕였다. 통상적으로는 노력 없이는 아무것도 얻을 수 없다는 뜻으로 쓰이고, 상황에 따라서는 주는 것이 있어야 받는 것이 있다는 말이기도 했다.

"하아! 사람의 목숨을 살리기 위해서는 그만큼 가치있는 것이 필요하지. 그게 신의 섭리인가 봐. 난 처음… 아니지, 어떤 신관이라도 그런 능력을 가지면 자신의 신력이 그만한 가치를 지녔다고 생각했을 거야. 물론 나도 그랬고. 나는 신의 사랑을 너무 많이 받은 사람이라 신력을 소모한 대가로 죽어가는 목숨을 신께서 살려주시는 거라 믿었어. 그런데… 아니더군."

"……."

"신의 섭리는 냉정하면서도 섬뜩한 면이 있어. 한 목숨을 살려주시면서 다른 목숨을 거두어 가셨던 거야."

1골드가 엷은 숨을 내뱉었다.

"그런 뜻이었군요. 질량불변의 법칙인가……."

"응? 뭐라 했나?"

"아, 아닙니다. 그런데 그 사람 대신 거두어 가는 생명은 크라우치님께서 선택을……."

크라우치는 고개를 저었다. 아무리 죽은 동생이 살아 돌아온 것처럼 애틋한 1골드라도 그 사실만큼은 밝히기 싫었다. 원래 잘 보이고 싶은 사람에게는 감추고 싶은 치부가 있는 법이다.

"하아! 아이러니입니다. 죽어가는 자가 죽기 전에 가장 사랑하고 보고 싶은 사람을 떠올리자 그 둘의 생명이 교환된 거군요."

크라우치가 눈을 커다랗게 뜨고 1골드를 보았다. 자신이 그토록 알고 싶어 하던 문제였다. 왜 하필 맥그레이의 손자였는가 하는 이유를 말이다. 그런 것이었다.

1골드의 말이 이어졌다.

"만약에… 제가 그런 능력을 가지고 있다면 전 자살했을지도 모릅니다. 아니, 그전에 날벼락을 맞았을 겁니다. 제가 좋아하는 사람들이 죽는 꼴은 절대 못 볼 테니까요. 보통 사람들은 다 저와 같은 마음일 겁니다. 하늘에서 크라우치님에게 그런 능력을 주신 건 믿기 때문일 것이고, 크라우치님은 그만한 능력을 가져도 충분히 잘 사용할 거라고 하늘의 믿음을 받은 분입니다. 아니, 카뮤 신의 선택을 말이죠."

크라우치는 막힌 속이 뻥 뚫리는 기분이었다. 그가 수석 장로 러팔로에게 듣고 싶었던 말이다. 비난의 시선이 아니라 격려와 위로의 말을…….

괴물 같은 덩치에 철가면을 쓴 사내는 자신의 속을 훤히 들여다본 것처럼 언제나 시원하게 만들어준다.

1골드도 나름대로 안도의 한숨을 쉬었다. 어쩌면 검을 빼들 상황에 직면했을지도 몰랐으니까.

'생명력을 뽑아 원하는 자에게 옮긴다'라고 말했으면 감정을 떠나서 눈물을 머금고라도 크라우치의 목을 쳤을 것이다.

그런데 그의 능력은 생명력을 흡수한 혈인과는 많이 달랐다. 그중 가장 큰 차이점은 혈인은 대상을 선정해서 생명력을 탈취한 것이고, 크라우치는 신이 주신 능력이라 믿고 의도하지 않은 채 사람을 살리기 위해 사용한 능력이 그런 결과를 낳았다는 점이다.

누가 대신 죽었는지도 모른 채 말이다.

불특정한 대상이고, 혈인처럼 생명력을 스스로 흡수해 힘으로 사용하지도 않는다.

크라우치가 품에서 무언가를 꺼내 1골드에게 건넸다.

"받아."

손바닥에 올려진 것은 엄지 손톱만 한 붉은 구슬이 정중앙에 박혀 있고, 그 주위로 빙글 원을 그리며 자잘한 보석류로 장식된 패였다.

"이게……?"

"일을 하려면 신도들에게 신분을 증명할 패가 필요하잖아.

내가 사제였을 때 쓰던 거야. 그럼 계약에 의거, 청을 말하겠
어."

"경청하겠습니다."

"그 패를 가지고 북방으로 돌아가줘. 내가 건재하다는 것
을 알리고, 갈 때 통신구를 하나 줄 테니까 소리렌의 영주 베
르디 후작에게 전해줘. 현재는 이 정도만."

패를 소중히 갈무리한 1골드가 일어섰다.

"연락할 일이 생기면 화살깃에 붉은 점을 표시한 화살 속
에 넣어 날리겠습니다."

"몸조심해."

"다음에 뵈올 때는 테리 성 정문으로 마중을 나오십시오."

"크큭, 이 친구, 감히 교황에게 마중을 나오라는 소리를 하
다니 간이 보통 큰 게 아니군."

떠날 시간이 되어 통신구를 받아 든 1골드가 품속 깊이 간
직한 패를 다시 한 번 확인하고는 호수로 몸을 날렸다. 커다
란 덩치가 호수에 뛰어들었는 데도 물보라라 부르기도 민망
할 정도로 물방울 몇 개만이 튀어 올랐을 뿐이었다.

용병들의 철수는 착착 이루어졌다.

장기간 계약을 하는 용병단도 보통 한 달 계약을 맺고 전장
에 투입된다.

자유 용병의 경우는 길면 한 달, 짧게는 일당제로 일을 하

는 경우도 있다. 이런 연유로 큰 규모의 용병을 고용할 때는 자유 용병들보다 용병단을 선호했다.

1골드가 데려온 자들은 한 달에서 일당제까지 개개인이 천차만별로 계약을 맺어 하나둘 전장을 떠나도 표시가 나지 않았다.

하지만 주목을 받고 있는 1골드나 아즈빌 족의 경우는 달랐다. 시일을 두고 떠난다고는 하지만 검은 피부의 용병들이 하나둘 없어지면 확 드러난다.

"흐음."

머레이가 버릇처럼 콧수염을 비틀어 말아 올렸다.

"왜 왔을까? 벌써 가는 이유는 뭐고? 집사는 어떻게 생각하나?"

일반 막사 5개를 합쳐 놓은 크기의 사령관실에는 집사라고 불릴 만한 사람이 없었다. 제법 훌륭한 갑옷을 차려 입은 장수가 한 명 있을 뿐이었다.

"몸을 빼는 건 목적이 달성되었을 경우나 여의치 않아 물러나는 것, 둘 중 하나입니다."

마른 얼굴에 매부리코의 장수는 머레이 공작가의 집사이자 친구고, 동시에 군사인 베일이었다.

"그래서? 결론은?"

"골드란 자의 행적을 살펴보면 너무 단순합니다. 전장에 나갔다 들어와 어기꺼기 기웃기리다 아빔엔 항상 장녀를 찾아갑니다. 그의 언행에서 이렇다 할 의심의 여지를 찾지 못했습니다. 한 가지 특이한 점은 제국에 수소문해서 그자와 비슷한 자를 찾아내었는데, 시네르아 정변 시 그자가 있었다는 점입니다. 크로커다일 용병단에 속해 있었다 합니다.”

시네르아에 역모 사건이 일어난 지 두 달이 넘었다. 그 사건으로 스왈츠 가와 백악어 용병단이 유명해졌음은 물론이다.

“으잉? 늙어 죽지도 않는 황제가 아니라 제후가 뒤에 있다고? 아니, 그 시네르아의 제후란 놈은 지 밥그릇 챙기기도 바쁠 텐데 저 시커먼 건 뭐 하러 보냈을까?”

“그 점이 저도 이해가 가지 않습니다. 라미안과 시네르아는 전혀 연결 고리가 이어지지 않습니다. 이를 제하면 용병단의 독단적인 행동일 텐데, 단장이라는 소드 마스터도 신비의 인물이고, 저 시커먼 골드라는 놈도 과거 행적이 감추어져 있기는 마찬가지입니다. 게다가 그 용병단은 지금도 제후의 옆에 찰싹 붙어서 어수선한 내부를 정리한다 하니 저들이 온 이유를 알 수가 없습니다.”

“그으래?”

머레이가 갈색의 술이 담긴 은잔을 들어 입술을 축였다.

“그 뭐라더라? 그 팔병신.”

“스웬이란 자입니다.”

“그거, 조용히 잡아들여서 뒤를 캐봐.”

“흐흐, 알겠습니다, 주군.”

머레이가 슬슬 고개를 저었다.

"야! 베일, 내가 그 웃음 짓지 말라 그랬지? 이 자식, 또 사람 하나 병신 만들려고."

"크큭, 주군, 그놈은 이미 병신입니다. 주군도 조금은 가신의 취미 생활을 이해해 주시기를."

졌다는 듯이 고개를 돌려 버린 머레이가 말도 돌렸다.

"얼마나 더 있어야 돼?"

"생각보다 호수에 물고기가 많나 봅니다. 곡식은 예년에 떨어졌을 텐데 지금껏 버티는 걸 보면 말입니다. 멀지 않았습니다. 곧 얼음이 얼기 시작하면 물고기로 연명하는 것도 끝이지요."

"그러니까 얼마나?"

"한 두어 달이면 끝을 보지 않겠습니까?"

"갱도는?"

"비슷합니다. 얼음이 먼저냐, 땅굴이 먼저냐죠."

"잘해. 겨울은 따뜻한 집에서 후작 부인의 궁둥이를 두드리고 싶으니까."

베일이 입꼬리를 길게 늘렸다.

"주군, 지난번에 딱지 맞으시지 않았습니까?"

"…어떻게 알았냐?"

"그것도 모르면 대머레이 공작가의 집사 자격이 있겠습니까? 후후후, 후작 부인은 포기하시고, 루퍼트 백직가의 여식은 어떻습니까? 매우 삼삼하다고 소문이 자자합니다."

"루퍼트? 누군데?"

"북방 영주입니다. 그놈 마누라를 데려다 놓아도 욕할 사람은 하나도 없습니다. 게다가 조안 왕도 군침을 흘리고 있다고 합니다."

"그으래? 흐흐흐, 먼저 먹는 놈이 임자지."

"수도에 있다 하오니 제가 잘 보살피라고 본가에 연락을 취해놓겠습니다. 전 주군께서 조안 왕에게 지는 꼴은 죽어도 못 봅니다, 흐흐흐."

죽이 척척 맞는 군신 간의 대화였다.

1골드는 스웬이 사라진 지 한 시간 후에 사실을 알았다.

"어떻게 할까요?"

1골드가 속한 용병조의 막사로 찾아온 피치의 물음이었다. 그가 하늘을 올려다보았다. 막 달이 기울기 시작한 시간이었다.

"안드레이는?"

"삼 일 전에 이미 준비를 마치고 대기 중입니다."

1골드가 피치의 등 너머로 시선을 주었다.

"주인이 가라 하는데 남아 있을 필요 있나?"

말이 끝남과 동시에 손목을 휘저었다. 그러자 막사 모퉁이에서 무언가 풀썩 쓰러지는 소음이 일었다. 머레이가 붙여놓은 감시자였다.

1골드가 허공에 대고 중얼거렸다.

"시작하라."

대답도 없이 검은 연기가 안개처럼 흩어졌다.

1골드는 피치를 뒤로하고 대검을 풀어 어깨에 걸치고는 터벅터벅 산보라도 나가는 양 용병 진지를 빠져나갔다.

1골드가 사라질 때까지 꾸벅 허리를 굽히고 있던 피치는 반대편으로 몸을 날렸다.

각자에게 주어진 임무가 있는 것이다.

펄럭!

그들이 사라지고 난 후에 막사의 휘장(揮帳)이 열렸다.

"누구요?"

빼꼼 얼굴을 내민 이는 1골드의 말을 따랐다가 남근이 통통 부어 소변도 제대로 보지 못해 환자 아닌 환자가 된 조장이었다.

"잘못 들었나?"

바지춤을 치커 올리고 나온 조장은 비칠비칠 걸어 어둑한 모퉁이로 향했다. 비몽사몽간에 바지를 끌어내리고 잔뜩 인상을 쓴 채 고개를 들었다. 팔뚝만 하게 부어오른 그걸 보는 것만으로도 고역이었기 때문이다.

"으으으윽! 따가워라. 아이고, 이러다 병신 되면 어떡하지. 목숨보다 소중한 그걸. 큰일이다. 그런데 이 지식은 어디를

간 거야?"

졸졸졸.

한때는 세차게 나가던 오줌 줄기가 지금은 산골짜기에 흐르는 샘물만도 못했다. 시원하게 뿜어내던 배설의 기쁨은 어디로 갔는지.

"아! 뜨, 뜨, 뜨. 젠장할."

인상을 확 구기고 발을 뺏다. 오줌이 딱딱한 뭔가에 부딪쳐 바지를 적신 것이다.

"니미랄, 별게 다……."

밑을 내려다보다 순간 숨이 턱 막혀 말을 잇지 못했다. 한 사내가 반듯하게 누워 입을 벌리고 오줌을 받아먹고 있는 것이 아닌가.

"뭐, 이런 미친놈이 다 있어?"

오줌을 끊지도 못하고 후다닥 바지춤을 치켜 올렸다. 뜨끈한 물이 바지를 적셨지만 신경 쓸 정신이 없었다. 사내의 이마에 손잡이만 남은 단검이 박혀 있었다.

"허헉! 사, 사람이."

고함을 치려 막 숨을 들이킬 때 저 멀리 지상에서부터 빛줄기가 치솟더니 하늘에 불꽃을 수놓았다.

"저, 저, 적이다!"

후방을 경계하는 초소 안이었다.

초소라고 해봐야 급조해 만든 목책에 그저 경비병을 배치해 둔 것뿐이었다.

고참 병사가 아직 어린 티를 벗지 못한 신참에게 음흉한 미소를 지었다.

"읊어봐."

"예에? 뭘 말입니까?"

"너 총각이냐?"

한 열댓 살이나 먹었을 것 같은 신참이었다.

여인은 빠르면 12살 정도에 결혼을 하고 정조 관념도 별로 강조되지 않는 시대였다.

"흐흐, 건드린 여인네들을 읊어보란 소리야."

"저는 동생이 줄줄이어서 일을 하느라."

"놀고 있네. 내 동정을 가져간 여자는 남작 부인이었어. 그때가 13살 때였지. 내 친구들은 남작 부인이 다 건드렸다. 오십 줄에 들어간 할망구가 어찌나 밝히는지, 영주님이 그것 때문에 일찍 돌아가셨다는 소문도 있었어."

"몇 되지 않습니다. 대충 열 명 정도."

"호오! 이 자식 봐라. 이제 슬슬 부네. 처음은?"

"밭에서 일하다 그만 하녀와 그렇게 됐습니다."

"장난하냐? 어떻게 접근했는지, 확 덮친 것인지 주둥이 부딪치고 옷을 어떻게 벗기고 자세는 어떻고 식으로 천천히 묘사를 하란 말이야, 이 자식아."

신참이 퉁명스럽게 말했다.

"그런 걸 알아서 뭐 하려고요? 창피하게."

"까라면 깔 것이지 쌍놈의 새끼가 말이 많아."

신참이 흠칫 놀라 뒷걸음질쳤다. 전쟁에 끌려가면 별의별 놈들을 다 만나는데 그중에는 남색을 탐하는 놈들도 있다고 했다.

이불 속으로 불쑥 손을 집어넣는 놈이 있는가 하면 지금 처럼 경비를 서다가…….

"그 얼굴 뭐야? 어엉? 너 디질래?"

잔뜩 인상을 구기고 얼굴을 들이밀던 고참이 이번엔 반대로 놀라 엉거주춤 뒷걸음질쳤다. 신참의 눈깔이 확 뒤집어진 것이다.

"왜, 왜 그래? 농담이야. 이 새끼야, 정신 차… 커억!"

아무런 말도 없었다. 신참이 거친 숨을 토해내더니 그대로 창을 내질러 고참의 숨통에 구멍을 뚫어버렸다.

그러더니 창날을 확 잡아채고는 미련없이 자신의 목에 대고 그어버렸다.

어이가 없고 알 수가 없는 일이었다. 갑자기 근무를 서다가 동료를 죽이고 자살을 하다니.

피 냄새가 가시지 않은 초소를 검은 구름이 흘러갔다. 이어 수십 개의 검은 인영이 스치듯 그 뒤를 따랐다.

Chapter 6

사이킥 파워(Psychic Power)

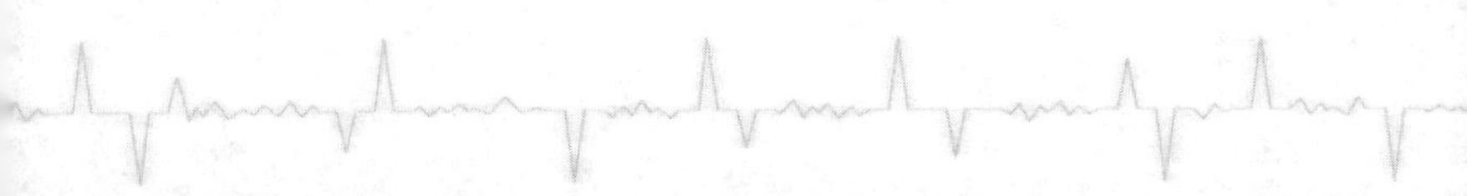

스스로를 정의(正義)군이라 칭하는 포위군의 진지는 바둑판식 논처럼 나누어져 있었다.

이는 왕과 영주 간의 특성에 기인한다. 서로 간의 군대가 다른 점이 많기에 합치기가 어려웠기 때문이다. 군사 개개인의 역량은 물론 훈련 방식과 전술 운영 면에서 많은 차이를 보였다.

영지는 자치 지역이다. 군대 조련 또한 영주의 몫이라 서로 호흡을 맞추어본 적이 없으니 다를 수밖에 없었다.

같은 국가에 소속된 영주들이 모여 군대를 이루었다 해도 하나의 군대라기보다는 연합군이었다.

수가 상대적으로 적은 기병은 체계적인 훈련을 쌓은 기사들이기에 통합 운용에 어려움이 없으나 보병은 오밀조밀 집단전을 벌이더라도 각 영주들은 구역을 할당받아 병사를 배치한다. 병사들이 섞이면 명령 체계에 혼선이 와서 일원화시킬 수 없었기 때문이다.

이 어울리지 않은 군대를 통합해 불협화음(不協和音)을 만들어내느니 차라리 구역을 나누어 책임지는 방식이 훨씬 실용적이었다.

각 영주들의 진지는 구역별로 나누어져 있었고 영주의 막사를 중심으로 작은 막사들이 에워싸고 있는 구조였다.

달이 차 기울기 시작하자 진지 안의 모닥불이 더욱 기세를 높였다. 낮과 밤의 온도 차가 극심한 계절이라 십여 개의 모닥불 주위로 병사들이 가득 모여 있었다.

머레이 공작의 병사들이었다. 왕실 중앙군을 지휘하는 그라도 막사는 영지군의 진영에 있었다. 중앙군은 왕의 병사이고 영지군은 그의 병사다.

병사들 뒤편의 경사진 안쪽 정상 부근이 공작과 기사단의 고관들의 막사가 설치된 지휘부였다.

1골드는 모닥불 사이의 사각에 석상처럼 서 있었다. 그의 옆으로 병사 서너 명이 서둘러 내려갔지만 그의 기척을 알아채지는 못했다.

고관들의 막사는 천주각으로 지어진 일반 병사들과는 달

리 목조 막사였다.

1골드는 막사의 벽을 따라 위쪽으로 발걸음을 옮겼다. 그러자 다시 한 무리의 병사들이 몰려 내려왔다. 제법 경계가 엄중했다.

막사의 지붕을 올려다보았다. 그와 동시에 발끝에 힘을 주자 미세한 먼지가 일면서 그가 훌쩍 떠올라 지붕 끝에 섰다.

그때서야 다른 막사와는 비교도 안 되는 커다란 막사가 눈에 들어왔다. 머레이의 숙소였다. 그의 발아래 놓인 막사들이 장벽의 구실을 하고 막사 사이를 병사들이 오가면서 가로막고 있었다.

머레이의 숙소는 막사의 장벽뿐만 아니라 인(人)의 장벽도 쳐져 한 떼의 병사와 그 중간중간에 기사들이 빙 둘러서 있는 것이 보였다.

'흐음.'

저래서는 초특급 살수라도 잠입할 수가 없다.

'역시 정면밖에 없나?'

1골드는 크라우치에게 잠시의 이별 선물로 머레이의 목을 놓고 가려 했다.

그때 하늘로 치솟는 빛줄기가 보였다. 이제 시작이다.

'어디 한번 보자.'

알로나가 진지에 잠입해 제일 먼저 한 일은 군관 한 명을 잡아 갑옷을 벗겨 입는 것이었다. 투구까지 쓰면 어둠이 그녀의 얼굴을 가려준다.

그리고는 천연덕스럽게 각 영주의 깃발이 흔들리는 진지 사이를 걸어갔다.

목적지는 이미 그녀의 머릿속에 있었다. 어쩌구 칼라 뭐라 하는 백작이라 했다. 인간의 작위 따위는 관심이 없다. 오직 그녀를 상대로 짜릿한 쾌감을 전해줄 수 있느냐 없느냐의 문제였다.

일단의 병사들이 그녀를 스쳐 가며 군례를 취했다. 순찰병들이었다. 군관을 불러세워 얼굴을 보자는 병사는 없다. 더구나 5만이나 되는 병력이라 같은 영지군이나 소속이 아니면 얼굴도 모른다.

빠른 걸음으로 스쳐 지나가던 그녀가 꽃 같기도 하고 무슨 열매 같기도 한 문장이 새겨진 기가 펄럭이는 진지 앞에 멈춰 섰다.

차가운 미소를 지은 그녀는 몸을 숨길 생각도 없는지 그대로 경계를 서는 병사들을 향해 다가갔다.

"수상한 놈이다. 멈춰라! 여긴 칼라 영주님의 진지다!"

알려주지 않아도 알고 왔는데 병사는 친절히 설명까지 해주었다.

"말해라! 키드웰 남작 소속이 왜 여기까지 왔는가?"

그녀가 뺏어 입은 갑옷이 표식이었나 보다.

알로나는 숙였던 고개를 들어 병사들을 보았다.

투구를 쓰고 있다고는 하나 햇불에 비친 그녀의 매혹적인 아름다움에 병사들이 순간 숨을 죽였다.

그때 달싹이던 그녀의 입술이 다물어졌다.

"크아악!"

비명은 병사들의 중간에서 터져 나왔다. 모든 병사의 시선이 그곳으로 쏠렸다. 조금 전까지 농담을 나누던 동료가 갑자기 돌변해 옆에 서 있는 병사의 배에 검을 쑤셔 박은 것이다.

그게 끝이 아니었다. 검을 뽑아 들더니 미친 듯이 휘두르기 시작했다.

"뭐, 뭐야? 크흑!"

게다가 그 한 명만이 아니었다. 눈이 벌겋게 충혈된 다른 자가 동료의 뒷목에 검날을 대고는 톱처럼 썰었다.

광인, 미친놈이다. 멀쩡했던 사람이 한순간에 미쳤다고밖에 볼 수 없는 일이었다.

알로나를 경계하던 병사들은 서로를 한순간에 죽고 죽이는 광란 속으로 빠져들었다. 그사이 알로나가 없어진 걸 신경 쓰는 병사는 아무도 없었다.

알로나에 의해 소환된 분노의 정령은 오늘 마음껏 인간의 분노를 취하고 있었다.

단잠에 취해 있던 칼라 백작은 벌떡 일어섰다.

불경스럽게도 자신의 막사 밖에서 햇불을 든 병사들이 어지럽게 뛰어다니며 소란을 일으키고 있었다. 주군의 단잠을 방해하는 병사들이라니.

하지만 칼라는 호통 대신 벌떡 일어섰다. 진지에 변고가 생긴 것이 분명하다.

"무슨 일이냐?"

잠시 대답이 없더니 호위 기사의 목소리가 들려왔다.

"송구스럽습니다. 병사들끼리 사소한 시비가 붙어 싸움을 벌인 것으로……."

"뭐라! 네 이놈, 지금 뭐라고 했느냐! 분명 내 병사가 저희들끼리 싸움을 한다고 했느냐!"

"기사들이 갔으니 곧 소란이 가라……."

"내가 직접 갈 것이다! 준비하라!"

"옛! 주군."

이런 불미스런 일도 없다. 왕국 내의 이름 높은 영주들이 모인 전장에서 자신의 병사들끼리 싸움을 벌이다니. 집안 단속도 못한다며 다른 영주들이 얼마나 비웃을 일인가.

"이노옴! 뭐 하느냐?"

분명 나간다고 했다. 그런데 갑옷을 입혀주어야 할 종자가 들어오지 않는다.

전장에서는 한시도 떨어지지 않는 것이 종자이다. 아무 대답이 없자 이상함을 느낀 칼라가 조심스레 검을 잡았다.

"안녕, 잘생긴 오빠."

귓전이 상쾌해지는 쾌활한 여인의 음성이었다. 다른 때 같으면 한껏 여유있는 미소로 맞을 테지만 시간도, 장소도 그럴 상황이 아니었다.

"네년은 누구냐?"

벽면 일부가 떼어지는 듯하더니 갑옷을 입은 검은 긴 머리의 여인이 모습을 보였다.

"흠!"

수도 사교계에서 수많은 여인들을 접했지만 저렇게 아찔한 요염을 풍기는 여인은 처음이었다.

"오호호호호, 놀라기는. 오빠가 보고 싶어 왔지."

알로나가 입술을 내밀며 잉크까지 보냈다.

"이 요망한 년! 필경 라미안의 첩자렷다!"

"어머! 참 머리가 나쁜 오빠네. 첩자라니, 오빠랑 엉겨주려고 왔지. 이렇게."

알로나가 손가락을 튕기자 매서운 바람이 칼라의 전면에 쇄도했다. 놀라 숨을 들이마신 칼라가 검집째 휘둘렀다.

쾅!

"으윽!"

검을 놓칠 뻔한 정도의 충격이었다. 휘청이는 몸을 어렵사리 바로잡았다.

"흐음!"

영주의 막사 안에서 이런 소란이 이는데 기사들이 들어오지 않는 이유를 알 것 같았다. 소리를 차단한 것이다.

"마법사구나. 기사를 상대로 덤비는 마법사라니, 넌 오늘 이 자리에서 죽을 것이다. 내 네년의 요망한 얼굴을 난도질하고 침을 뱉어주마."

"오호호호호! 어머, 어쩜 저렇게 흥분되는 말만 골라서 할까? 그 보답으로 지옥을 보여줄게."

이번엔 칼라가 빨랐다. 마법사를 상대하는 기본이다. 캐스팅할 시간을 주면 안 된다. 하지만 칼라는 알로나를 잘못 파악했다.

그녀는 다크 엘프들이 다루는 엘프 마법을 기본적으로 다룰 수 있긴 하지만 마법사보다는 정령술사였다.

힘차게 내딛는 걸음의 빠르기가 예사롭지 않았다. 알로나가 몸을 비틀며 팔을 쳐올렸다.

칼라는 한순간에 상대를 잃어버렸다. 앞이 온통 어둠인 것이다. 하지만 내려치는 검을 멈추지는 않았다. 그때 어둠을 가르고 하얀 손이 불쑥 펼쳐졌다.

카앙!

손이 철검을 잡아챘다. 사술이다. 어찌 철검을 맨손이 잡는단 말인가.

칼라가 옴짝달싹 않는 검에 마나를 불어 넣었다. 그러자 허깨비처럼 손이 사라졌다. 이어 장막처럼 드리워진 어둠을 길게 잘랐다.

고운 천이 찢어지는 소리가 나며 어둠이 갈렸다.

"이따위 사술!"

고개를 재빨리 돌려 알로나를 찾았다. 순간 너무 놀라 뒷걸음질칠 뻔했다. 이제껏 본 적 없는 천상의 미녀가 그에게 손짓을 보내고 있었다. 그것도 실오라기 하나 걸치지 않은 풍만한 여체를 드러낸 채.

어울리지 않는 욕망이 불끈 고개를 들었다. 더불어 그런 자신에 대한 분노가 머리끝까지 치솟았다.

이어 여인은 순식간에 사라지고 스승이자 아버지가 나타났다. 아버지는 그의 평생에 넘을 수 없는 벽이었다. 우상에서 체념으로, 그리고 원망의 대상이 되었다.

칼라는 지금의 상황을 모두 잊었는지 자신의 아버지에게 달려들었다. 스스로가 만들어낸 환영이 늘 대련을 하던 식으로 오라 손짓을 했기 때문이다.

'쯧쯧, 조금은 버틸 줄 알았는데 걸려들었어. 인간 기사들은 너무 다혈질이란 말이야.'

다크니스 계열의 정령은 정신 계열이 주를 이룬다.

검사들끼리의 대결에서도 평상심을 유지하는 게 승패를 가르는 경우도 많았지만 어둠의 정령을 사용하는 자를 상대하기 위해서는 평상심을 유지하는 게 그 무엇보다 중요한데 순간의 욕망이 틈을 만들었고, 그사이에 정령이 정신을 잠식해 들어간 것이다.

알로나는 미련없이 몸을 돌렸다. 칼라는 탈진할 때까지 검을 휘두를 것이고, 그를 말리는 자도 다 자신이 만들어낸 평생 숙적의 모습일 것이기 때문이었다.

"크아아아악!"

알로나가 사라진 자리에 광풍(狂風)에 휘말린 빛줄기가 솟아올랐다.

하늘에 불꽃이 수놓아지고 제일 먼저 화답을 보낸 것은 식량을 쌓아둔 곳이었다.

군량미를 저장한 장소는 지휘부만큼이나 중요한 곳이라 경계가 삼엄함은 당연하다. 그래도 연기처럼 스며드는 쉐도우들을 막기엔 불충분했다.

제국에서 치열한 암투의 장인 중앙 귀족들 사이를 오가며 암살을 일삼던 쉐도우들이었다. 전문적인 살수 교육을 받은 그들이 병사들의 눈을 피해 불을 놓는 일은 그다지 어렵지 않았다.

군량미와 동시에 노린 곳은 중앙군의 마방(馬房)이었다. 한 장소에 가장 많은 말이 있는 곳이다. 말은 영주의 개인 재산이라 영주의 진지에 모아둔다. 진지마다 분산되어 있는 것이다.

그래도 진지를 혼란에 휩싸이게 하려면 말이 미친 듯이 뛰어놀아야 그림이 된다.

군량미 저장소를 책임진 위트모어 백작의 진지 안이었다.

저장소에서 불길이 치솟는 모습을 본 병사들의 놀라움은 극에 달했다. 어찌할 바를 모르고 서로 누구의 목소리가 큰지 내기라도 하는지 목청만 높이고 있었다.

"불이다!"

"불이야! 물을 가져와!"

소리치는 병사는 발만 동동 구르며 목이 터져라 악만 쓸 뿐이었다. 소리만 지른다고 불이 꺼지는 것은 아니다. 이럴 때는 수장의 통제가 필요하다.

아니나 다를까, 옷깃을 여미지도 못한 위트모어가 칼만 든 채 뛰어나왔다.

"이 멍청한 놈들, 뭣들 하느냐! 너! 너는 병사들을 통솔해 저장고로 내려가고, 너는 수차(水車)를 가져와라. 기사단장은 흉수를 찾아라! 어서 나를 따르라! 나보다 늦는 놈들은 목을 칠… 커어억!"

기사들에게 손짓을 해가며 명령을 내리던 위트모어가 목을 움켜쥐었다.

"주군!"

"영주님!"

기사들이 쓰러진 위트모어를 안아 올렸을 때는 이미 절명한 상태였다. 화살대까지 쇠로 만들어진 화살이 정확히 목젖 아래를 관통해 있었다.

“암격이다!”

“암살! 암살자를 찾아라!”

수장이 꺼꾸러지자 불을 끄러 가던 병사도 어안이 벙벙할 뿐 움직일 생각을 하지 못했고, 주군의 죽음에 충격을 받은 기사들은 눈을 부라리며 사방을 훑었지만 어떤 행동도 취하지 못했다.

병사가 빠져나간 빈 막사에서 활을 수습한 야행복의 사내가 콧노래를 부르며 옷을 벗었다. 그러자 흔히 볼 수 있는 쇠사슬 갑옷을 걸친 병사의 모습이 되었다.

그리고는 막사에 굴러다니는 투구와 창을 들고 천막을 제치고 나와서는 숨을 크게 들이켰다.

“저놈 잡아라! 수상한 놈이 저쪽으로 갔다!”

그 말을 남기고 한쪽으로 미친 듯이 뛰어가자 우왕좌왕하던 병사들이 그가 간 방향으로 우르르 몰려갔다.

아무도 군량미 저장소에 난 불을 끌 생각을 하지 못했다.

그들에게는 곡식보다 영주의 복수가 먼저였다.

그 시각, 머레이는 의자 팔걸이에 팔을 괴고 한 손가락으로 관자놀이를 꾹꾹 누르고 있었다. 베일이 조심스레 휘장을 젖히고 총총걸음으로 다가와 섰다.

“현재 습격을 받은 곳은 총 11군데입니다. 그중 암살 시도가 7건으로, 암살이 4건, 미수가 2건이고, 지하 갱도, 군량미,

중앙군 마방, 무기고에 파괴 공작이 가해졌습니다.”

머레이를 포함, 군소 영주 30여 명이 포위군에 있었는데 암살 시도는 일정한 패턴 없이 무작위적으로 보였다.

머레이가 힐끗 그를 바라보았다.

“암살이 7건이라며?”

“한 건은 말씀드리기가 좀 애매합니다. 트란스 지방 산하의 칼라라는 자인데 미쳐서 제 부하들을 다 죽이고 있습니다. 그보다 암살 대상에 대해서 이해하기 힘든 점은 그들의 무게감이 암살당할 정도는 아니라는 겁니다.”

“나도 알아. 그보다는, 끄응! 몇 놈이야?”

거칠게 관자놀이를 누른 머레이가 묻자 베일이 머리를 저었다.

“아직 정확하게…….”

“대충!”

“몇백 되지 않습니다, 주군.”

머레이가 상반신을 세우자 베일이 물잔을 내밀었다.

“피해 정도는?”

“그것도 묘합니다. 군량미는 진화가 늦은 바람에 큰 손실을 입었으나 나머지는 미미한 정도입니다. 암살과 군량미에 목적을 둔 것 같습니다.”

“군량미는 곧 들어오기로 했고 겨울을 날 일도 없어. 그런데 뒈진 것들이 다 별 볼일 없잖아?”

“그게…….”

입맛을 다신 베일이 말을 이었다.

“주군께서 기사답다 평을 한 자들이 태반입니다.”

“내가 그런 적이 있었나?”

쉐도우의 습격을 받은 영주들은 하나의 공통점이 있었다.

어디에 내놔도 부끄럽지 않는 기사라는 점이었다. 너무나도 곧은 성격 때문에 출세에 지장을 받을 정도의 강골들이어서 큰 세력을 형성한 영주는 없다시피했다.

이상한 일이었다. 전세에 크게 영향을 미치지 않을 인물들이 암살 대상이었다.

“거참, 네놈 소리를 들으니 머리가 더 아프다. 오만 병력 속에서 제 하고픈 일을 다 하는 놈들이라면 보통 실력이 아니야.”

“하지만 이곳은 철벽입니다. 마음을 놓으십시오.”

“그 말… 지금 나한테 들으라고 하는 건가? 베일, 많이 컸어.”

“주군, 조심해서 나쁠 것은 없습니다. 전장에서 최고 지휘관은 항상 1순위 암살 대상이죠. 소란은 연막이고 주군을 노리는 것일 겁니다.”

“감히 날 칠 만한 놈은 라미안에 없다. 설령 성기사단장이 직접 나선다 해도.”

소란을 빠른 시간 내에 잠재우라는 명을 받은 베일이 묻러

가자 머레이는 물을 버리고 술을 부었다.

전장에서 잔뼈가 굵은 그다. 이따위 소란은 자고 일어나면 언제 그랬냐는 식으로 수그러든다.

아랫것들이 뛰어다닌다고 덩달아 수장까지 방방 뛰면 오히려 혼란만 가중될 뿐이다. 수장은 무게감있게 중심을 잡아 주는 역할이다.

그가 술잔을 들었다. 술잔 속에 주름진 얼굴이 그려졌다.

"신이 나서 웃고 있겠지."

이번 내전으로 조안 왕은 한몫 톡톡히 잡았다. 왕실의 재정 상태로는 지금의 용병 부대를 운용하지 못한다.

머레이는 왕의 뒤에 누가 있는지를 안다.

"너무 좋아하지 말어. 전리품은 내 몫이 될 테니."

브리언 교에서 10골드를 주면 4골드는 왕의 주머니로 들어가고 나머지가 전쟁 비용으로 쓰여진다. 서로의 이해타산이 맞아 밀월을 즐기고 있다고는 하나 그 와중에도 실속은 챙기는 법이다.

지금은 단기적인 이익만 날 뿐, 진짜 젖줄은 전쟁이 끝난 후다. 왕은 자신에게 붙은 라미안의 신관들을 숙청할 테고 순차적으로 브리언이 그 자리를 대신하려 할 것이다. 이때 승부수를 띄워야 한다. 공작보다는 왕이 더 나으니까.

"크큭! 이미 신도 버렸는데 왕이라고 못 버릴까. 머레이 왕가라, 조안보다 훨씬 멋진 이름이야."

머레이는 갑자기 신경을 확 잡아끄는 강렬한 기운에 앞뒤
가릴 것 없이 검을 빼 들고 순간적으로 최대한의 마나를 끌어
올렸다.

"훗! 오늘의 클라이막스군. 좋다! 타아앗!"

전광석화와 같은 칼놀림, 무시무시한 파공성을 동반한 거
센 바람을 내려쳤다.

콰콰쾅!

목조 막사가 날아가고 희뿌연 먼지가 앞을 가렸다. 그의 발
밑에는 두 동강 난 철시가 한 대 놓여 있었다.

"화살? 후후후, 제법인데."

머레이는 미소를 매단 채 먼지를 헤치고 밖으로 나섰다.

진지 여기저기에서 불길이 치솟고 고성이 오가며 소속을
알 수 없는 기사단이 지축을 울리며 말을 달려도 1골드는 꿈
쩍하지 않았다.

그만이 아니다. 총사령관인 머레이 또한 마찬가지였다.

머레이의 숙소로 사태 파악을 하기 위해 각 영주들의 부관
들이 뻔질나게 오가는 모습만이 전과 달라진 점이었다.

'역시, 나오질 않는군. 부하들도 흐트러짐없이 경계를 더
욱 강화하고. 잘 훈련된 자들이야.'

두 번째 계획도 포기를 해야 했다. 암살은 시도조차 하지
않았고, 갑작스런 진지의 혼란에 당황한 머레이가 나오길 바

랐지만 그도 실패다.

'뭐, 나오기 싫다면 불러낼 수밖에.'

1골드는 쓴웃음을 짓고 왠지 어색한 그레이트 보우를 집어 들었다. 신장 그리엄이 마나를 화살에 담아 쏘던 광경이 한편으로 밀어놓았던 활을 다시금 보게 만들었다.

디이잉!

실을 매기자 탄성 좋은 강철로 덧대어진 활대가 부러질 듯 휘었다.

그는 화살에 내력을 밀어 넣지 않았다. 상단전이 열려 네오코어를 조절할 수 있기에 화살촉에 주변의 마나를 끌어 모아 압축했다.

마나탄의 성질이다. 압축된 마나는 충격을 받으면 터진다. 양의 마나고, 파의 활용이었다. 그는 바다에서의 경험으로 활 뿐만 아니라 마나탄에 대해 여러 생각을 하고 있었다.

몇몇 기사들이 경악한 표정으로 그가 있는 곳을 향해 시선을 모았다. 하지만 늦었다.

티이이잉!

시위를 떠난 화살은 번개같이 막사를 강타했다.

콰콰쾅!

"습격이다."

"주군을, 공작님을 보호하라!"

말을 함과 동시에 사방에서 기사들이 뛰어나와 진지를 두 겹, 세 겹으로 둘러섰다. 일사불란한 움직임이요, 머레이의 안전을 최우선으로 둔 행동이었다.

희뿌연 먼지 사이로 머레이의 모습이 보이자 기사단장이 소리쳤다.

"1대, 2대, 앞으로! 3대는 도주로를 차단한다! 산 채로 잡아 와라!"

탕!

대답 대신에 가슴을 주먹으로 친 3대 30여 명의 기사들이 빠른 몸놀림으로 1골드가 올라간 막사를 포위했다.

공격 명령을 내릴 필요도 없이 머레이가 기사단장의 인사를 받는 순간 공격이 시작되었다.

목조 벽을 발판 삼아 1골드의 머리 위까지 뛰어오른 기사가 맹렬하게 어깨를 향해 검을 후려쳤다.

1골드는 시선을 머레이에게 고정한 채 어깨를 뒤로 빼는 동시에 긴 팔을 쭉 내밀었다.

"컥!"

강철 같은 팔에 기사의 목줄기가 잡혀 대롱대롱 매달린 모양새다. 1골드는 시위하는 식으로 여전히 머레이를 쏘아보고 있었다.

"타핫!"

등 뒤에서 경쾌한 기합성이 터지고 매서운 강기가 하체를 쓸어왔다. 연이어 목이 잡힌 동료를 무시한 찌르기 공격이 전면을 위협했다.

찌르려면 찌르라는 식으로 목줄기를 잡은 기사에게 약간의 반동을 주어 앞으로 밀고는 왼발을 들어 벌레를 밟듯이 발을 굴렀다.

쿵!

"이익!"

검이 발에 밟힌 기사의 얼굴이 더할 수 없이 붉어졌다. 순간 턱에 강력한 충격을 받고는 뒤로 훌훌 날아갔다.

그때까지도 머레이는 움직일 생각이 없는 듯 보였다.

1골드가 대검을 들며 진각을 밟았다.

쿵!

진각의 막대한 힘에 으깨어진 지붕의 나무 파편들이 튀어올랐다. 비산하는 파편들 사이로 다섯 줄기의 빛살이 1골드의 전신을 난도질할 것처럼 쇄도하고 있었다.

대검이 움직였다. 움직인다 싶은 순간 우웅— 하며 칙칙한 회색빛 운무가 검날을 휘감았다. 그리고는 일순간 창날처럼 쭉 뻗어 빛살을 갈라놓았다.

시시시싯!

소리도 없었다. 시간도 멈춘 것 같았다. 도약한 채 허공 떠 있는 다섯 명의 기사와 그들의 몸을 스치고 지나간 회색 빛살. 그리고,

후두두둑!

두 토막 난 기사들의 시체가 떨어져 내렸다. 파삭 쪼개져 허연 뇌수를 드러낸 머리나 꿈틀거리는 내장을 보며 움찔한 자는 이곳에 단 한 명도 없었다. 단지 회색 빛줄기가 환상처럼 나타났다 사라진 대검만을 바라볼 뿐이었다.

짝짝짝!

"멋지군, 철가면 씨."

박수를 친 머레이가 기사들을 헤치며 나섰다.

그러자 1골드도 지붕에서 훌쩍 뛰어내려 그와 마주 섰다. 그의 등 뒤에서 막사가 우르르 하며 폭삭 주저앉았다.

"휘우! 오늘은 먼지를 뒤집어쓸 일이 많군. 목욕을 해야겠어. 안 그런가?"

머레이는 맘껏 여유를 부리며 그의 애병인 바스타드 소드의 손잡이를 문질렀다.

기사단만 해도 300명이 있고 병사는 기사단의 10배도 넘는다. 게다가 주변 진지의 영주와 기사들까지 하나둘 모여들고 있었다. 여유를 부릴 만했다.

"말이 없는 친구로군. 하긴 그 덩치에 촉새처럼 떠들어대는 것도 어울리지 않을 거야. 그런데 도망칠 자신은 있나? 나 같아도 힘들 것 같은데?"

"글쎄, 그건 사람 나름이겠지."

"하하하! 역시 맘에 드는 친구야. 마스터라면 그 정도 자신 감은 있어야지. 제국에서 왔으니 알겠구먼. 라인 대제는 백만 대군 앞에서도 오연히 버텼다고 하더군. 뭐, 다 개잡소리겠지면. 자네도 전설을 만들고 싶은 건가, 아니면 실력만큼 머리는 뒷받침이 못 되는 건가?”

말을 하며 주변을 보라는 식으로 양팔을 벌렸다. 새까맣게 들어찬 기사들 어디에도 틈 같은 건 없어 보였다.

“무모한 건지, 멍청한 건지, 자살을 하려고 하는 건지 알 수가 없어. 혹 나 하나만 죽이고 신의 품으로 가겠다는 생각을 가진 거라면 포기하게. 신은 예쁜 것들만 좋아하시거든. 계집처럼 희멀건 신관들처럼 말일세. 그 얼굴이라면 나도 사양이야.”

“시끄러운 놈이군.”

“놈? 큭! 큭! 크크, 크하하하하! 들었나? 놈이란다. 나한테 놈이라고 했어. 아하하하!”

미친 듯 웃던 머레이가 한순간 웃음을 뚝 끝쳤다.

“누가 보냈나? 라미안? 제국? 라미안과 제국 사이에 거래가 있었던 것이냐?”

“모르지. 황제가 라미안 신도가 되었는지.”

“크크큭! 그럴 수도 있겠구나. 크라우치에게 목숨을 서너 개 정도 보장받고 말이지. 욕심 많은 노친네들한테는 그만한 것도 없지.”

푹!

검집을 바닥에 박은 머레이가 진득한 살기를 흘렸다.

“이 정도면 네놈 부하들도 다 도망을 갔을 테니 어디 시작해 볼까?"

"후후, 예전에 다 빠져나갔다네. 난 할 일이 남아 있었던 거고."

"호오! 과연 그럴까? 몇 놈 잡았다고 하던대."

"죽은 시체를 껴안고 자려고 하나? 고이 보내줘."

"하아! 좋아, 좋아. 네놈의 사지를 자르고 몸통을 똥물에 담가도 그런 소리가 나오는지 보겠다. 쳐라!"

둥근 포위 대형을 갖춘 기사들이 방패를 앞세우고 천천히 옥죄듯이 전진해 들어갔다.

"머레이! 쥐새끼처럼 애들 뒤에 숨지 말고 나와 놀아볼 용기는 없나?"

"역시 제정신이 아니야. 내가 왜? 뭐 하러 그래야 하지? 자네도 합리적으로 생각해 보게. 여럿이 돌아가면서 싸우면 쉽게 잡을 수 있는데, 이 많은 부하들을 구경꾼으로 전락시키면서까지 내가 굳이 나서야 되겠나? 난 겉멋만 잔뜩 든 멍청이가 아니라네. 그리고 죽을 것 같으면 언제든지 말하게. 단칼에 목을 쳐줄 테니."

"지금 죽을 것 같은데."

"주둥이는 멀쩡한데 엄살은. 우리 아이들은 제법 단단하다네. 기대해도 좋을 것이야."

1골드는 입맛을 다셨다. 머레이가 나서주면 그나마 쉽게 목적을 달성할 수 있을 것인데 전혀 그런 기미가 보이지 않았다.

그렇다고 머레이를 비난할 마음은 없었다. 그의 말은 한 치도 틀리지 않았다.

세력 간의 싸움에서 접전을 펼치고 있는 중에 아군의 사기를 높이고 승기를 잡기 위해서라면 모를까, 수많은 부하들을 놀리면서 우두머리가 직접 나설 필요는 없다.

착! 착! 착!

언뜻 보아도 포위망을 펼친 기사가 오십여 명은 되는 듯한데 발걸음 소리는 한 사람이 내는 것 같이 일정했다. 잘 다듬어진 기사들이다.

"흐음."

1골드가 긴장의 끈을 바짝 조인 채 검을 늘어뜨렸다. 오랜만에 맛보는 팽팽한 긴장감이다. 기사들이 뿜어내는 살기와 투지, 기세가 등줄기를 축축히 젖게 만들었다.

그가 눈을 가늘게 좁혔다. 투구 속에서 시퍼런 빛을 발하는 기사의 눈과 마주했다. 침착하게 가라앉은, 토끼 한 마리를 잡을 때도 최선을 다하는 맹수의 그것과 같았다. 일체의 방심을 찾아볼 수 없었다.

그는 오만 병력을 홀로 상대하려고 남은 것이 아니다. 자신감이 지나쳐 자만감이 가득한 얼뜨기도 아니고, 오히려 스스로 냉정히 평가할 줄 아는 사람이다.

그래도 어떠한 상황에서도 자기 한 몸 빼낼 정도는 된다 생각했는데 이제는 목적을 떠나서 피하지 못할지도 모른다는 불안감이 엄습했다.

'좋지 않군. 나도 모르게 자만심이 생겨났을지도.'

1골드는 내렸던 검을 들고 서서히 기세를 끌어올리기 시작했다. 이 상황에서는 밑천을 다 끄집어내야 할 듯싶었다.

조용히 기다리는 사이 기사들이 움직였다. 그렇게 잠든 진지를 깨운 기습의 본 싸움이 시작되고 있었다.

"하아! 하아!"

고깃덩어리로 변해 축 늘어진 스웬을 어깨에 짊어진 피치는 산을 오르고 있었다. 진지에서부터 2km여가 떨어진 야트막한 야산 중턱이다. 숨을 헐떡이는 그의 귓가에 수진의 음성이 들렸다.

"네가 마지막이야?"

"하아, 예, 그렇습니다."

"열 명도 넘게 죽었네."

아무런 감정도 실리지 않은 무감각한 음성이었다.

백여 명의 쉐도우들이 투입돼 1할이 돌아오지 못했다. 손실에 비해 성과도 그리 좋은 편이 아니었다.

나무 그루터기에 몸을 기대고 있던 알로나가 인상을 찌푸렸다.

"야! 깜댕이, 그 인간은 누구야?"

"안녕하십니까, 작은주모님. 이자는 스웬이라 하는데, 주군의 친구이십니다."

"친구?"

고개를 갸웃한 알로나가 스웬을 훑어보다 물었다.

"살아 있기는 한 거야?"

"아직은 숨을 쉬긴 합니다."

"네 일, 갱도는 어떻게 됐어?"

피치는 지하 갱도를 무너뜨리는 임무를 맡았었다.

"버팀목 몇 개를 부러뜨려 한 달 정도의 여유를 벌었을 뿐입니다. 마법사가 있었더라면 더 좋은 성과를 얻을 수 있었을 텐데, 송구스럽습니다."

"됐어, 그 정도면. 올 사람은 다 온 것 같은데 출발하자."

알로나가 몸을 돌려 수풀 사이에 가려진 동굴로 향했다.

"큰주모님, 주군께서는 당도하셨습니까?"

"아직, 조금 늦는다고 먼저들 가라고 했대. 호위들도 와 있는걸."

"예에?! 그러면 홀로 적진에 남아 계시는 겁니까?"

"네가 왔으니 그렇지."

"이런!"

피치가 스웬을 던지듯 내려놓고 급히 몸을 돌려 산을 내려가려 했으나 수진이 유령처럼 나타나 그를 가로막았다.

"너, 죽고 싶어? 우리 자기가 여기에 도착하는 대로 가라고 했잖아."

"아무리 명령이라 해도 어찌 주군을 남겨놓고 갈 수가 있습니까? 저는 주군을 모시러 가야겠습니다."

충심이 우러난 말이었으나 싸늘한 수진의 한마디에 잘려버렸다.

"한 발짝이라도 움직이면 넌 내 손에 죽어."

절대 허언이 아니었다.

피치는 도저히 이해할 수가 없었다. 부하가 주인만을 남겨놓고 어떻게 도망을 친단 말인가.

"도대체 어찌하여?"

"넌 우리 자기가 가라고 하면 가는 거고 죽으라면 죽는 거야. 네 생각 따위는 필요없어."

전과 같으면 인간 따위라고 말했을 것이다. 인간적인 사고가 녹아든 수진이라도 1골드의 명령은 절대적이었다.

그녀도 1골드가 걱정되지 않는 것은 아니지만 그녀의 감정보다는 명령이 우선이었다.

그러한 상황을 피치가 이해하기는 힘들었다.

"그, 그렇다면 주군이 오시면 같이 가겠습니다."

"그것도 안 돼. 이곳은 호위 애들이 지키기로 했으니까 넌 무조건 나랑 가야 돼."

절대 떨어지지 않으려는 호위를 마성까지 일으켜 가며 쫓아내었다. 1골드의 힘이 강성해질수록 영의 종속인 반 일족이나 수진은 그의 명령을 거역하기 힘들어졌다.

1골드는 그들을 종속에서 풀어주려 했지만 힘이 커질수록 그들을 잇는 끈은 더욱 질기고 단단해졌다.

체념한 피치가 수진에게 이끌려 동굴로 들어가자 옅은 빛이 번쩍였다.

다시금 고요가 찾아든 야산에는 이름 모를 새들이 지저귀는 울음소리만이 울렸다.

"타앗!"

일갈이 터지면 기사가 방패를 앞세운 채 저돌적으로 밀고 들어왔다. 방패를 이용한 몸통 공격이다.

쾅!

기사의 손에 들린 방패가 하늘 높이 치솟았다. 그 충격으로 부러지기라도 했는지 팔을 축 늘어뜨렸다. 그 순간 안면에 격렬한 충격을 받고는 훌쩍 날아갔다.

기사의 안면을 주먹으로 함몰시킨 1골드의 가슴 앞으로 단창이 날아들었다.

"죽어랏! 이 괴물!"

싸움을 시작한 지 촌각도 되지 않은 것 같은데 벌써 스물에 가까운 기사가 전투 불능 상태가 되었다.

화살을 날린 일수를 보고 소드 마스터의 경지라고 짐작은 했다.

그런데 오러 브레이드는 보지도 못했다. 한 손에는 보기에도 무지막지한 검을, 다른 손은 권격으로 잘도 기사들을 쓰러뜨린다.

그의 눈이 갑자기 커졌다. 이것이다. 환상적인 빠르기의 손놀림. 저 손놀림에 동료들이 인형처럼 픽픽 쓰러졌다.

단창의 날 부분을 손끝이 스쳐 간다 싶은 순간 창대에서 미미한 진동이 일었다.

'창을 버려야……'

하지만 늦고 말았다. 창대를 따라 손으로 몸으로 내부로 진동이 전해졌다. 마치 뱃속에서 부글부글 끓는 듯한 느낌이 들면서 온몸이 부르르 떨렸다.

그리고는 코와 귀 등의 오공에서 무언가 흐르는 듯한 오싹한 기분이 들었다.

기분만이 아니었다. 허물어지듯 쓰러진 기사의 몸에서 진득한 피고름이 흘러나왔다.

"이이이!"

뭐라 말로 표현할 수조차 없었다. 검을 든 기사들 간의 싸움에서 칼에 베여 죽은 자가 하나도 없다니.

저 괴물은 대검은 방패처럼 사용하고 싸다귀를 때리는 것처럼 휘두르는 손짓만으로 구멍이란 구멍에서 모두 피고름을 질질 흘리며 죽게 만든다.

1골드는 수십 개의 검이 번뜩이는 긴박한 순간에도 버릇처럼 무공에 대한 생각을 했다.

손짓, 발짓은 무아지경에 빠지게 만드는 행공이고 뇌에서는 끊임없이 전류를 일으킨다. 아마 이때 뇌를 엑스레이로 찍으면 온통 새빨갛게 나올 것이다.

그는 포위된 상황을 타개하기보다는 요즘 한창 골몰하고 있는 결과 파에 대한 생각이 머리에 가득했다.

헬베른 산적들을 몰살시킬 때도 지금과 다름없었다. 살인에 대한 무감각을 넘어선 지 오래라 살인 행위가 일종의 명상의 과정이었다.

신경이 위험을 알렸다. 싸움이 시작될 때 이미 전신 신경을 일깨웠다. 적은 단 네 명이다. 수백만의 적이 포위 공격을 해도 위협이 되는 인원은 단지 그들뿐이다.

검과 창이 날아든다. 찰나의 순간 1골드는 무기들의 궤적을 파악하고 피할 방위를 찾았다.

1골드의 신형이 흔들리자 당장이라도 베고 꿰뚫어 버릴 것 같던 검과 창이 거짓말처럼 그의 몸을 피해갔다.

1골드가 팔꿈치로 옆구리를 스쳐 간 창대를 툭 찍으며 어깨를 사선으로 통과한 검첨을 발끝으로 찼다.

우우웅!

파를 실은 마나가 검신과 창대를 통해 기사의 기체와 부딪치더니 곧 공명을 일으켰다.

이는 기사 고유의 기체 흐름을 깬 것과 같은 효과를 불러온다. 그들의 신체 리듬은 엉망으로 되고, 전해진 파동은 수면에 인 파동처럼 기하급수적으로 커져 내부를 완저히 뒤집어 놓는다.

'이것이 겉은 멀쩡하게 놔두고 내부를 부숴놓는 내가중수법인가?'

압축된 기를 내부에서 터뜨리는 내가중수법과 비슷하지만 기체의 고유 흐름을 방해하는 다른 면도 있었다.

1골드의 움직임은 샤오스에서와는 달랐다. 그때는 조금은 딱딱한, 힘을 기반으로 하는 검로에 충실한 움직임이었다면, 지금은 검무를 추는 것처럼 일정한 리듬을 타는 부드러운 동작이었다. 결을 찾으면서 얻어진 결과였다.

근접에서 부딪쳐 피와 땀이 흐르는 박투를 즐기던 1골드가 검을 쓰기 시작했다.

이대로 체력과 마나를 소비할 수만은 없었다. 결과는 뻔하지 않은가.

아직도 기사는 수천이 남아 있었고 유심히 자신의 동작을 살피고 있는 머레이 또한 건재했다.

"히야! 찻!"

죽은 기사들의 시체를 치워가며 차륜전을 벌인 지 반 시간만에 처음으로 1골드의 입에서 기합성이 터져 나왔다.

대여섯 보의 거리를 미끄러지듯 줄이고는 휘돌리는 대검에 내력을 듬뿍 담아 일직선으로 폭사되어 갔다.

우우웅!

검이 우는 소리가 머레이에게까지 들렸다.

"이야얍!"

무시무시하게 폭사되어 오는 거대한 힘을 떨쳐 버리려는 듯 맞서는 기사도 힘찬 기합성을 터뜨렸다.

검과 검이 허공에서 얽혔다. 하나 아무런 소리도 나지 않았다.

사사삭!

방패와 함께 기사의 몸통을 양단한 1골드가 기세를 더욱 높이며 온 내력을 실어 땅을 박찼다.

전방으로 돌진하는 형태로 허리 정도 높이로 뛴 그의 허리가 한껏 틀어지며 신형이 회전하기 시작했다. 지면과 수평이 된 채 맹렬한 속도로 회전하는 송곳이 되었다.

콰콰콰콰!

방패도, 검도, 도끼도 소용없었다.

"크아아악!"

방패가 앞을 막아서면 휴지장처럼 짓이겨져 튕겨 버렸고 검은 내려친 주인과 함께 산산이 부서졌다.

거대한 체구가 휘도는 원심력에 오러가 더해졌다. 일반 기사들로는 막기가 어려워 보였다.

"……!"

머레이의 눈이 커졌다. 오러를 저렇게 사용하는 자는 본 적이 없었다. 일반적으로 오러는 검에서 뿜어내 무엇이든 베어 버리는 마나의 칼날로 사용한다.

하지만 저자는 오러를 뿜어내어 검에 덧씌우는 것으로도 모자라 몸 전체를 감싼 형태로 자신을 향해 돌진하고 있었다.

아무리 단단한 포위망이라도 내력이 뒷받침되는 한 저런 식이라면 뚫을 수 있을 것이다. 기사 중에 소드 마스터의 오러를 막을 만한 실력자는 기사단장 정도밖에 없었다.

"후후, 끝내 나를 끌어내는군. 좋아, 좋아."

그가 검병을 잡았다.

스르릉!

밝은 소리가 울리며 잘 손질된 날카로운 검날이 드러났다.

그는 자신이 나설 때가 된 것을 안 것이다. 공들여 키운 기사들이 50여 명이나 죽어 나자빠져서가 아니라 차가운 이성으로 억눌렀던 호승심이 눈을 떴다.

저자의 기술들은 흥미로웠다. 무구를 격타해 내부를 뒤흔드는 것이나 오러를 자유자재로 방출하고 회수하는 등 일찍이 보기 힘든 것들이었다.

머레이가 그의 앞을 더욱 두텁게 막아서는 기사들에게 소리쳤다.

"길을 열어라!"

바스타드 소드를 맞잡은 두 손에 혈관이 튀어 올랐다. 이어 그의 검에서도 웅웅 소리가 일며 선명한 형태를 가진 오러 브레이드가 불쑥 치솟았다.

조심스레 다가온 베일이 말을 건넸다.

"주군, 기사들에게 소드 마스터를 상대할 기회를 조금 더 주심이 어떻겠습니까? 이런 기회는 흔치 않습니다."

1골드를 더 지치게 만들라는 말을 베일이 머레이의 자존심을 상하지 않게끔 돌려 말했다.

"후후, 여기서 더 기다리면 부하 녀석들이 날 욕할 걸세."

"감히 그럴 리가 있겠습니까? 주군을 위해 죽는 것이 기사의 명예이고 소망 아닙니까?"

"솔직히 기사들 키운 돈이 아깝기도 하고, 땀을 흘린 지가 하도 오래되어서 몸이 근질거리기도 해. 너는 내가 저렇게 힘을 빼놓은 놈을 상대하지 못할 정도로 약하다고 생각하나?"

"전 주군보다 강한 기사를 본 적이 없습니다."

하며 한발 물러섰다. 나설 때와 물러설 때를 아는 게 현명한 가신이다.

"그럼 놀아볼까?"

말끝이 희미하게 들렸다. 베일이 머리를 들었을 때에는 회전하고 있는 1골드를 양단하는 빛줄기만을 보았을 뿐이었다.

쩌어어어어엉!

"크악!"

"커으억!"

"크윽!"

거대한 종 두 개가 부딪치는 소리와 함께 비명이 울렸다. 마스터들의 강대한 힘을 이기지 못한 기사들이 훌훌 튕겨져 나가고 있었다.

장내는 일순 정지했다.

기사들은 머레이가 나섰다는 걸 안 탓도 있지만 마스터 간의 강력한 충돌의 여파로 피어오른 먼지 때문에 격전장이 보이지 않았다.

마스터 간의 대결이다. 그 누구도 섣불리 나서지 않고 먼지가 가라앉을 때까지 기다렸다.

흐릿한 먼지 사이로 한쪽 무릎을 꿇은 모습이 보였다. 곰이 웅크리고 있는 듯한 자, 철가면이다. 반면에 머레이는 양손에 맞잡은 바스타드 소드를 사선으로 기울인 채 오연히 서 있었다.

"와아아아!"

주인의 승리를 예감해서일까? 기사들이 환호성을 질렀다.

하지만 웅크린 1골드가 서서히 일어서자 점차 줄어들더니 마른침 삼키는 소리가 대신했다.

1골드는 눈만 돌려 어깨를 보았다. 어깨 보호대가 날아가고 그 자리에 쫙 벌어진 연분홍빛 살점이 보였다.

내력을 돌려보았다. 가슴 어림이 따끔거린다. 그동안 소비한 내력도 만만치 않은데 갑작스런 일격으로 내상까지 입었다. 일수에 너무 많은 손해를 봤다.

"어느 가문 출신인가? 용병의 검으로 마스터에 올랐다 하기엔 특이한 검술이더군."

용병의 검술은 완벽한 실전 검이다. 저자처럼 춤추는 듯한 부드러움을 보이지 않는다.

"검이 검이지, 뭐 다른 게 있나?"

"허! 그도 그렇군. 뭐, 잡아서 불게 만들면 되겠지. 내 고문 기술자는 나도 치를 떨 만한 기술들을 많이 알더군."

"즐겁겠어. 요즘은 별로 자극적인 게 없어서 따분하던 참이야."

"하하하! 마음이 통하는 친구인데, 아쉬워. 자네의 검은 느릿하면서 무거운 것 같더군. 내 검은 상당히 날카롭다네. 조심하게."

머레이는 10여 미터의 거리를 단숨에 좁혔다. 1골드가 검을 치켜올렸을 때 이미 머레이의 검끝은 목젖 부근까지 와 있었다.

목을 살짝 비트는 것으로 검을 피하고 어깨를 내리찍듯이 눌렀다. 파를 담은 공격이다.

하나 지금껏 상대하던 자들과는 달랐다.

어깨에 반탄력이 느껴졌다. 호신강기(護身罡氣)라 부르는 육체를 보호하는 기체의 반사적인 대응이었다.

"그 묘한 기술, 나한테는 안 통한다네. 어디 이번엔 내 걸

한번 받아보게."

그냥 단순한 찌르기처럼 보였다. 하나 한순간에 검이 두 개, 세 개로 늘어나더니 전면이 온통 삐죽한 검첨이 밤하늘의 별처럼 가득했다.

허초가 아니라 그 하나하나가 실초인 것같이 위협적이라 몸만 틀어 피할 수 있는 공격이 아니었다.

1골드가 숨을 들이키며 전면에서 몸을 완전히 빼내었다.

빛살 같은 찌르기로 1골드를 압박한 머레이의 눈이 빛났다. 그가 생각한 대로 움직임을 보이자 뒷축의 발끝을 빙글 돌리며 미끄러지듯 쏘아져 들어갔고, 허리를 지면과 수평으로 만들면서 검병에서 한 손을 떼어내고는 창처럼 길게 찔러 들어갔다. 육체의 무게 중심인 단전 어림을 향한 일격이었다.

"헙!"

1골드의 입에서 경악성이 터져 나왔다. 아무리 몸을 최대한 늘였다고는 하나 검이 닿을 정도는 아니었는데, 갑자기 검을 싸고돌던 푸른빛 오러가 쭉 늘어나며 암기처럼 쏘아져 왔다.

"크으윽!"

입을 꽉 다문 1골드의 입에서 가느다란 핏줄기가 흘러나왔다. 내상을 입은 상태로 무리하게 내력을 끌어올리고 있는 것이다.

뒤로 날리던 몸이 일순 멈칫하더니 허리가 도저히 돌아갈 수 없을 정도로 비틀렸다. 그와 동시에 두 발이 보이지 않을 정도로 빠르게 교차하자 전신이 길게 늘어나며 몸이 옆으로 미끄러졌다.

그래도 머레이의 공격을 완전히 피하기엔 무리가 있었다. 막 오러가 1골드의 우측 골반 부위를 뚫으려는 찰나, 1골드의 왼팔이 휘둘러졌다.

땅!

치이이익!

쇠 부딪치는 소리와 함께 생살 타는 비릿한 냄새가 일고 피가 터져 나왔다. 아무리 내력을 응집한 손이라 해도 온전치는 못했다.

"헛!"

이번에는 머레이가 놀랐다. 손목째 잘리고 옆구리에 커다란 구멍이 뚫릴 거라 믿어 의심치 않았는데 오러에 뒤덮인 손등으로 검로를 비껴내고 몸을 빼낸 것이다.

머레이가 당황했다. 몸을 최대한 낮추고 일직선으로 찌르기를 행한 자세였기에 이어지는 공격에 빠르게 대응할 만한 자세가 아니었다.

"젠장!"

"타아앗!"

욕설과 기합성이 동시에 들리고 머레이의 우측으로 돌아간 1골드가 훤히 보이는 머레이의 등판을 향해 대검을 작두처럼 내려쳤다.

그 찰나, 1골드의 눈이 움찔했다. 머레이가 뒷발을 당기며 잔뜩 웅크렸다. 몸의 탄력을 최대한으로 이용하는 자세다.

역시 검보다 머레이가 빨랐다. 얼음판 위를 미끄러지는 것처럼 몸이 쭉 밀려났다.

쾅!

굉음이 울리고 흙알갱이가 튀어 올랐다. 그사이 1골드가 화살처럼 쏘아져 머레이를 쫓았다.

내천같이 가느다랗게 흐르던 입가의 핏줄기가 어느새 쉴 새 없이 흘러내리는 강물처럼 변했다. 무리한 내력 운용으로 속이 뒤틀린 상태였다. 더 이상의 기회는 없었다.

뒤쫓는 와중에 진각을 밟고 허공으로 도약한 1골드는 5m여를 뜬 상태로 몸을 활처럼 휘었다.

끌어낼 수 있는 모든 내력을 이 한 수에 집중한 상태, 막 한 손으로 땅을 짚고 회전을 하며 몸을 세우는 머레이에게 폭사되어 갔다.

낭패를 당할 뻔한 머레이는 피하지 않았다. 아이처럼 땅바닥을 미끄러진 게 자존심을 건드린 것이다. 코흘리개 적을 빼고 언제 머리를 흙덩이에 문지른 기억이 있었던가.

"이야압!"

그도 끌어낼 수 있는 최대한의 마나를 검에 집중하여 초생달 모양으로 내려쳐 오는 1골드의 검을 받아 쳐올렸다.

"엇?"

이상한 일이다. 예상한 반탄력과 충격이 전해져 오지 않는다. 마치 솜방망이를 친 것 같았다. 거기에 더해 자신이 철가면의 검을 밀어 올리고 있는 듯한 느낌이 드는 것이 아닌가.

아니나 다를까. 철가면은 내려오는 속도보다 더욱 빠르게 하늘로 솟구쳐 올랐다.

"뭐지?"

그가 의구심을 더해갈 때 등 뒤에서 경악성이 터져 나왔다. 익숙한 음성, 그가 고개를 돌리자 머리가 수박처럼 깨진 자가 통나무처럼 넘어가고 있었다.

"베일?"

낯익은 옷이 60년지기의 둘도 없는 친구이자 군사인 베일이라고 알려주었다.

"개자식! 잘근잘근 씹어주마!"

머레이는 급히 1골드를 찾았다. 아직도 허공에 떠 있었다. 얼마나 높이 솟구쳤는지 새처럼 보일 정도였다.

그의 얼굴이 굳어졌다. 이렇게 오래 하늘에 머물러 있을 수는 없다. 손에 머물러 있는 찝찝한 감촉, 놈은 도주를 위해 자신을 이용한 것이다.

"아티펙트?"

마법이 걸린 마법 물품, 반지나 목걸이 등 쪽으로 생각이 미쳤다. 순간 이동!

"마법사!!"

머레이의 명령보다도 포위군 마법사들의 대응이 더 빨랐다. 이미 포위 진영 외곽에 일정 거리로 벌려서 있었을뿐더러 벌써부터 캐스팅을 마친 상태로 시동어를 외치고 있었다.

"스페이스 디스터션(Space Disortion)!"

공간을 찌그러뜨려 왜곡하는 마법으로, 좌표 대 좌표로 공간을 접어 이동하는 마법을 잠시간 좌표를 비틀어 펼치지 못하게 하는 마법이다.

"디스펠 매직(Dispel Magic)!"

마법 무효화다. 보통 2단계 이상의 상위 마법사가 하위 마법사에게 시전해야 효과가 있다고 알려져 있으나 수에는 장사가 없듯이 4명의 3써클 마법사면 4써클의 마법을 무효화시키고, 16명이면 5써클도 가능하다.

포위군에는 6써클 초급부터 3써클까지 다양한 마법사를 보유하고 있었다. 능력 측정이 불가능한 대법사가 오지 않는 한 어떤 아티펙트에 걸린 마법이라도 마법 발현에 영향을 받을 것이다.

홀로 오만 대군 속에 남아 있을 때부터 어느 정도 예상을 하고 있었던 일이다. 죽기로 작정하지 않았다면 빠져나갈 구멍은 만들어놓았을 터인데, 땅으로 꺼지던가 새처럼 날아가는 수밖에 없다. 결국 탈출로는 마법으로 귀결되었다.

하지만 그들의 노력은 수포로 돌아갔다. 철가면의 사내는 여전히 허공에 머물러 있었을 뿐만 아니라 대검을 타고 비스듬히 날아가고 있었다.

1골드는 마지막 일격을 준비할 때부터 머레이를 죽일 수 없다고 판단했다. 물론 자신도 죽을 생각은 전혀 없었다.

무모한 일이란 건 알고는 있었다. 하지만 크라우치에게 시간을 벌어주기 위해선 무리를 해야 했다.

결과는 예상한 대로였고, 그래도 오만 대군 속에 뛰어들어 미친 황소처럼 날뛴 성과는 얻어 가야 한다.

최선은 머레이였으나 항상 차선을 생각해 두었다. 하나만 생각하고 무모하게 뛰어드는 그가 아니다. 머레이의 두뇌인 베일이다.

목구멍으로 치솟는 피를 억누르고 마지막 내력을 쥐어짜 내어 머레이를 밀어붙인 이유가 그것이었다.

암격을 쏘아 베일의 머리를 날려 버리고 머레이의 일격을 도약력으로 삼아 날아오른 건 거의 동시였다.

1초를 백만분의 일로 나눈 정말 찰나의 순간이었다. 머레이의 검과 맞부딪친 순간 힘을 거두고 머레이의 힘을 역이용해 날아오를 추진력을 얻었다.

물론 이 일격으로 단 한 줌의 내력도 끌어올릴 수 없을 정도로 내부는 엉망이 되었다.

이나마도 다행이다. 만약 샤오스에 있을 때의 그였다면 머리가 터진 건 베일이 아니라 그였을 테니까.

"으으, 윽!"

울컥울컥, 계속해서 피가 넘어왔다. 머리는 어질거리고 한 치 앞도 보이지 않았다. 당장에 쓰러져 눕고 싶을 정도로 만 신창이가 되었다.

작용과 반작용의 원칙이고 마나의 흡과 튕기는 힘, 탄의 성질을 이용했다지만 일신에 가해진 타격은 육체가 고스란히 받았다.

"가, 각도를 틀어야……."

거의 수직으로 치솟는 중이었다. 집결지로 향하려면 몸의 방향을 틀어야 한다. 공간을 인지하는 감각도 엉망이 되어 좌우 분간도 되지 않았다.

믿는 구석은 하나다. 극소수의 쌍둥이들이 서로의 생각을 읽을 수 있는 것처럼 영으로 연결된 존재를 찾는 것.

수진은 1골드가 어디에 있어도 감각만으로 찾아내곤 했다. 반 일족이 아무리 뛰어난 은신술로 몸을 감추어도 1골드의 눈에는 선명하게 그들이 보인다.

'어디… 좌측 후방!'

에티우스 밀림에 들어갔을 때는 이런 기분을 끌림이라 정의했다. 지금은……

'너희는 나의 일부… 동반자……'

종속이 아니다. 분신이고 동반자이다.

대검을 앞세우고 몸을 틀었다. 몸이 기울어져 날아가는 느낌이다. 하지만 날개가 없는 한 떨어질 수밖에 없다.

육체는 허물어지지 않는 게 신기할 정도였고 기체는 고유의 흐름이 망가져 꼭 단락된, 과부하가 걸린 기계 같았다.

남은 건 영체밖에 없다. 상단전을 활용해야 한다. 아이온에서 상단전을 사용하는 수법은 마법이다. 즉시 캐스팅에 들어갔다.

상단전에서 풀어낸 네오 코어로 마법진을 그리고 배열을 수놓았다. 하지만 전과 같지 않았다. 마법진을 발동시킬 마나가 모이지 않는다.

왜일까?

외부의 간섭이다. 마나가 모이지 않는 게 아니라 마나 배열을 무언가가 자꾸 방해한다. 마치 컴퓨터에 바이러스가 침입한 것 같았다.

'이, 이게… 디스펠 매직!'

알고는 있었으나 직접 당해본 건 처음이었다.

"흥!"

마법이 통하지 않는다면 슈퍼맨이 되면 된다. 그 외계인이 마법으로 하늘을 날아다닌 건 아니니까.

오러와 마법의 말초적인 강대한 힘 때문에 소드 마스터도, 대마법사도 간과한 힘이 있다. 상단전의 또 다른 힘인 사이킥 파워(Psychic Power)다.

1골드의 염력과 공중 부양은 상당한 수준까지 올라와 있는 상태였다. 앞으로 나가는 추진력은 육체와 기체를 희생하면서 얻었다. 아이온이 가진 중력을 무력화시킬 힘만 있으면 된다.

공중 부양은 부유 마법으로도 할 수 있고 내력을 끌어올려서도 가능하다. 또한 사이킥 파워, 초능력으로도 가능하다.

마법사들의 빠른 대처에 회심의 미소를 짓던 머레이의 얼굴이 서서히 굳어졌다.

마법사들이 아무리 시동어를 외치고 지랄발광을 해도 놈은 내려올 생각을 하지 않았다. 오히려 누가 밀어 올려주기라도 하는 것처럼 더 높이 올라 방향까지 틀면서 이제는 별똥별처럼 바람을 타고 날아가고 있었다.

"뭐! 저런 개자식이!"

들도 보도 못한 요상한 기술을 사용하더니 바람의 정령처럼 바람을 타고 다닌다.

"설마 정령술?"

이제는 찾아보기 힘든 정령술사들이 고대에는 바람의 정령 실프들로 하늘을 나는 마차를 타고 다녔다는 전설이 있었다.

머레이의 발아래에는 한 무더기의 피가 솟아져 있었다. 1골드가 토해놓고 간 것이다. 그 피 속에는 허연 내장 조각까지 들어 있었다. 이런 상태로 내력을 운용히는 깃은 불가능에 가

깝다.

아티펙트도 사용치 못하게 철저히 방해했다.

그럼 남는 건 뭔가?

"저 씹어 먹을 놈은 도대체 뭐야? 활! 활을 가져와!"

버럭 고함을 지른 머레이가 안면을 마구 구겼다. 기사들이 차륜전을 펼치지 않았어도 지지 않을 자신이 있었다. 손을 섞어본 느낌도 그러했고, 결코 자신보다 윗줄에 있지 않았다.

그런데 저건 뭔가?

시위를 매기는 그는 흥분해 벌렁거리는 심장을 가라앉혔다. 화살촉 끝에 대검에 딱 달라붙어 몸을 눕힌 놈이 걸렸다.

티이이잉!

빛살처럼 날아간 화살은 한 치의 오차도 없이 적중되었다. 그의 눈에 지상에 올라온 물고기처럼 펄떡거리는 1골드가 확실히 보였다.

"이 새끼들아! 뭘 멍하니 보고 서 있는 거야! 마법사들은 날아 쫓아가고, 기사들은 말을 달려! 저놈의 목을 가져오지 않으면 네놈들 목을 대신 내놓아야 할 것이다!"

활을 내팽개친 머레이가 찬바람을 일으키며 막사로 들어갔다. 머리가 사라진 친우에게는 눈길 한 번 주지 않은 채……

Chapter 7

그림자 전쟁

구름 한 점 없이 맑은 날이었다.

이런 날에 부는 바람은 신선하기 짝이 없지만 북녘에서 불어오는 바람에는 한기(寒氣)가 느껴졌다. 예년 같으면 겨울의 초입이라 북방 날씨에 길들여진 투실바 백성들이 추위를 느낄 정도는 아니었다.

하지만 올해는 달랐다. 살을 에는 겨울을 지탱할 곡식도, 가정을 지켜주던 가장도 없는 것이다.

전쟁의 결과였다.

백성들은 왕과 라미안 교 중 그 누구도 지지하지 않았다. 그저 이 빌어먹을 전쟁이 빨리 끝나기를 바랐다.

구부정한 노인이 주름진 손으로 서리가 내려앉은 논을 헤치고 있었다.

"썩을!"

휑한 논에는 그의 욕을 들어줄 대상이 없었다.

"얼어 죽을!"

누구에게 뱉는 욕인지, 이빨이 빠져 쭈글쭈글한 주름이 가득한 입에선 연신 욕설이 흘러나왔다.

노인이 허탈한 눈으로 손바닥을 내려다보았다. 이른 새벽부터 논을 헤집어 찾아낸 게 한 주먹밖에 되지 않았다.

"겨우 이거야. 뭘로 농사를 지으라는 건지… 썩을 놈의 세상. 에잇! 망할 놈의 세상."

집어 던지려 팔을 치켜 올렸지만 차마 떨치지는 못했다. 천생이 농사꾼이다. 귀족 놈들이 파종할 씨앗까지 모두 뺏어갔지만 어떻게든 내년에도 씨를 뿌려야 한다.

"휴우, 이 겨울을 어떻게 견디나……."

당장은 산에 올라 나무뿌리라도 캐서 먹을 수 있다. 날이 가고 달이 가면 용변을 보러 뒷간을 찾지 못할 정도로 삭풍이 몰아치는 동장군이 찾아온다.

그때는 땅이 바위 같아 나무 괭이로는 땅을 파지도 못한다. 내년 농사가 아니라 올겨울을 넘기지도 못하게 생겼다.

"이건 또 뭐야? 망할 놈의 하늘."

하늘에서 하얀 가루가 흩날렸다. 첫눈이었다 이런 현실에서 첫눈이라 좋다고 뛰어다닐 것들은 똥개밖에 없으리라.

노인은 허리를 굽혔다. 눈이 쌓이기 전에 밀알 한 알이라도 더 찾아야 한다.

두두, 두두두두!

말발굽 소리가 들리자 주름진 노안이 살짝 펴졌다. 사술에 빠졌다던가 뭐라던가 하면서 신관들을 때려잡는다고 영주와 병사들이 출병한 지 오래였다.

마을에 말을 타고 다닐 사람이 별로 남아 있지 않았다. 더구나 이 소리, 울림이 한두 마리가 아니었다.

평시에도 말을 타고 다니는 사람들은 귀족이나 기사, 부농들뿐이었다.

그렇다면 드디어 병사들이 돌아오는 것인가. 내 아들이…….

기대를 안고 구부정한 허리를 폈다.

하얀 세상에 검은 점이 찍혔다. 점이 점점 퍼져 뭉게구름이 되었고, 곧 노인의 옆을 쏜살같이 스쳐 갔다.

"웅? 뭐가 저리 시커매?"

난생처음 보는 시커먼 일색의 기사들이었다.

"히핫! 핫! 핫!"

말고삐를 채는 피치의 눈에 핏발이 서 있었다.

태어나 처음으로 보는 눈에도 아무런 감응이 일지 않았다.

"속도를 높여라! 뒤처지는 놈들은 내 손에 죽는다!"

워프 마법진에서 발을 동동 구르며 한참을 기다렸다. 드디어 빛이 번쩍이며 주군이 당도했다. 안도의 한숨을 쉬기도 전에 숨이 턱턱 막히는 살기에 숨을 죽여야 했다.

허벅지에 화살을 매단 피투성이 거한을 안고 있는 호위들이 뿜어내는 무시무시한 살기였다.

피치는 그때 처음으로 1골드의 호위들을 봤다.

그런데 지금은 그들의 얼굴이 한 명도 기억나지 않는다. 그따위 것보다 시체나 다름없는 1골드의 안위에 온 정신이 쏠려 있었다.

바람처럼 나타난 안드레이가 치료 마법을 펼치고, 알로나가 눈물을 펑펑 흘리며 정령들을 소환했다.

정령도 그때 처음 보았다. 나중에 들은 얘기로는 숲의 정령들이라 하는데 마취와 상처 소독 능력이 있다고 했다.

알로나의 정령들이 반짝이는 가루를 뿌리면 안드레이의 손에서 빛이 번쩍였다.

뒤늦게 달려온 수진은 더 충격적이었다. 그저 아름다운 여인이라 생각했는데 전혀 아니올시다였다. 1골드를 보자마자 곱던 얼굴에 굵직한 혈관들이 돋아나고 샤벨 타이거의 이빨처럼 송곳니가 길게 자랐다.

피치는 뱀파이어인 줄 알고 흠칫 놀랄 뒷걸음질칠 정도였다.

그게 끝이 아니었다. 손톱이 창날처럼 자라나 푸르스름한 빛을 흘리고, 여인이라고 볼 수 없을 정도로 근육이 생성되더니 상체가 비정상적으로 부풀어 올랐다.

그리고는 너무도 차가운 눈빛으로 마법진을 가동하라 했다. 돌아가 싹 죽여 버린다며, 지금 생각해도 꿈에 나올까 무서운 너무도 오싹한 장면이었다.

만약 그때 1골드가 깨어나 그만두라는 한마디를 안 했으면 무슨 일이 일어났을지는 아무도 모른다.

"히핫!"

피치가 박차를 가했다. 지평선 너머로 목적지가 서서히 모습을 드러냈다. 새벽녘 안개에 잠겨 있는 듯한 소도시였다. 아마도 진눈깨비 때문에 안개에 싸인 것처럼 보였을 것이다.

포위군 후방 야산 동굴의 워프 마법진과 연결된 2차 집결지에서 응급치료만 하고 또다시 워프진에 올라 3차 집결지로 향했다.

안드레이가 워프진을 없애고 마법의 흔적까지 지운 건 물론이다.

최종인 3차 집결지에는 만유 왕국을 거쳐 온 루슬란까지 와 있었다. 여기서 1골드를 본 반 일족들이 다시 한 번 난리를 피운 건 당연한 수순이었다.

샤오스에서 새로 영입한 일부 크로커다일 용병들은 그동안 제법 실력이 있다며 어깨에 힘을 주었는데, 이곳에 와서는 주눅이 들어 입도 뻥긋하지 못했다.

루슬란이 데려온 전사 한 명 한 명이 1급 용병들을 상회하는 수준이었기 때문이다. 그들의 정체가 다크 엘프인지 모르는 그들로서는 1골드를 다시 한 번 돌아보는 계기가 되었다.

크로커다일 용병단은 아즈빌 족을 중심으로 만들었지만 외부에서 영입한 용병들도 반수는 되었다.

투실바에서 함께 활동하기 위해서는 그들의 관계를 새롭게 정립할 필요가 있었는데 이번 일이 좋은 계기가 되었다.

그들은 1골드가 단순히 용병인 줄로만 알다 무언가 숨겨진 정체가 있을 것이라고 지레짐작했다. 여기에 샤오스에서의 정변도 한 역할을 했다.

소드 마스터의 우두머리와 최상급 검사에 필적하는 오십여 명의 전사들이 있는 조직에서 등을 돌릴 만한 용병은 없었다.

용병들 스스로가 느끼기에도 유리한 입장의 왕 측에 반하는 은밀한 작전을 펴는 것 같은 상황에서 떠난다고 하면 쥐도 새도 모르게 죽을 판이었다. 이런 경우엔 무조건 따라야 한다.

우스꽝스런 백악어 문장을 사용하는 자신들은 크로커다일 용병단 단원이다. 정치적 사항은 알 바 아니다. 대가리가 가자고 하면 가는 것이다. 돈을 받고.

혹시 아는가. 전세를 뒤집으면 나중에 한몫을 챙겨주던가, 한자리 보장해 줄지.

2번의 워프로 피치는 신성 투실바 남부 지방에까지 내려와 있었다. 코르키란 웃긴 지명의 산을 근거지로 삼고 세 개로 나누어졌던 조직을 재편성했다.

1골드가 데려온 아즈빌 전사와 용병 1개 대 백여 명, 알로나가 지휘하는 쉐도우 부대 백여 명, 그리고 루슬란이 이끌고 온 다크 엘프 오십여 명이다.

총 250여 명은 숨을 죽이고 1골드가 몸을 수습할 때까지 부대를 개편하면서 정비를 취했다.

일주일이 흐르고 겨우 거동을 할 수 있게 된 1골드가 처음 한 말은 공격 명령이었다.

"히핫! 달려라! 다른 부대에 비해 늦어도, 많이 뒤져도 절대 안 된다!"

루슬란, 피치가 각기 1개 부대를 이끌고 작전에 투입되었다. 알로나는 2개 조 20명의 쉐도우를 그들의 부대에 맡기고 나머지 70여 명이나 되는 쉐도우들을 이끌고 수도인 히치벅으로 향했다.

암살자들의 특징상 쉐도우가 70여 명이면 투실바의 쉐도우 길드원의 반은 될 엄청난 수였다.

1골드의 부상에 대한 복수도 복수지만 세 명이 경쟁 관계가 되어버렸다.

아직 몸을 회복하지 못한 1골드는 본거지에서 몸을 추스르며 결과를 기다리고 있었다.

피치가 투구에 올려져 있던 안면 보호대를 내려 얼굴을 가렸다. 코헨이라 불리는 소도시로, 영주성이 있는 곳이었다. 도시의 중심, 얇은 둔덕에 세워진 성은 테리 성과 비교하면 성이라고 불리기에 낯간지러울 정도의 소성이었다.

테리는 중추의 요지라 요새화된 성이었고, 코헨 성은 단순한 지방 영주의 거처였다.

이런 성들은 영주로서 자신의 힘을 드러내기 위해 지은 것이라 성벽이 견고하지 못한 성들이 많았고, 주둔하는 병사도 기껏해야 얼마되지 않는 영주의 사병뿐이다.

그나마 지금은 영주가 병력을 이끌고 전장에 나가 있는 상태라 빈집에 들어가는 것과 다름없었다.

다가닥! 다가닥!

먼지가 일던 맨땅을 지나 돌이 깔린 도시 내 도로로 접어들었다. 성벽 밑으로 형성된 주거지 주택 창문들이 하나둘 열리면서 영지민들이 고개를 내밀었다.

이른 새벽부터 울리는 요란한 말발굽 소리가 그들의 새벽잠을 쫓아낸 것이다.

4두마차 한 대가 겨우 들어갈 정도의 성문이 보였다. 성문은 닫혀 있는 상태로, 5m여 높이의 성벽에서도 영지민들과 마찬가지로 병사 몇이 고개를 내밀고 피치 일행을 보았다.

휘날리는 망토도, 착용한 흉갑도 온통 검은색 일색의 기병들이었다. 근방에 저런 복장의 부대가 있다는 소리는 들어보지 못했다.

일단의 병사들이 성벽 위에서 활을 겨누고 수장인 듯한 병사가 소리쳤다.

"멈춰라! 이곳은 첸 백작… 캑!"

활을 꺼내는 것도 보지 못했다. 벼락같이 날아든 화살이 이른 새벽에 찾아온 불청객들을 제지하던 병사의 이마로 파고들면서 병사의 몸이 뒤로 훌떡 넘어갔다.

그러자 당황한 병사들이 시위를 당기고 악을 쓰며 비상 타종을 울릴 때 10명의 인영이 날아오는 화살을 쳐내고는 동시에 말 안장을 박차고 뛰어내렸다. 그들은 고무공과 같은 탄성으로 훌쩍 뛰어 성벽을 한 번 구르고 단숨에 성벽 위로 올라갔다.

피치 부대에 배치된 다크 엘프, 반 일족이었다. 밀림의 거목 위를 뛰어다니며 장난치던 그들에게 얇은 성벽은 장애물이 되지 못했다.

"타핫!"

검은 빛살이 창과 함께 병사를 갈랐다. 검마저도 은은한 검은 광택이 흘렀다. 다크 엘프의 마력이 발휘된 것이다.

1골드는 칙칙한 회색빛, 다크 엘프들은 칠흑 같은 검은색의 내력을 띠었다. 마성의 속성으로 볼 때는 그들이 1골드보다 더 순수한 것이다.

"크아아악!"

성벽 순찰로는 순식간에 병사들의 비명과 핏물로 젖어들

었다. 기사들이 상대해도 모자랄 판에 일반 병사들로는 어림도 없었다. 그것도 제법 힘을 쓰는 병사들은 모두 영주를 따라갔고 남은 건 병사 차림의 허수아비들뿐이었다.

상대가 될 리 없었다.

미리 계획이 세워져 있었는지 7명의 전사가 성벽 위 순찰로를 접수했고, 3명은 지체없이 몸을 날려 성문을 접수했다.

성문을 잠근 고리를 풀자 60여 명의 병력들이 물밀듯이 쏟아져 들어왔다.

검을 빼 든 피치가 목청 높여 소리쳤다.

"다 죽여라! 단 한 놈도 살려둘 필요 없다!"

성문 앞 작은 광장에 풀어논 말들이 투레질을 칠 때 피치와 반 일족, 용병이 섞인 병력들은 성안을 제집처럼 헤집고 다녔다.

영주성의 구조는 단순하다. 여러 전장을 돌아다닌 용병들은 눈을 감고도 영주와 기사들의 거처를 찾을 수 있었다.

"이쪽입니다!"

흥분에 찬 한 용병의 안내로 피치가 본관으로 걸어 들어갔다. 마치 주인이라도 되는 양 당당한 걸음걸이였다.

1층 문을 열자 집사 대신에 창날이 그를 반겼다.

"흥!"

코웃음을 친 피치가 창대를 옆구리에 끼고는 힘을 주었다. 우직! 하는 소리가 나며 창대가 부러지고 어느새 내지른 그의 검이 병사의 목을 갈랐다.

다크 엘프들에게는 조금 못 미치는 수준이지만 천부적인 재능과 노력으로 마나를 싣는 것을 넘어 무형의 오러를 방출하는 수준까지 넘볼 정도였다.

"쓰레기들을 치워라!"

2층에서 뛰어 내려오고 있는 기사들을 보고 한 소리였다.

작은 성에서 1층은 기사들의 식당으로 쓰이는 경우가 많았다. 2층은 성내에서도 가장 화려한 홀로, 손님 접대와 귀족들의 연회가 벌어지는 곳이다. 3층은 영주와 성내에 기거하는 가신들의 거처가 있었다.

보통 이런 지방 영주들의 성은 3층 구조였고, 영주의 능력에 따라 더 높고 넓게 짓기도 한다.

"네놈들은 누구냐?"

"여기가 어디라고 감히!"

영지를 지키기 위해 남겨놓았던 기사들로, 5명의 인원이 1층에 내려왔다. 피치는 나서지도 않았다.

그를 스쳐 간 용병들이 한 명씩 맡아 검을 섞기 시작했다.

"대장님, 볼 것도 없습니다. 오르시죠. 본 무대는 2층에 마련되어 있을 겁니다."

길을 안내하는 용병이 앞서자 피치가 비릿한 웃음을 지었다. 자리가 사람을 만든다더니 꼭 그 꼴이었다.

뚜벅뚜벅 계단을 올라가자 제법 화려하게 꾸며진 홀에 검을 빼 든 두 명의 기사가 속옷 위에 가운을 입고 있는 제법 아리따운 여인네 셋과 막 소년 티를 막 벗어난 청년, 그리고 소녀 하나를 보호하는 형세로 앞에 서 있었다.

"누, 누구냐?"

겁에 질린 여인의 떨리는 음성이었다.

피치가 안면 보호대를 올렸다. 그의 얼굴에 비릿한 웃음이 매달려 있었다.

"멍청한 년, 내가 누구겠냐?"

"이! 발칙한!"

얼굴이 달아오른 청년이 나섰다. 때깔 좋은 옷이다. 백작의 어린 아들 정도 되어 보였다.

"크크, 전쟁통이다. 검을 든 자에게 누구냐고 묻는 게 멍청한 짓이 아니고 뭐냐?"

"새까만 피부의 사람이 라미안 교에 있다는 소린 들어보지 못했다. 어디서 온 자들이냐! 게럴 가인가? 미셸이 보냈느냐?"

"쯧쯧쯧, 사람이 깔끔하게 살아야지. 지은 죄도 많나 보군. 너희들을 죽여도 원망보다는 칭송을 듣겠다."

그들이 말을 섞는 와중에도 곳곳에서 병장기 부딪치는 소리와 비명은 끊이지 않았다.

처음에 입을 열었던 여인이 목소리를 떨며 말했다.

"어, 얼마를 원하느냐? 다, 당장 지불할 테니 떠나거라."

전쟁통에 죽어나가는 건 일반 백성들뿐이다. 귀족은 포로로 잡혀도 몸값을 지불하고 목숨을 보장받는다.

전쟁도 일종의 사업, 돈이 되는 목숨을 죽일 리 없다고 생각한 것이다. 성내의 귀중품을 다 털어가도 친척들이 있어 몸값은 충분히 받아낼 수 있으니까.

"허허, 그년, 아직도 사태 파악을 제대로 하지 못하네. 네가 너희들을 잡아 몸값이나 받으러 온 줄 알어? 말하기도 귀찮다. 그만 뒈져라."

피치가 호위 기사를 향해 짓쳐 가자 길을 안내한 용병도 검을 내밀었다.

기사는 자신을 향해 찔러오는 검에 맞서 검을 쳐냈다. 피치의 검이 흔들리는가 싶더니 가슴을 노리던 것이 목으로 휘어져 올라왔다.

"흡!"

뒤로 한 걸음 물러서며 내려진 검을 올려쳤다.

창!

요란한 쇳소리가 울리고 검을 올려친 기사가 비칠 휘청였다. 피치의 검에 실린 무게가 그의 수준을 뛰어넘는 것이다. 마치 영주를 상대하는 기분이었다.

절망이 엄습해 왔다. 아래층에서 일던 소음도 줄어들었다. 이자의 실력을 보건대 성을 공격한 자들을 막을 수 없어 보였다.

"피하십시오! 크윽!"

왼 어깨를 뚫고 들어간 검면을 타고 핏물이 흘러내렸다. 아찔한 통증에 이를 악문 기사는 몸을 그대로 밀어붙이며 피치의 품으로 파고들었다.

검술 실력으로는 안 된다는 걸 알기에 조금이라도 시간을 벌어보자는 행동이었다. 힘이라면 자신이 있기에.

하지만 헛된 행동이었다. 몸통을 잡기도 전에 뒤통수에 강한 충격이 전해졌다.

파삭!

피치의 팔꿈치가 기사의 뒤통수를 강타하자 수박 깨지는 소리가 울리며 기사가 정면으로 쓰러졌다.

피치는 백작 가족들에게 시선을 둔 채 검을 기사의 뒷목에 밀어 넣었다.

"까아악!"

살기로 충만한 피치의 눈이 그들을 쓸고 지나갔다.

주군이 사경을 헤매게 만들었던 자들의 식솔이다. 동정심은 일지 않았다.

그의 검이 잔뜩 겁에 질린 청년의 복부에 깊숙이 박혔다. 이제 여인 4명만이 남았다. 발로 시체를 밀어낸 피치가 몸을 돌렸다.

"저년들은 부하들에게 나누어 줘라. 반 시간을 준다. 그 안에 끝내고 철수한다."

피치가 홀을 벗어나자 눈이 벌게진 용병들이 여인들에게 달려들었다.

이곳은 전쟁터다. 기사들이 전쟁을 통해 올리는 수입은 전리품과 포로들의 몸값이었다. 여인도 전리품이다.

적진에서는 길 위나 농장 따위에서 노략질도 서슴치 않는 게 전쟁이다. 노략질과 여인들의 겁탈은 부하들의 사기를 올리기 위한 수단일 뿐이었다.

피치가 성문 앞으로 가자 다크 엘프들이 무표정한 얼굴로 그를 쳐다보았다.

"수고들 하셨습니다."

1골드에게 몸을 의탁한 아즈빌 족의 전사들은 다크 엘프의 정체를 안다. 10년이 넘게 한솥밥을 먹었으니 모른다면 그게 더 이상할 것이다.

"다음 곳으로 안 가나?"

"처리할 일이 남았습니다. 반 시간만 쉬고 계시죠."

인상을 찌푸린 다크 엘프가 팔짱을 꼈다.

"정확히 반 시간만 기다린다."

그들은 만족할 만한 피를 보지 못했다. 자신들의 검을 일합도 받아내는 상대가 없었다. 욕구불만이다. 욕구불만은 짜증을 일으킨다.

"인간들은 저 짓이 뭐가 그리 좋다고 시도 때도 없이 아랫도리를 휘두르는지."

본성 옆에 달린 부속 건물에서 여인네들의 비명 소리가 울리고 있었다. 하녀들의 침소였다.

"이해해 주십시오. 승리에 대한 자축이고, 미신과도 같은 요식행위입니다. 자기들의 힘이 더 강하다는 것을 나타내는 수컷의 본능이기도 하고요."

"흥! 미개한 인간들."

"하하, 너무 그러지 말게. 주인님도 테리 성에서 매일 그러셨다고 하지 않던가."

"크큭, 그러니 알로나가 주인님을 상대한 여인들을 다 죽인다고 쉐도우들을 보냈다는 소리가 나돌았지."

반 일족들이 그동안 세상에 나와 본 인간에 대한 평을 늘어놓을 때 본관 앞에 마차 한 대가 준비되고 성내에서 찾은 금은보화가 실렸다.

"값나가는 것들만 실어라."

피치의 말에 만족한 웃음을 띤 용병 하나가 대꾸했다.

"여기 영주 놈은 상당히 영지민들을 괴롭혔나 봅니다. 이만한 영지에서 나올 양이 아닙니다."

용병의 말마따나 귀금속은 마차 하나에 가득 차고도 남을 정도였다.

"이 정도로 놀라지 마라. 우리가 쳐야 할 놈들은 다 이렇다. 어쨌든 우린 라미안 교의 편이 아니냐. 백성들을 수탈하는 영주를 때려잡으면 더 폼이 나겠지. 자아! 출발 준비! 나음

곳은 한나절을 꼬박 달려야 한다. 쉬지 않고 갈 것이다. 정신 똑바로 차려!"

"옛!"

코헨 성을 치는 데 걸리는 시간을 2시간 정도로 잡았었다. 성을 뒤져 마차 하나에 보화를 채운 시간을 제하면 1시간도 걸리지 않았다.

피치의 얼굴에 비로소 미소가 감돌았다. 이런 식이라면 별 피해 없이 부여받은 명령을 완수할 것이다. 영주가 빠져나간 곳만 갈 것이고, 남아 있는 전력이 예상보다 약했기 때문이다.

성문이 열리자마자 병사들은 뒤도 돌아보지 않고 줄행랑을 치지 않았던가.

자신이 이끄는 70명의 병력은 모두가 기사 급이다. 최상급인 다크 엘프도 있고 말이다.

코헨 성을 빠져나오는 병력의 뒤로 반짝이는 물체가 떨어져 내렸다. 성에서 찾아낸 돈과 귀금속이었다.

"영지민들은 들어라! 수탈을 일삼던 영주 일가는 천벌을 받았다. 목을 잘라 성벽에 걸어놓았으니 마음껏 침을 뱉고 욕하거라! 곡간이 빈 자들은 영주의 창고에서 이 겨울을 날 곡식을 채우거라! 신의 선물이다! 아하하하!"

성을 벗어나 길거리를 질주하며 용병들은 소리 높여 외쳤다.

난리라도 난 것 같아 문을 걸어 잠그고 숨을 죽이며 혹시나 피해가 올까 마음을 졸이던 영지민들이 하나둘 밖으로 나왔다.

저 멀리 떠나가는 검은 뭉치를 쳐다보고는 길거리에 떨어진 귀금속을 발견하자 누가 먼저랄 것도 없이 달려들었다.

"내가 먼저 집었어!"

"웃기지 마! 이 자식아, 내가 먼저야!"

"으앙! 으앙앙앙!"

밀고, 당기고, 치고, 험한 욕설이 오가더니 급기야 주먹다짐이 벌어졌다. 어디에선가 엄마를 잃은 아이의 울음소리까지, 아비귀환 속이다. 추한 인간 세상의 단편을 보는 것 같았다.

그러다 하나둘씩 서로들 눈치를 보다가 우르르 영주성으로 몰려가기 시작했다.

그날 코헨 성은 두 번의 약탈과 한 번의 방화로 잿더미로 변했다. 영주가 돌아올 것을 대비해 영지민들이 자신들의 흔적을 지우려 불을 지른 것이다.

"퉤! 드디어 신께서 화를 내시기 시작한 거야. 미친 귀족 놈들, 신에게 칼질을 하다니! 이것들처럼 왕도 천벌을 받을 날이 멀지 않았어."

성벽에서 떨어져 길가에 돌멩이처럼 굴러다니는 백작 부인의 머리에 침을 뱉으며 한 중년여인이 지나갔다. 그녀는 백작 부인이 숨겨놓은 패물을 가지고 도망치는 하녀장이었다.

투실바의 수도 히치벅은 내전과는 아무런 상관도 없다는 듯 평상시의 모습 그대로였다. 분명 내전이 발발한 장소였으나 시간이 망각이라는 마술을 부린 것이다.

히치벅에 위치한 샤를리에 국립 아카데미는 왕실에서 운영하는 학교로 8세에서부터 20세까지 전 과정이 개설된 왕국 최대의 교육 기관이었다. 귀족과 평민, 모두 입학이 가능했으나 귀족의 경우는 부모의 지위가, 평민은 경제적 능력이 입학의 기준이었다.

지방 영주들의 자제는 나이가 차면 수도로 유학길을 오른다. 원래는 왕이 지방 영주들을 견제하기 위해 영주의 자식들을 볼모로 잡기 위한 수단이었으나 세월이 가면서 변화하여 중앙으로 진출하려는 지방 귀족들이 인맥을 형성하는 발판쯤으로 인식하게 되었다.

하교 시간이 되면 정문에는 각 가문에서 보낸 마차가 아이들을 태워가기 위해 즐비하게 서 있었다.

해 지기 전 오후 시간대면 중등부의 수업이 끝나는 시간이다. 하지만 제시간에 나오는 학생들은 별로 없었다. 한창 또래 친구들과 어울리고 싶은 나이여서 마부들은 기다리기 일쑤였다.

정문은 귀족의 자제들이 사용하는 반면 후문은 평민의 아이들이 오갔다. 딱히 교칙으로 어느 문을 사용하라고 정해진 것은 아니지만 귀족의 특권 의식이 그리 만들었다.

하지만 아이들의 흥미를 끌 만한 건 후문에 다 모여 있었다.

아카데미를 다니는 평민은 부유한 상인이나 공인의 자식들로, 대부분이 넉넉한 주머니를 가진 아이들이라 잡상인을 모여들게 했다.

"우와아아!"

샤를리에 아카데미의 뒷골목은 간식거리부터 수공예 장난감, 액세서리 등을 파는 노점상이 학생들의 사열을 받듯 길가에 쭉 나열되어 있었다.

그중 유난히 학생들이 많이 모여 있는 한곳이 있었는데, 설탕을 녹여 만든 사탕을 파는 곳이었다. 파는 물건은 흔히 볼 수 있는 것이어서 아이들이 감탄성까지 터뜨리며 모여 있을 이유가 없었다.

그런데 아이들의 눈길은 사탕보다는 주인의 손놀림에 가 있었다. 목재 상자 안에 넣었던 동전이 아무런 구멍도 없는데 주인이 상자를 슬슬 흔들면 동전이 밖으로 튀어나왔다.

간단한 마술로 손님을 유혹하는 호객 행위에 아이들이 마냥 신기해서 모여든 것이다.

개중에는 기사 후보생으로 교육을 받고 있는 아이들도 있었다. 안법을 단련하는 그들이었는 데도 주인의 손놀림을 따라가지 못했다.

상자를 치우자 이제는 맨손이었다. 손등에 놓여져 있던 동전이 다른 손으로 손등을 덮자 손을 관통해 뚝 떨어졌다.

"우와! 아저씨, 그거 어떻게 한 거예요?"

고급 가죽으로 만든 옷을 입고 있는 한 아이였다.

주인은 그저 웃기만 할 뿐이었다. 밑천을 내놓으라는데 말해줄 사람이 어디 있겠는가.

"아저씨, 한 번만 더 보여주세요."

그 옆의 아이가 조르자 주인이 근처에 있는 사탕을 집어 내밀었다. 사 먹으면 보여주겠다는 뜻이다.

사탕이 동전으로 바뀌고 주인은 다시 마술을 선보였다.

"이번엔 절대 놓치지 않을 거야. 넌 아래를 봐. 난 위를, 넌 소매만 죽어라고 보는 거야. 알았지?"

친구들에게 위치까지 정해준 아이가 뚫어져라 주인의 손을 바라보았다. 막 마술이 시작되려는 찰나에 '어어어' 하며 앞줄의 아이들이 밀려서 넘어졌다.

"야! 밀지 좀 마."

"머리 좀 치워, 안 보이잖아."

뒤에서 밀고 나온 아이들 중에서 3명이 가죽 옷을 입고 있는 아이를 빙 둘러섰다. 밀리는 상황에서 너무도 자연스럽게 자리를 잡아 처음부터 그 자리에 있는 것처럼 보였다.

주인이 두 손을 포갠 사이에 동전을 넣었다. 짧은 기합을 토한 후에 손을 벌렸다. 그러자 동전이 두 손바닥 사이의 허공에 떠 있었다.

짝짝짝!

"우우우! 와아아아아!"

아이들의 감탄과 박수가 요란스럽게 터지는 순간, 가죽 옷을 입은 아이가 비틀며 쓰러지려 하자 그를 빙 두른 아이들이 당연히 그래야 하는 것처럼 부축을 하며 어깨동무를 했다. 그리고는 그 자리를 동무들이 몰려다니는 것처럼 뭉쳐서 유유히 사라졌다. 그들이 빠져나간 자리는 다른 아이들이 순식간에 메웠다.

가느다란 목이 드러나도록 머리를 말아 올린 한 귀부인이 쳇바퀴 돌듯 빙빙 돌았다. 화려하지 않지만 고풍스런 가구가 놓여진 거실이었다.

여인의 이름은 무어 후작 부인이다. 그의 남편인 무어 후작은 인슈리아 항에서 북쪽으로 삼 일만 달리면 도착하는 엘리도 지역 산하의 영주로, 적지 않은 힘을 가지고 있어 왕성의 궁정 회의에서도 목소리를 높일 수 있는 인물이었다.

"주모님, 마타조입니다. 들어가도 되겠습니까?"

"어서, 어서 들어오세요."

빳빳하게 깃을 세운 정복 차림의 사내가 들어와 인사를 건넸다.

"어떻게 됐나요, 우리 앤드류는?"

어금니를 콱 깨문 마타조가 몸을 한치 레 부르르 떨더니 말

없이 고개를 푹 숙였다.

"친구 분들의 저택과 아카데미를 샅샅이 뒤졌으나 찾지를 못했습니다."

"이, 이, 서, 설마?! 아……!"

머리를 짚은 무어 후작 부인이 허물어지듯 털썩 주저앉았다.

"주모님! 무엇하느냐! 주모님께 물을 가져다 드리고 신관을 모셔와라."

마타조는 달려가려 움찔했으나 대상이 주모다. 주인의 부인에게 손을 대는 것은 군신 간의 예의를 벗어나는 행동이었다.

무어 후작 부인이 충격을 받고 쓰러지자 마타조는 자살이라도 하고 싶은 심정이었다. 그가 수도 저택에 있는 것은 무어 가족의 호위를 하기 위함이다. 그가 여기 있는 단 하나의 이유이자 임무였다.

그런데 빤히 지켜보는 눈앞에서 유괴를 당했다.

키드냅퍼(Kidnapper)라고 불리는 찢어 죽여 마땅한 이놈들은 유괴범들이다.

주로 평민 출신으로, 길에서 여행자를 노려 납치해 남자들은 노예로 팔거나 여자들은 창기로 만들었다. 한탕을 노릴 수 있는 범죄지만 평민들에게 인기가 높은 직업으로 통했다.

주로 사주를 받아 남의 집에 침입하여 유괴하는데, 잡히면 당연히 죽는다.

근래같이 나라가 어수선할 때엔 빈번하게 벌어지는 일이었다. 그래서 경호까지 강화를 했건만.

망연자실, 힘이 하나도 없어 의자에 몸을 기댄 후작 부인이 어렵게 입을 떼었다.

"아닐 거예요, 그렇죠? 피곤해서 어딘가에서, 아니, 혹시 여자 친구를 사귀었는지도 몰라요. 기사 훈련이 힘들어서 도망을 쳤을지도 모르고요. 제발 뭐라고 대답 좀 해보세욧!"

"……."

무어 가문은 손이 귀한 집안이었다. 현재의 가주도 3대독자였고, 앤드류 또한 형제 하나 없는 4대 독자다. 결혼한 지 8년 만에 5번의 임신과 4번의 유산 끝에 귀하게 얻은 아들이다.

무어 후작은 첩을 들이라는 일가친척들의 거센 압력에도 꿋꿋이 견디면서 부인만을 사랑해 주었고 그 결실을 맺었다. 그는 앤드류가 태어난 날 곳간을 열어 온 영지민들과 7일 밤낮으로 축제를 벌였다.

그런 귀한 아들인데, 유괴라니!

거친 숨을 몰아쉬는 후작 부인이 마타조를 잡아먹을 듯이 노려보았다.

"당신은 뭘 했나요? 내 새끼가 잡혀갈 동안 당신은 뭘 한 거야!"

평소 같으면 7, 8시간 전에 들어왔을 아이였다. 벌써 자정이 넘긴 시간, 이제 후작 부인은 유괴당한 것을 기정사실처럼 이야기했다.

"죽여주십시오."

"오냐, 죽여주마. 이 아무짝에도 쓸모없는 놈!"

벌떡 일어선 후작 부인이 벽에 장식된 검을 빼내려 했다. 그러자 시녀들이 달려들어 그녀를 말렸다.

"마님, 고정하세요. 아직 확실한 것은 아니지 않습니까?"

"놔라! 이 미천한 년아! 내가 지금 고정하게 생겼느냐! 네 자식이 이런 꼴을 당했어도 그리 말할 것이냐!"

"마타조 기사를 죽이면 누가 도련님을 찾습니까? 도련님을 찾아올 때까지만 살려주세요. 예, 마님?"

쿵!

맨바닥에 머리를 찧은 마타조가 울부짖듯이 말했다.

"제 목숨을 버려서라도 도련님을 찾겠습니다. 그 후에 이 놈의 더러운 피를 주모님의 손에 묻히지 않도록 자결하겠습니다."

대리석 바닥에 흐르는 피를 보자 후작 부인은 정신이 들었다. 비칠거리며 소파로 다가가자 거실 문이 벌컥 열리며 집사가 뛰어 들어왔다.

"마님! 정문 앞에 이게 놓여 있었습니다."

후작 부인보다 마타조가 빨랐다. 벌떡 일어선 그는 핏발 선

눈으로 집사의 멱살을 움켜잡았다.

"이걸 보낸 놈은 어디 있느냐?"

"그, 그게 아무도 보지 못했다고……."

"정문 경비병은?"

"눈 깜짝할 사이에 이 상자만 놓여 있었다고……."

아무런 표식도 없는 상자. 마타조가 착잡한 심정으로 상자를 받아 들고 후작 부인의 앞으로 내밀었다. 하지만 후작 부인은 몸이 후들거리고 손이 떨려 상자를 받을 수 없었다.

"네, 네가……."

마타조가 숨을 들이키고는 상자를 개봉했다.

"흐음!"

봉투 한 장과 심연의 바다 빛을 담은 아쿠아 보석으로 치장된 버클이 들어 있었다. 이 버클은 작년 앤드류의 생일에 후작 부인이 직접 보석 장인을 불러 주문 제작한 것으로, 앤드류가 몸에서 잘 때를 제외하고는 항상 차고 다닐 만큼 아끼는 물건이었다. 유괴가 확실했다.

마타조가 편지를 들었다. 여전히 후작 부인은 편지를 읽을 수 없는 상태였다. 개봉해 종이를 펼치는 순간 마타조의 눈동자가 급격히 흔들렸다.

"뭐, 뭐, 뭐라고 써 있나요? 우리 아기는 괜찮고요? 얼마를 달라든 다 줄 테니 무사히 데려오기만… 제발."

힘없이 팔을 쭉 내린 마타조가 고개를 들어 샹들리에의 불빛을 아무런 의미 없이 눈에 담았다.

"뭐, 뭐라고⋯⋯."

"휴우, 주모님, 호위 기사가 셋이나 있었는 데도 기사들이 알아채지 못해 이상하다 여겼습니다. 보통 유괴범이라면 기사들의 눈을 피하기가 쉽지 않습니다. 그런데 전혀 조짐을 느끼지 못할 정도로 치밀하고 고도로 훈련된⋯⋯."

"그따위 말은 듣고 싶지 않아요. 뭐라고 써 있나요!"

"주모님이나 제가 결정할 수 없는 문제입니다. 주군의 결단이 필요합니다. 도련님의 유괴는 이번 내전과 관련이 있습니다."

"전쟁과? 그렇다면⋯⋯."

고개를 끄덕인 마타조가 말을 이었다.

"요구 조건이 테리 성에서의 철수입니다."

"아니! 어떻게!"

있을 수도 없는 일이다. 아무리 생각해도 도저히 납득이 가지 않았다. 후작 부인인 그녀도 라미안의 신도다. 앤드류도 태어날 때 라미안 신관에게 축복을 받았다.

"신을 모시는 신관이 유괴를⋯⋯."

마타조는 '신도인 군사들이 신관과 신도를 죽였습니다' 란 말을 차마 할 수 없었다.

"끄웅! 으웅웅!"

뿌지직!

통오오오오옹!

용쓰는 소리와 함께 묵직한 물체가 물에 떨어지는 소리가 들렸다.

연이어 쏴아아아, 하며 뜨끈한 물줄기가 시원하게 뿜어졌다.

배설의 기쁨을 만끽한 여인은 콧노래를 흥얼거리며 사각 속옷을 올리고 속치마에 여러 겹이 겹쳐진 치마를 내려 입었다.

발을 딛는 판자 아래 배설물이 하수에 흘러 나가게끔 만들어놓은 오물통 벽면, 어둠속에서 눈을 반짝이는 한 인영이 있었다.

'흐음! 여자 인간의 생식기를 31번째 봤다. 남자는 53번, 역시… 엘프나 인간이나 똑같은 것인가? 그런데 수명이나 외모는 무슨 차이 때문에 다른 걸까?'

이고르는 짐짓 심각한 표정을 지었다.

반 일족 역사상 유례를 찾아보기 힘든 귀 없는 엘프 루슬란은 완전히 인간 세상에 동화된 듯 도시의 처녀들과 정을 통하기도 했으나 그는 처음으로 인간의 생식기를 본 것이다.

충격적이었다. 인간과 엘프는 분명 다르다 생각했는데, 자손이 잉태되는 곳은 똑같았다.

1골드가 그 소리를 들었다면 '유전자 차이야' 라고 말했을 테지만 유전자가 뭔지 모르는 그는 마냥 엘프와 인간, 더 나아가 유사 인종에 대해서 의구심이 들 뿐이었다.

처음 도시의 길가에 흐르는 하수구에 들어가라고 했을 때는 경악을 넘어 하극상을 저지를 뻔했다. 알로나에게 누나라 부르며 잘 따르는 편이지만 이건 절대 아니었다.

악취는 참을 수 있다 쳐도 물뱀처럼 둥둥 떠다니는 대변을 봤을 때는 기절하는 줄 알았다.

인간의 도시에서 받은 첫인상은 '더럽다' 였다. 인간들은 목욕도 안 하는지 고약한 냄새를 풍겼고, 도시 자체에서도 심한 악취가 나 코를 감싸 쥘 정도였다.

도시에서 풍기는 악취의 원인은 하수구다. 각 집에서 나오는 배설물, 음식 쓰레기 등의 모든 오물이 길가에 냇물처럼 흐르는 하수구로 버려진다.

지대가 높은 곳에 사는 귀족들은 지하로 하수구를 뚫어 덜 하지만 평민 지역은 막혀서 넘쳐흐르는 곳이 숱했고, 넘친 물을 잘도 밟고 다닌다.

그런 것을 보면서 몸서리를 쳤던 자신인데 알로나는 아예 지하 하수구로 들어가 수영을 하라 했다.

명령은 명령, 반나절을 기어 목표한 지점에 도착했다. 귀족들의 밀집 지역에 위치한 고급 요정 로즈테일이다.

똥간에서 생활한 지 무려 이틀.

이제는 항문을 뚫고 나오는 대변의 굵기만 봐도 몇 초면 바닥에 떨어질지 다 안다. 생식기만 봐도 얼굴이 연상되는 경지에 도달한 것이다.

지루한 시간을 참을 수 있었던 건 탐구심 때문이었다. 그것마저 없었으면 예년에 뛰쳐 올라갔을 것이다.

하루가 멀다 하고 이곳을 찾는다는 재정 대신 헥터 루츠만 백작은 아직 모습을 드러내지 않았다.

쉬이이이!

빛이 가려지지 않고 쏟아지는 물줄기, 남자다. 그는 눈을 빛내며 발판에 뚫어놓은 구멍으로 얼굴을 확인했다. 놈이 아니었다.

여자가 들어왔으면 조금 덜 화가 났을 텐데, 뭉클 살심이 치솟는다. 고귀한 엘프가 똥간에서 인간의 배설물을 맞고 있어야 하다니.

생각만으로 알로나를 난도질하고 급기야 1골드에게까지 상상이 미치려고 하는 순간 음영이 생겼다. 널찍한 궁둥이가 빛을 막은 것이다.

슬쩍 올려다본 눈이 조금 커졌다. 남자다. 앉아서 용변을 보면 얼굴을 확인하기가 어렵다. 그래서 그 비싼 거울을 반사시켜 얼굴이 보이게끔 두 개나 설치해 놓았다.

염소수염에 가는 눈, 불독을 보는 듯한 축처진 볼 살에 결정적으로 양미간 사이에 점이 있었다. 초상화를 수백 번이나 봤던 목표물이었다.

재정 대신 헥터, 조사한 정보에 따르면 군자금 원조를 남당하는 자라 했다. 만유와의 협상도 그의 몫이었다. 그가 없으면 일시적으로 자금 유입이 막힐 것이다.

스스슥!

이고르가 벽면에서 떨어지듯 나와 정중앙에 섰다. 헥터의 항문이 바로 그의 정수리 위에 위치했다. 이틀 동안 고생한 것에 비하면 너무도 간단한 결말이지만 그대로 똥침만 찌르면 끝이 난다.

그가 아무런 기척도 내지 않고 팔을 위로 쭉 뻗었다. 팔이 닿지 않는 거리다. 이제 어깨를 슬쩍 털면 팔뚝에 장치해 놓은 쇠꼬챙이 같은 검이 튀어 올라 헥터의 내부를 휘저을 것이다.

막 어깨를 털려 하는데 항문의 근육들이 붉은빛을 띠며 도드라져 나왔다. 절체절명의 순간이다. 얼굴 정면으로 배설물을 맞을 수는 없다.

미세하게 '틱' 하는 소리가 팔을 타고 들리며 검날이 튕기려 할 때 뜨근한 물줄기가 먼저 떨어졌다. 솟구쳐 오르는 검날에 묵직한 것이 떨어져 내렸다.

'오! 쉐트! 두 개를 같이! 네가 똥으로 내 얼굴에 화장을 해주었으니 난 검에 오러까지 밀어 넣어주마!'

철퍼덕! 철퍼덕!

검에 의해 조각난 대변이 그의 이마와 입으로 떨어져 내렸다. 벽면을 맞고 튄 오줌과 더불어.

"크아아악!"

"똥싸개야, 비명은 내가 지르고 싶다."

"쟤는 뭐야?"

파티복 차림으로 귀족가에 자리한 아지트로 돌아온 알로나는 결박당한 채 구석에 구겨져 있는 소년을 보았다.

"무어 후작의 후계자입니다."

대답을 하고 나선 사내는 시네르아 일대 쉐도우들의 대부라 일컬어지는 존도였다.

샤오스의 다섯 개 쉐도우 조직을 와해시킨 뒤 재흡수할 때 조직 간의 반발을 무마시키기 위해 영입한 존도는 비록 미미했지만 뱀파이어들이 쉐도우들을 지배한다는 사실을 알고 인간들을 규합해 대항했던 인물이다.

암살을 업으로 삼는 그들이라도 차마 뱀파이어 밑에서 종 노릇은 할 수 없었다.

"무어? 무어 후작? 그자, 우리 그이가 몸을 추스른 후에 간다고 하지 않았어? 그런데 쟤는 뭐 하러 데리고 왔어?"

"이곳에 아는 친구들이 몇 있습니다. 무어는 아들을 끔찍이 아낀다 하더군요. 좀 더 쉬운 방법이 있어서 제 독단으로 처리했습니다."

영주들이 빈 영지를 습격하고 수도에서 중앙 귀족들을 암살하는 목적 중의 하나가 테리 성의 포위망을 느슨하게 만드는 것이었다.

무어 후작은 테리 성에 진주(進駐)한 병력 중 다섯 손가락 안에 드는 규모의 병력을 데리고 있었다.

"쟤를 데려와서 어쩌자는 건데?"

"협상을 하는 겁니다. 아들과 병력의 철수를."

"그게… 협상이야? 협박이지."

"어쨌든 결과만 좋으면 되는 거 아니겠습니까?"

알로나의 인상이 차가워졌다.

"너! 내가 누군지 알지?"

"작은주모님이십니다."

다크 엘프라는 인종을 말함이었으나 존도는 말을 돌렸다.

"그거 말고."

"압니다."

"그런데 이런 짓을 벌여?"

"고귀한 존재들의 싸움이 아닙니다. 인간들의 전쟁입니다. 인간들은 목적을 위해서라면 이보다 더 추악한 짓도 서슴없이 저지릅니다. 우리편의 희생을 최소화하고 계획한 목적을 달성할 수 있는데… 컥!"

알로나의 손이 존도의 주름진 목을 잡았다.

"저 새끼 보내. 꼴도 보기 싫으니까. 무어의 가족들을 싹 죽였다면 칭찬을 해줄게. 하지만 이런 짓은 내가 용납 못해.

난 자랑스런 다크 엘프 반 일족의 알로나야. 알아들었어?”

존도가 희미하게 웃었다.

“이미… 느, 늦었습니다. 편지를 보냈…….”

“너 죽고 싶어?”

“주, 주군께서, 수, 수단과 바, 바, 크흑!”

수진이 존도를 확 팽개쳤다. 인간 사내쯤은 한 손으로 들어 올릴 수 있는 엘프의 힘이다.

1골드는 아군의 피해를 최소로 줄일 수 있다면 어떤 방법을 사용해도 좋다고 했다. 그러니 존도의 말이 틀린 것은 아니다. 수장이 방법까지는 제시해 주지 않아 부하가 최대한의 능력을 발휘해서 명을 완수하는 것일 뿐.

기침을 하며 목을 어루만진 존도가 매서운 눈초리로 알로나를 대했다.

“분명 주군께서는 우리의 자율권을 보장해 주신다 했습니다. 그 이유로 반 일족이 있는 걸 알면서도 주군 휘하로 들어왔습니다. 또 알로나님께서 하라는 일은 확실히 합니다. 그러나 우리가 행하는 일에 대해서는 존중을 해주셨으면 합니다.”

“뭐라? 이 하찮은 인간 따위가!”

“하찮은 인간이기에, 벌레보다 못한 하위 계층이기에 사람을 죽이는 쉐도우가 되었습니다. 우리가 기사를 상대로 정면 대결을 할 수 있다고 생각하십니까? 우리가 알로나님 일족과 비등한 힘을 가질 수 있다고 여기십니까? 우린 그렇게 살아왔습니다. 막강한 힘을 가진 놈들에게서 살기 위해서 말입니다.
이해해 달라 하지 않겠습니다. 최소한 주군께서 보장한 권한
만큼은 지켜주십시오.”

말을 마친 존도는 찬바람을 일으키며 돌아섰다.

알로나로는 전혀 이해할 수 없는 말이다. 인간인 1골드는
자신보다 강하다. 아니, 반 일족 최고 실력자들과 비교해도
그리 떨어지지 않는다. 같은 인간이다. 그런데 노력도 하지
않고 남의 탓만 하는 것인가?

힘을 숭배하는 다크 엘프들에게 아이를 납치하고 협박하
는 일은 있을 수도 없는 일이다.

암습과는 다르다. 암습은 엄연히 실력이다.

엘프들의 은신술이 발달한 이유는 개체 수가 인간에 비해
턱 없이 적기 때문이었다. 그리고 그들의 활동 반경인 숲이라
는 환경을 이용했기에 자연스럽게 발전한 것이다.

신분 계층이 나누어진 인간을 알로나가 이해하지 못했고,
태어날 때부터 주어진 환경으로 배움이 제약된다는 것도 그
녀가 알기엔 아직 인간 세상에서 산 시간이 부족했다.

쾅!

요란한 소리가 왕의 집무실에 울려 퍼졌다.

안색이 붉으락푸르락 순식간에 변하는 50대 중반의 사내
는 신성 투실바의 만인지상의 자리에 있는 조안 왕이었다. 그

의 두툼한 볼 살이 떨릴 정도로 궁내 시종장의 보고는 충격적이었다.

"지금 뭐라 했는가? 뭐가 어찌 됐다고?"

"저, 전하, 고정하시옵소서."

"이! 기름에 튀겨 죽일 놈아! 내가 진정하게 됐어? 죽기 싫으면 상세히 말해! 어서!"

왕의 체면에도 불구하고 서슴치 않고 상스런 욕설까지 내뱉을 정도로 그는 흥분한 상태였다.

"6곳의 영주성이 잿더미로 변했습니다."

"누가? 언제? 어디를? 어떻게에?!"

답답한 듯 조안이 가슴을 쿵쿵 두드리자 그때서야 느릿하던 시종장의 입술이 빨라졌다.

"아뢰옵기 황공하오나 영주들의 성이 공격을 받기 시작한 건 보름 전부터였습니다."

"뭐! 보름? 그런데 왜 이제야 보고를 해? 연락병들은? 마법사들은 도대체 무얼 하고 있었던 거야!"

"그들의 잘못이 아니오라 영지민들이 잠자코 있었습니다. 몇 놈을 잡아 물고를 틀어보니 영주의 재산을 나누어 가져서 그랬다고 합니다."

"이런 쳐 죽일 놈들! 주인집이 습격을 받았는데 그 틈에 도둑질을 해? 그 잡것들을 모두 죽여라!"

"그런 게 아니오라 습격한 자들이 선심을 쓰듯 뿌리고 간 것이라 합니다. '너희들의 영주는 천벌을 받았다. 신의 선물이다. 이 돈으로 추운 겨울을 잘 지내라' 라는 말을 남기고 갔답니다. 라미안 교에서 남의 돈으로 선심을 쓰는 척하며 민심을 교란하고 있는 겁니다. 만약 전하께서 그들을 사형시키면 라미안과 반대 상황이 되는지라 민심만 더 흉흉해집니다."

"아이쿠야."

머리를 감싸 쥔 조안이 털썩 의자에 앉았다.

"얼마 전에는 만유에서 넘어오던 군수품이 산불에 휘말려 재만 남고, 멍청한 머레이 녀석은 본진을 습격당해 성을 함락할 기일을 더 늦추어달라 하더니, 이제는 내 편에 선 영주들의 집이 불타는구나. 허허! 한두 달이면 끝날 전쟁이었는데 이 무슨 일이냐? 도대체 어찌해서 이런 일이 생긴단 말이냐! 그래, 그 얼음구덩이에 파묻은 놈들은 찾았느냐?"

평정심을 되찾은 듯 말소리가 작아졌다.

시종장이 더욱 고개를 숙였다.

"허허, 한두 놈도 아니고 한 오십여 명씩 다닌다는 것들의 흔적을 못 찾아? 인재가 없어, 인재가. 이렇게 인복이 없어서야 어디 왕 노릇을 제대로 하겠어? 쯧쯧쯧."

"전하, 아무래도……."

"뭐?"

"그 골드라는 철가면 용병 말입니다."

"멍청한 머레이 녀석을 골려먹고 도망쳤다는 놈?"

"예, 전하. 그자가 이 모든 일의 원흉 같습니다. 미천한 제 생각으로는 산불로 군수품이 재가 되었다는 보고도 못 믿겠습니다. 수백의 병력과 수십 대의 마차가 증발되었습니다. 그런데 산 사람이 하나도 없고, 더구나 산불이 났다는 지역이 너무 협소합니다. 적어도 산 두어 개는 민둥산으로 만들 정도의 산불이어야 하지 않겠습니까?"

골똘히 생각하던 조안이 입을 열었다.

"시간이 안 맞아. 철가면이 테리에 들어가 있을 때쯤 산불이 일었잖아. 후방을 공격한 건 그놈들이라고 볼 수 있겠지만. 아니면 소리렌의 베르디가 일부 기사들을 보낸 것일 수도 있어."

후작 위까지 거부하고 신관이 되고 싶어 했다던 베르디였다. 지금도 북서쪽 영주들을 모아 조안에게 대항하고 있었다.

"베르디 후작이……."

"후작은 누가 후작이야?"

"험험, 죄송합니다. 베르디가 백 명이 넘는 기사를, 그것도 상급의 기사를 보낼 여유가 있어 보이지는 않습니다. 아무래도 그자인 듯합니다."

"어떻게 대비하고 있나?"

"지방군을 최대한 끌어 모으고 각 지역의 기사들을 한곳에 모았습니다. 분산되어 격파당하는 것보다는 그놈들이 나타나면 뒤를 치는 것으로 말입니다."

조안이 고개를 주억거리며 서류로 눈을 돌렸다.

"잘했어."

"감사하옵니다, 전하."

시종장이 뒷걸음으로 물러날 때 근위기사단장의 행차를 알리는 목소리가 들렸다.

"근위기사단장 데니 프레스톤 공작이 전하를 뵙기를 청하옵니다."

"들라 해라."

철커덩 갑옷 부딪치는 소리를 내며 들어온 프레스톤 공작의 얼굴을 보자 조안이 인상을 찌푸렸다. 당황한 듯한 표정이 역력했기 때문이다.

"휴우, 좋은 소린 안 나오겠구먼. 또 뭔가?"

"저, 전하, 큰일 났사옵니다."

"매일 큰일이지. 큰일이 아니고서야 자네들이 여기를 들어왔겠나? 난 준비가 되어 있으이. 말해보게."

허리를 세운 데니는 조안과 눈을 마주치지 못했다.

"테리에 나가 있는 영주들의 움직임이 심상치 않다고 하옵니다."

"자세히."

"영지를 공격당한 영주들은 이미 병력을 돌려 영지를 수습한다고 전선에서 빠졌사옵고."

"허허, 잿더미가 된 집에 가서 뭐 하려고? 그것들이 과연 짐의 기사라고 할 수 있는가? 원한에 불타 눈앞에 있는 원흉을 죽여 가족들의 복수를 하려고 덤벼들어야 하는 게 정상이 아닌가?"

"또한… 나머지 영주들도 전전긍긍하며 총사령관에게 보고도 하지 않은 채 병력들을 빼내 영지를 방어하기 위해 돌려보낸다고 하옵니다."

조안은 더 이상 화낼 기운도 없는지 입만 벌리고 숨을 내뱉을 뿐이었다.

엉망이다. 원래 계획대로라면 겨울이 시작되기 전에 내전이 종결되었어야 했다.

겨울이 들이닥치면 양쪽 모두 병력을 움직일 수가 없다. 싸는 오줌도 얼려 버리는 강추위다. 이런 날씨에 진군을 하다가는 가는 도중에 얼어 죽는 병사가 더 많을 것이다. 봄에 시작해 추수철이 되기 전에 끝나는 전쟁이어야 했다.

백성들이 집 밖 출입을 삼가는 겨울이 되어야지 교단을 토벌했다는 이유로 들고 일어서는 민란도 봉쇄할 수 있었고.

실착인가?

"광신도 놈들!"

팔다리가 떨어져 나가도 악착같이 버티는 그들 때문에 시간이 하염없이 흘러갔다.

"또한."

조안은 든든하던 근위기사단장이 이렇게 보기 싫은 석이

없었다. 귀를 막고 싶다.

"요 이틀 사이 수도에서……."

"수도에서?"

"총 12건의 암살이 일어났습니다."

"허허허."

"재무 대신은 화장실에서 변을 당했고, 제2근위기사단 부단장은 파티에 참석했다가 침실에서, 수도 경비대 하장군 토리오 백작은 훈련을 마치고 복귀하던 길에……."

"그만!"

버럭 소리친 조안은 끓어오르는 열기를 식히러 창가로 다가가 창문을 열어젖혔다.

"라미안이, 크라우치가 미쳤는가? 이 내전을 진정 수렁으로 밀어 넣자는 것이냐?"

정정당당한 기사의 로망을 바라는 것이 아니다. 전쟁은 그렇게 순수한 게 아니니까.

하지만 신관의 위치로, 한 교단을 대표하는 교황의 신분인 자가 스스로를 오물 구덩이에 밀어 넣고 있었다.

그래도 한때는 아끼던 자라서 그런지 자신이 그렇게까지 크라우치를 구석으로 몰아넣었나 하는 생각이 들었다.

그는 라미안 교를 완전히 없앨 생각은 절대 아니었다. 너무나 커진 교단의 영향력을 감소시키고 정치는 왕이, 신관은 신을 모시는 본래의 순기능을 바랐던 것이다.

지저분한 정치판에 고결한 척은 다하는 신관들이 기웃거린 것부터가 잘못이다. 국가의 이득을 위해 눈썹 하나 까딱하지 않고 수천의 백성을 죽일 수도 있는 게 비정한 정치다.

"휴우. 해보자, 이거지? 난 이미 거름통에 들어가서도 웃으면서 목욕을 하는 사람이다. 때 좀 묻었다고 네가 나를 당할 것 같으냐? 어림도 없는 소리."

크라우치가 모든 정치 권력을 놓고 고개 숙여 들어오면 받아줄 용의도 있었다.

하지만 이제는 넘지 못할 다리를 건넜다.

몸을 홱 돌린 조안이 씹어 뱉듯이 말했다.

"브리언 교에 연통을 넣어라."

Chapter 8

카오스(Chaos)

딸깍!

신녀가 찻잔을 내려놓았다. 남부 대륙에서만 자란다는 박하향이 나는 차로, 머리를 맑게 해준다는 오코 차였다.

"아직도 차가 남아 있었나요?"

크라우치가 신기한 듯 신녀를 쳐다보았다.

얼굴을 붉힌 신녀가 감히 눈을 마주치지도 못하고 고개를 숙였다.

"교황님께서 즐기시어 제가 따로 준비해 두었던 차예요."

"그래요? 그 혼란통에 나까지 신경 써주다니, 고마워요."

"다, 당연히. 소녀, 이만 물러가겠사옵니다."

신녀가 얼굴을 붉히고 총총걸음으로 물러나려 했으나 크라우치의 음성이 그녀를 붙잡았다.

"이렇게 신경 써주는데 신녀의 이름도 모르는군요."

"저, 저는요."

"후후, 이야기를 할 때는 얼굴을 보면서 해야지요. 어디, 우리 신녀님의 어여쁜 얼굴을 볼까요?"

더할 수 없이 얼굴이 발그레진 신녀가 고개를 들었다. 오밀조밀한 이목구비에 미녀라기보다는 귀엽다는 말이 어울리는 용모였다.

크라우치가 그녀의 눈을 주시했다. 도저히 남자의 외모라고 믿을 수 없는 크라우치의 얼굴에 넋이 잃은 신녀는 입까지 벌리고 그를 바라보았다.

그때 환상처럼 크라우치의 고운 음성이 뇌리를 파고들었다.

"이 차의 이름은 오코가 아니라 필립벨입니다."

이상한 말이었다. 필립벨은 지역 특산주의 이름이다. 크라우치가 즐겨 마시는 차 이름을 모를 리가 없는데 차를 술 이름으로 말했다.

"신녀, 이 차의 이름이 무엇이지요?"

"예, 교황님. 필립벨이에요. 조금 묽게 탔는데 향이 덜하진 않나요?"

입술 끝으로 웃은 크라우치가 대답했다.

“맛있어요. 잘 마셨어요.”

신녀가 나가고 크라우치는 턱을 괴었다. 차 이름은 오코다. 자신이 필립벨이라고 말했다고 무작정 그렇게 따라 하지는 않는다. 오코라는 이름은 수백 년의 세월을 담은 이름이니까.

“흐음.”

근자에 들어 이상한 느낌을 받았다. 주변 사람들이 자신의 말을 너무 잘 들었다. 당연한 일이지만 그 정도가 지나쳤다. 팥을 보고 콩이라고 해도 믿을 정도였다.

신녀를 통해 그것을 실험해 봤다. 결과는 자신도 믿지 못할 정도였다.

조금 전 크라우치는 신녀의 눈을 쳐다보고 의념을 전달했다. 이 차는 오코가 아니라 필립벨이라고.

“세라스 사도!”

지체없이 대답이 들려오며 세라스가 들어섰다.

성기사 세라스는 라도스의 뒤를 이어 크라우치의 호위 기사가 된 인물이었다.

“찾으셨습니까?”

“부탁을 하나 하겠습니다.”

“경청하겠습니다.”

“제 눈을 보세요.”

세라스가 고개를 들어 깊은 호수 빛의 눈동자와 마주했다.

순간 눈동자가 심연처럼 깊어지는 것 같았다.

"지금 창문으로 걸어가 창문을 열고 '나는 신 카뮤를 부정한다' 라고 소리치세요."

도저히 크라우치의 입에서 나올 소리가 아니었다. 신을 부정하다니.

더욱 이상한 것은 세라스마저 아무런 의문도, 반발도 보이지 않고 거침없이 창가로 걸어가 창문을 활짝 열었다.

"나는 신 카뮤……."

"그만! 이리 오세요."

다시 세라스가 그의 앞에 섰다.

"지금 나와 있었던 일은 모두 잊으세요. 나가보세요."

예를 올리고 세라스가 나가자 크라우치의 얼굴이 굳어졌다.

아무리 그가 시켰어도 세라스는 신을 부정하느니 칼을 물 사람이다.

이제는 확실해졌다. 알지 못했던 새로운 능력이 눈을 뜬 것이다. 사람의 마음을 조종할 수 있는 능력.

마인드 콘트롤(Mind Control).

어쩌면 포교 활동을 하면서 익히 키워진 능력이었으나 이제야 도드라진 것인지도.

한참을 생각에 잠겨 있던 크라우치는 창을 통해 노을빛이 스며들자 일어섰다. 성기사단장 프랭크에게 가볼 참이다. 그마저 이 힘에 조종당하다면…….

성문 누각에 금발을 휘날리는 크라우치가 뒷짐을 지고 서 있었다.

'프랭크는 달랐다.'

프랭크에게는 검으로 자신을 찌르라 말했다.

프랭크는 화들짝 놀란 얼굴로 검을 빼 들어 아주 천천히 그의 가슴을 찌르려 했다. 하지만 입으로는 피하라고 연신 주문처럼 외쳤다.

신녀나 세라스와는 다른 반응이었으나 결과는 같았다. 그도 의념을 담은 명령은 거역하지 못한 것이다.

소드 마스터이었기 때문인지 정신은 차리고 있어도 몸이 의지를 벗어나 행동하는 것 같았다.

"괴물인가, 특별한 것인가?"

"잘 못 들었습니다, 크라우치님. 무슨 가르침이 계셨습니까?"

마인드 콘트롤 없이도 크라우치를 위해 심장에 검을 박은 라도스가 물었다.

"라도스."

"하명하십시오."

"특별하다는 말의 의미를 어떻게 생각하나?"

질문보다 크라우치가 자신에게 반말을 했다는 점에 라도스는 놀랐고 감격했다. 1골드 외에는 그의 반말을 들은 사람은 자신이 처음일 것이리라.

"'남들보다 뛰어나다'나 '보통과 다르다' 정도의 뜻이 아닙니까?"

"다르다. 아주, 아주, 엄청 많이 다르다면, 상상도 할 수 없을 정도로 다르다면, 그건 뭐라고 표현해야 할까? 다시 묻지. 보통의 인간과 아주, 아주, 다른 인간은 어떻게 표현해야 할까? 괴물? 특별한 인간? 선택받은 인간? 뭐라 불러야 할까?"

"잘은 모르겠으나 어떤 점이 다른가에 따라 달라지지 않겠습니까?"

"만약에 내 말 한마디에 수백만 명이 불구덩이로 뛰어든다면?"

라도스는 생각할 것도 없다는 듯이 바로 대답했다.

"당연한 일입니다. 저희들은 지금이라도 당장 죽을 수 있습니다."

"신을 위해서가 아니라 나를 위해 죽으라 해도?"

아슬아슬한 경계선을 타는 위험한 질문이었다. 상황이 전시가 아닌, 몰리고 있지 않았다면 해석하기에 따라 신성모독까지 끌고 갈 수 있는 질문이다.

"명령만 내리십시오! 안 그러냐?"

"명령만 내리십시오!"

누각에 있는 병사들이 한목소리로 대답했다. 훗분한 나머지 목소리가 커져 있어 신도들까지 들은 것이다.

"후후! 실태를 보였군."

라도스가 조심스레 물었다.

"무슨 일이 있으셨습니까?"

"아무 일도……."

전장으로 시선을 돌린 크라우치가 눈을 반짝이며 말을 이었다.

"아니다."

매끄러운 손이 꾸깃한 종이쪼가리를 들고 있었다. 종이에 적힌 내용을 읽는 동안에 크라우치의 얼굴이 환하게 밝아졌다.

"이렇게 된 일이었어, 골드 녀석."

침을 꿀꺽 삼킨 프랭크가 크라우치에게 들린 종이를 힐끗거리다 참지 못하고 물었다.

"무슨 내용입니까?"

화살대에 넣어 정기적으로 보내오는 적진의 상황이 적힌 종이였다.

"근자에 적의 포위망이 얇아진다 하셨지요? 그 이유가 적혀 있습니다. 골드가 배덕자(背德子) 진영에 있는 영주들의 영지를 쑥대밭으로 만들고 있다 합니다."

"오오오!"

"후방을 교란해서!"

적진의 군사 이동이 심상치 않다 여겼는데 이런 이유가 있었다. 근자에 들어 골드란 자 때문에 두 번이나 웃었다. 이교도를 받아들였다는 점에서 불만이 있던 장로들도 이 순간만큼은 진심으로 기뻐하고, 한편으로는 1골드를 다시 생각하게 만들었다.

내전을 통해 이 정도로 교단에 도움을 준 자는 없었다.

크라우치의 말이 이어졌다.

"어제까지 이탈한 영주가 열이 넘었고, 병력도 만여 명이 줄었답니다. 게다가 소리렌에서 전해진 소식에는 신군의 수가 빠르게 늘어 방어에 그치지 않고 남으로 진군을 시작했다고 합니다."

"감축드립니다. 교단에 서광이 비추기 시작했습니다. 모두 다 크라우치님 덕분입니다."

"하하, 제 덕이라니요. 팬톤 장로, 말씀을 잘못하셨습니다. 이 모든 게 다 신께서 보살펴 주셨기 때문이지요. 투실바에 광영이 비출 날이 멀지 않았습니다."

장로들은 신이 나서 축하의 말을 쏟아냈지만 신장들은 그렇지 못했다. 조금 늦은 감이 있었다. 벌써 겨울에 접어든 것이다.

겨울에는 무시무시한 속도를 앞세워 북방을 유린한 밀리언의 경기병도 움직이지 못하다 툭하면 한 길이 넘는 눈이 쌓여 옆 마을에도 가지 못할 정도다.

지금 당장 포위군을 뚫고 북상한다 처도 테리 성의 전 인원이 암스트로 갈 수 있다는 보장이 없다. 적병이 막아서가 아니다. 자연이, 추위가 앞을 가로막는다.

지금도 하루에 한 끼, 많으면 두 끼로 연명을 하는 형편이다. 이도 길어야 한 달을 넘기지 못한다.

식량도 없이 장거리를 이동하면 수백, 수천의 신도들이 길에서 굶어 죽거나 얼어 죽을 것이다.

신장들끼리는 최후의 일전 쪽으로 의견을 모아 준비 중에 있었다. 그들이 어색한 웃음이나마 지을 수 있는 건 포위 병력이 줄었기 때문이다.

웨어스 장로가 회의실에 남아 있었다. 며칠 전부터 크라우치와 장로들의 독대가 많아졌다. 오늘은 그의 차례였다.

태사의에 앉은 크라우치가 무겁게 입을 열었다.

"맥그레이 장로가 나에게 등을 돌린 이유를 알았소."

하며 크라우치는 긴 이야기를 시작했다.

여러 장로에게 똑같은 이야기를 하였기에 크라우치는 장로들의 안색이 급변하는 모습을 보는 것에 재미까지 느끼는 중이었다.

긴 이야기가 끝나고 크라우치는 입을 다물었다.

웨어스가 어렵게 입을 열었다.

"생명은 신만이 다루는 것입니다."

단정적으로 시작했다.

크라우치는 미세하게 인상을 찌푸렸다. 이런 식으로 말문을 연 이에게는 듣고 싶은 말을 기대할 수 없었다. 역시나.

"성전 틸트에 그런 신의 능력을 탐한 아포피스를 혼계에 가두시어… 하지만 아포피스는 회계하기는커녕 악마의 종자들을 모아 신께 대항해……."

"웨어스 장로, 난 특별한 사람이오."

웨어스가 흠칫했다. 크라우치의 어법이 아니다. 아무리 듣기 싫은 말이라도 상대방이 말을 마칠 때까지 들어주고 의견을 나누었는데, 더구나 '특별한 사람' 이라니.

신분의 고하를 따지지 않고 사랑을 베풀던 그였다. 지금은 자기 자신에게 가중치를 두었다.

남과 다르다는……. 위험하다.

'마(魔)가 침입한 것인가?

짧은 시간 동안 적지 않은 충격과 중압감을 받았다. 그 틈에 마가 낀 것이다. 장로회의를 소집할 중대한 변고다!

"우리 교단은 지금 최악의 상황에 직면했어요. 그런데 교황의 자리에 오른 나를 그대들이 믿어주지 않으면 어떻게 합니까? 이 능력 또한 신께서 내려주신 능력입니다. 어쩌면 신께서 일부의 능력으로 친히 세상을 교화하라며 주셨을지도 모릅니다."

"하오나 크라우치님, 생명이 그렇게 가벼운……."

"난 가볍다고 하지는 않았어요. 일국의 왕이나 부랑자의 생명이나 모두 소중한 것입니다."

"그렇습니다. 그래서 제가 드린 말씀은……."

웨어스의 말은 듣고 싶지 않다는 투로 강하게 말을 잘랐다.

"하지만! 신께서 내리신 소중한 생명을 그들은 헛되이 낭비하고 있습니다. 통탄할 일이지요. 만약 나와 나의 시중을 드는 신녀가 죽을 위기에 처해 있다고 합시다. 장로는 누구를 살리시겠습니까?"

"그야 당연히 크라……."

웨어스는 급히 입을 다물었다. 크라우치의 의중에 넘어간 것이다. 지금껏 생명의 중함을 이야기했는데 선택으로 몰고 갔다.

"장로는 망설이지 않고 나를 택했습니다. 같은 경우입니다. 나는 선택할 수 있는 능력을 부여받았고, 신께서 나에게 그런 능력을 내린 이유가 분명히 있을 겁니다."

웨어스는 크라우치의 말을 들을수록 마음 한구석이 떨렸고 무언가가 잘못되었다는 생각을 떨칠 수 없었다.

그가 떨리는 목소리로 물었다.

"그 이유가 무엇이라 생각하십니까?"

미소를 지은 크라우치가 오랜 고민을 통해 얻은 답을 단정적으로 말했다.

“나에게 신을 대신해 선택하라 하시는 겁니다.”

“무, 무엇을 선택…….”

크라우치의 미소가 짙어졌다. 입을 열진 않았으나 웨어스의 안색은 창백해졌다. 심언으로 대답을 하는 것이니라.

그만큼 중요한 문제라는 의미였다.

“그런!”

경악에 찬 음성이 나오며 웨어스는 자리에서 일어서기까지 했다.

크라우치가 부드럽게 말했다.

“나는 장로를 믿는데, 장로는 나를 믿습니까? 신의 선택을 믿습니까?”

“미, 믿습니다. 저는 크라우치님을 믿습니다.”

“지켜보세요, 그럼. 나를, 신의 선택을.”

웨어스는 이게 아닌데, 이게 아닌데 하는 생각이 들었으나 크라우치의 뜻에 반대할 수 없었다.

“믿을 수밖에요.”

크라우치가 일어서 웨어스의 손을 잡았다.

“아직도 교단을 이끌기에는 미흡합니다. 장로의 도움이 많이 필요해요. 저를 도와주세요.”

웨어스는 잡은 손을 빼지 않았다.

“크라우치님, 무어 후작이 성문 앞까지 와서 뵙기를 청합니다. 어떻게 할까요?”

크라우치가 문을 열고 들어선 세라스를 쳐다보았다.

"무어 후작이?"

일 기의 기병이 매서운 속도로 전장을 가로질렀다.

성벽의 궁수들이 살을 매기자 라도스가 한쪽 팔을 수평으로 벌렸다. 쏘지 말라는 신호였다.

마치 일기토를 신청하려는 듯 달려오던 기병이 전장의 3분의 1 지점을 지나자 그가 튀어나온 부근에서 백여 기가 넘는 기병들이 뒤따랐다.

"우리 진영으로 도망을 치는 것 같습니다."

성문 수비대장의 말이었다.

"글쎄, 복장이 장군 급인데… 무어?"

라도스는 무어 후작을 알고 있었다. 독실한 신자였고, 덕을 많이 쌓은 인물이다. 일신의 실력이 특출 나지는 않지만 그의 인품에 반해 따르는 기사들이 많았다.

중간 지점을 넘어도 무어는 멈추지 않았다. 활의 사정거리에 들어도 백기는커녕 아무런 표식도 없이 자살이라도 하려는 건지 성문 앞까지 질주했다. 그를 쫓아오는 기사들 또한 마찬가지였다.

"으하하하! 이게 누구신가? 그 대단하신 무어 후작 각하가 아니신가! 이런 누추한 곳까지는 어인 일인가?"

성문 수비대장이 라도스에 앞서 소리쳤다. 성문은 그의 담당이다.

"크라우치! 크라우치를 불러라! 그를 만나야 한다!"

"이 불경한 놈! 네놈이 미쳤다는 소리를 듣지 못했는데 감히 여기가 어디라고 교황 폐하의 성스런 이름을 함부로 부르는 것이냐! 얘들아, 볼 것도 없다. 활을!"

"교황 폐하를……."

"뭐어라고? 잘 안 들리오, 무어 후작. 내가 전쟁통에 가는 귀가 먹어서요."

이를 악문 무어가 악을 쓰듯 소리쳤다.

"교황 폐하를 뵈러 왔다. 폐하께 무어 후작이 뵙기를 청한다고 전해달라!"

"흐음! 그 뒤에… 150은 되어 보이는 기사도 함께요?"

그들이 말을 섞는 사이 달려온 무어의 기사단이 그를 에워쌌다.

"혼자다!"

"아닙니다! 저희도 같이……."

"시끄럽다! 이 일은 내 개인의 문제다. 돌아가라!"

"못 갑니다!"

가니 못 가니 티격태격하는 사이 라도스가 나섰다.

"후작 각하, 오랜만에 뵙습니다. 라도스입니다."

"인사를 건네기에는 상황이 좀 그렇구려. 오랜만에 보오, 라도스 신장."

"크라우치님을 무슨 연유로 뵈려 하십니까?"

"그대에게는 말할 수 없소. 교황, 크라우치님을 직접 뵙고 말씀드리겠소."

목소리가 날씨만큼이나 냉랭했다. 좋은 의도는 아니다.

그때 크라우치가 누각에 올라서더니 라도스가 말을 꺼내기도 전에 훌쩍 날아올랐다. 화들짝 놀란 라도스는 볼 것도 없이 그를 따라 뛰어내렸다. 10여 미터 높이의 성벽이지만 그들에게는 장애가 되지 않았다.

쿵! 소리를 내며 먼저 내려선 것은 라도스였고, 크라우치는 구름을 밟는 것처럼 천천히 하강했다.

예전 같으면 감탄성을 연발할 장면이었으나 무어도, 그의 기사들도 입을 꾹 다문 채 매섭게 크라우치를 쏘아볼 뿐이었다.

"안녕하세요, 무어 후작. 반갑습니다."

"저도 크라우치님을 뵙게 되어 영광이긴 하지만 반가운 마음이 들진 않습니다."

"허어! 대놓고 면박을 주시는군요. 상황이 이러니 그러시겠지요. 그래, 예까지 무슨 일로 찾아오셨습니까?"

속 깊은 곳에서 긁어내는 까칠한 목소리가 튀어나왔다.

"내 아들을 돌려주시오."

크라우치가 큰 눈을 껌벅였다. 아들을 돌려달라니? 그것도 전장에서 말이다.

"무슨 말인가요? 후작의 아들이 테리 성에 있기라도 합니까?

신도들 중에 아이들이 있긴 해도 후작의 아들은 없습니다.”

“이잇!”

무어가 검을 뽑을 듯 움찔하자 성벽 위에서 시퍼런 빛을 발하는 화살촉들이 시위하듯 번쩍였다.

“유괴해 간 내 아들을 돌려달란 말이오.”

크라우치는 여전히 궁금하다는 표정이었다.

“유괴라 했나요? 도통 알아들을 수가 없는 말이군요. 당신들이 우리를 여기에 가두지 않았나요? 누가 누구를 유괴한단 말인가요? 더 이상 들을 필요도 없는 말이군요. 이번 한 번만은 그냥 돌려보내 주겠어요. 하지만 다음번에는 신의 자비를 기대하지 마시길.”

크라우치가 몸을 돌리려 하자 무어가 편지를 내밀었다. 그것을 라도스가 받아 들어 크라우치에게 넘겼다. 내용을 읽어가는 크라우치는 변함없는 표정이었다.

이윽고 그가 편지를 다시 무어에게 넘겨주며 입을 떼었다.

“신도 중에서 후작에게 화가 많이 난 분이 있나 봅니다. 나도 그랬고요. 후작만은 교단을 지지할 줄 알았습니다. 그러나 이 일은 저도 모르는 일입니다.”

“하지만 크라우치님이라면…….”

“후작은 내가 이런 꼴을 당했다고 해서 나를, 교단을 그렇게까지 업신여기는 겁니까? 그리고 나에게 무엇을 바라는 것입니까? 당신의 아들을 보내주고 나에게 칼을 겨누는 그대의 마음을 편하게 해달라 부탁하러 온 겁니까? 그대의 검에 신도의 피를 묻히기 위해서?"

몇몇 기사들은 자신도 모르는 사이 주춤 물러날 정도로 서릿발 같은 호통이었다.

"크, 크라우치님은……."

스스로 생각해도 웃기는 일이었다.

왜 편지를 보자마자 이곳으로 무작정 달려왔을까? 예전에 감명 깊게 받은 크라우치의 천신 같은 풍모와 성품 때문일까?

마음 한구석에 절대 크라우치가 그럴 리 없다는 생각을 확인하고 싶었는지도 모른다. 진정 교단이 연류되었다면 그의 성품에 한 가닥 기대를 걸었는지도 모르고.

하지만 변할 수 없는 진실은, 지금은 서로 칼끝을 겨눈 사이라는 것이다.

기사 서임식 날, 주군의 검을 받았고 교단의 축복도 받았다. 그리고 신의 가르침을 따르고 기사도의 명예에 따라 살 것을 선서했다.

그런데 검과 축복이 양쪽 어깨에 올라앉아 짓누를 날이 올 줄은 결단코 몰랐다. 무가에서 태어나 자란 그는 비록 무재가 없어 어디에 이름을 내세울 형편은 아니지만 마음만은 뼛속 깊은 기사였다.

신과 충, 그중에 충을 선택할 수밖에 없었다.

먼저 등을 돌린 것이 누구인데 지금 찾아와서…….

무어의 어깨가 늘어졌다. 말에 올라 타지도 못할 정도로 몸에 힘이 풀렸다. 가문을 이어가기 위해서는 병력을 돌려야 한다.

신을 버리고 충을 선택했는데, 이제는 가문을 놓고 선택을 강요받고 있었다.

"오코 차, 좋아합니까?"

심란한 마음을 어루만지는 듯한 목소리다. 무어가 이끌리기라도 하는 것처럼 몸을 돌렸다.

"여기까지 오셨는데 차라도 대접하고 싶어요. 들어오시겠어요?"

딱딱했던 말투가 신도를 상대하는 것처럼 부드러웠다.

"내 생각엔 교를 위해 후방에서 피를 흘리는 그분들이 극단적인 방법을 사용한 것 같네요. 우리는 그대들의 칼에 죽을지언정 신의 이름을 더럽히는 일은 하지 않아요. 내 처지가 비록 이렇지만 한번 알아보도록 하지요."

"크흑! 크, 크라우치님, 면목이 없습니다. 저를, 저를, 이 못난 놈을 죽여주십시오. 오오, 신이시여. 제가 무슨 짓을……."

스르륵 다가선 크라우치가 아버지의 고통을 짊어진 무어의 어깨를 감싸 안았다.

하늘에서는 이들에게 더한 시련을 예고하는 하얀 눈이 내리기 시작했다.

　　　　　*　　　　　*　　　　　*

　한계(限界)란 무엇인가?

　만물의 정하여 놓은 범위를 말함이다. 눈에 보이는 외형적인 면뿐만 아니라 내형적인, 보이지 않는 능력치까지 포함한다.

　태산이 움직여도 꿈쩍하지 않을 듯 명상에 잠겨 있던 1골드의 눈썹이 꿈틀했다.

　정의 속에 '정하여' 란 단어가 거슬린다.

　누가 정했다는 것인가.

　'넌 여기까지야' 하며 규정 짓는 행위, 전에도 이 문제로 고심했던 적이 있었다.

　운명(運命), 팔자라고도 하는 이 단어. 정말 맘에 안 든다. 죽을 운명인 자신이 비록 다른 세상이지만 버젓이 숨을 쉬고 있다.

　운명을 거부한 것인가, 아니면 정해진 운명대로 살고 있는 것인가.

　단정할 수는 없지만 이것 하나는 알고 있다.

　자신의 의지대로 살고 있다는걸.

　스스로의 능력과 의지로 영계에 올라 2번째 인생을 살고 있다.

한계를 감히 이 우주를 창조했다는 위대한 그분이 정해놓은 운명에 비할 수는 없다.

운명도 비껴가게 만든 1골드다. 한계 따위에 주눅이 들 그가 아니다.

일 대 다수의 싸움이었다. 단전이 텅 비고 기체가 제대로 흐르지 못할 정도로 기력을 소모했다. 전투를 펼치는 와중에도 분명 마나를 받아들였다.

하지만 공급량보다 소비량이 상상을 초월할 정도로 많았다. 불균형이다. 당연 탈이 날 수밖에 없고 저승 문턱까지 갔다 왔다.

다시 그런 꼴을 당하지 않으려면 단전이 퍼도 퍼도 마르지 않는 샘물이 되든가, 쓰는 만큼 곧바로 빈자리를 채워 넣어야 한다.

아무리 머리 속을 뒤져 봐도 그런 방법은 찾을 수가 없었다. 운기행공을 건강 체조 정도로 생각하는 현대 호흡법에서 있기를 바란다는 것도 우스운 일이었다.

오러, 아니, 검사를 떠나서 검기를 만들어낸다는 사람이 있다는 소리는 들어보지도 못했으니.

1골드는 다시 내력의 한계에 대해 생각했다.

하루 두 번, 아침저녁으로 운기를 한다. 그것도 모자라 움직이면서 운기를 할 수 있는 행공도 몸에 배어 있는 상태다. 단순하게 보면 전투 시에는 저장된 마나를 사용하는 것이다.

‘어떻게 하면 소비하는 막대한 양의 마나를 바로바로 채워 넣을 수 있을까?’ 그가 고민하는 문제는 이것이었다.

‘마나는 호흡을 통해 들어와 운기를 통해서 정제되어 내력으로 화한다. 마법처럼 세상에 존재하는 마나를 그대로 쓰는 것이 아니다. 선천진기와 후천진기의 차이를 없애는 과정인데… 이 과정이 거의 찰나지간에 이루어져야 가능할 텐데.’

마나는 주천을 거치면 거칠수록 정순해진다. 여기서 정순하다는 의미는 가지고 태어난 선천진기와 그 성질이 매우 유사하게 변한다는 의미이다.

삼체로 설명하면, 우주의 마나를 호흡으로 받아들여 자신의 고유 파장을 가진 기체로 변화시키는 과정이 운기다. 마나 간의 파장이 다르면 물체끼리 정전기를 일으키는 것처럼 불협화음을 일으켜 충동하고 만다.

내부에서의 충돌은 곧 살아도 반신불수가 되고 심하면 죽음으로 치닫는 주화입마다.

‘습자지처럼 얇은 여과기를 통과하자마자 정수가 되는 방법이 필요한데…….’

1골드가 피식 웃었다. 걷지도 못하는 놈이 날기를 바라는 것이다.

아직 정수리가 열려 육체와 기체가 하나로 된다는 일통의 경지에 오르지도 못했다. 더 나아가 영체까지 합쳐 삼체일신, 또는 삼위일체를 이루는 경지도 까마득했다.

그가 고민하고 있는 문제는 삼체일신에 올라야 가능한 경지였다.

'응?'

이질적인 느낌에 실눈을 떴다. 아니, 버릇처럼 그런 행위를 하는 듯했다.

'허어!'

본 적이 있는 장면이다. 자신의 모습을 타인이 되어 바라보는 듯한 장면.

화마에 휩싸인 그란델의 집에서 눌린 오징어처럼 납작해지는 자신의 뒷모습을 바라본 적이 있었다.

지금은 1m여가량을 허공에 뜬 상태로 눈을 감고 명상에 잠긴 1골드가 그의 눈앞에 있었다.

'신선한데? 이렇게 보니 크긴 엄청 크구나.'

핏줄이 팍 돋아 있는 팔뚝 굵기가 정우만 했다. 넓은 어깨에는 사람이 걸터앉아도 될 만큼 넓었고, 각이 잡힌 가슴 근육은…….

'저건 좀 징그럽다. 수진 것보다는 작고 갈리나만 하겠네. 크크큭!'

1골드는 현재 상황을 알기에 그리 놀라지 않았다. 3번째 체험하는 유체 이탈이다.

처음엔 죽어서, 두 번째는 서큐버스를 쫓아야 한다는 강한 의지로 인해 스스로 인식하지 못한 채 일어났다.

지금은 너무 깊은 생각을 하다 보니 이리 되었다.

'육체랑 기체가 날 밀어낸 건가? 신체 회복에 신경은 쓰지 않고 딴 짓을 하니 쫓아내 버린 거구나. 하여튼 웃기는 자식 들이야.'

1골드는 재밌다는 표정으로 자신의 육체와 육체 주변으로 아지랑이처럼 피어올라 있는 기체를 감상했다.

'호오! 저게 자기 회복 기능이라는 거구나.'

육체는 상처를 입으면 스스로 치료한다. 건강 상태를 유지 하려 끊임없이 대사를 조정하고 영양소를 받아들이고 피와 기가 순환하도록 하는 것이 육신이다.

기체도 마찬가지였다. 살아 있는 생물처럼 가닥가닥 끊어 진 자기장을 스스로 찾아 연결하고 외부의 마나를 받아들여 정제하고 상처에 쏟아 붓는다.

'두드릴수록 단단해진다더니, 저런 뜻이었구나.'

파손된 기체가 재생성되면서 더욱 두텁고 강한 빛이 흘렀 다. 다시는 다치지 않겠다는 듯이 말이다.

보수(?) 공사가 끝났는지 자신을 끌어당기는 느낌이 든다. 어서 들어와 시험 가동을 해보라는 것인지, 외장 공사가 완료 되었으니 내장 공사를 하라는 것인지 모르겠지만.

1골드의 영체가 육체와 하나가 되고 곧이어 기체가 육체 주위를 서서히 돌기 시작했다. 점점 더 속도가 붙기 시작하자 주변의 마나들이 그를 중심으로 모여들기 시작해 오공과 피부를 통해 흡수되기 시작했다.

1골드는 내부 공사 중이었다.

강화재를 써서 끊어진 기혈을 더욱 단단히 잇고 내벽을 강화한 내부 공사가 끝난 건 한 달 정도가 흐른 시점이었다.

1골드가 토굴을 나와 대면한 것은 순백의 세상이었다.

"서울보다 더 춥네. 영하 20도는 되겠어."

"예?"

이계어여서 루슬란은 알아들을 수가 없었다.

1골드가 곰처럼 변한 루슬란을 보았다.

"그렇게 춥냐? 마나는 뭐에 쓰려고 아끼는 건데?"

옷을 몇 겹이나 껴입고 털모자까지 눌러쓴 루슬란이었다.

"하하하! 주인님, 전 밀림에서 살았잖습니까? 눈도 처음입니다. 하늘에서 허연 게 떨어질 때는 신께서 비듬을 터는 줄 알았습니다."

재밌는 표현이었다. 1골드는 루슬란의 성격이 서글서글한 것은 알고 있었다. 인간 세상에 나와 가장 잘 적응한 엘프가 바로 그일 것이다.

"애들은? 어떻다고 하더냐?"

"얼어 죽을 정도로 약한 놈들은 아닙니다. 다만, 출병은 눈이 한 길 높이로 쌓인 곳이 많아 힘듭니다. 그리고 눈에 선명한 흔적을 남기니 올겨울은 여기서 나는 게 어떨까 합니다."

"네 의견이냐?"

"그렇습니다."

몸을 돌린 1골드가 눈을 뭉쳐 들더니 손바닥으로 툭툭 팅겼다.

"너도 이제 생각을 하는구나. 좋은 변화야. 어디, 피해봐라."

1골드가 손목을 까닥하자 흰 줄이 일직선으로 루슬란에게 쏘아져 갔다.

주인의 앞이라 무방비 상태로 마음을 놓고 있던 루슬란은 깜짝 놀랐으나 눈덩이에 맞을 만큼 약하지는 않았다. 한 발을 빼면서 미끄러지듯 돌아 간단히 피해냈다.

"좋은 발놀림이다. 밑을 봐라. 눈에 희미한 자국밖에 남지 않았다. 몸을 조금만 더 가볍게 하면 눈에 발자국을 남기 않을 정도까지 되겠다. 어때, 해볼 테냐?"

"과제입니까?"

"그렇게 생각하면 그런 거고. 원래 다크 엘프는 강해지기 위해 끊임없이 노력하는 종족이 아닌가?"

루슬란이 만면에 웃음을 띠었다.

"잘 보셨습니다. 그 점이 바로 허연 엘프 놈들과 다른 점입니다. 그것들은 백만 년이 지나도 나무에 매달려 열매나 따먹고 있을 것들입니다. 주인님께서 주신 과제를 마치려면 이제부터라도 이 털옷을 벗고 지내야겠습니다."

"좋은 각오, 나는 부하들 모두가 웃통을 벗은 모습이 보고 싶다."

"흐흐흐, 저만 믿으십시오. 이 겨울이 가기 전에 털옷 대신 근육 갑옷을 입혀 산에서 내려보내겠습니다."

"아! 그리고 이것도 피해봐라."

이번에는 잔뜩 긴장한 루슬란이 몸을 낮추었다. 눈덩이 따위가 아니라 1골드의 손가락 끝에 마나가 모여들고 있었다. 뭉치던 마나가 흐린 빛을 내더니 좁쌀만 한 구슬로 변했다.

마나탄? 캐스팅도 없었고, 저렇게 작은 마나탄은 본 적도 없었다.

루슬란이 침을 꿀꺽 삼켰다. 마나탄이나 화이어 볼 등은 그 크기가 작을수록 위력이 세다.

1골드가 손가락을 팅기자 좁쌀이 사라졌다. 횡 하며 무언가 귓불을 스치고 지나가는 듯하더니 그의 등 뒤에서 퍼퍼퍼 퍽! 하는 소리가 들렸다.

"허!"

루슬란은 뒤돌아 눈옷을 입고 있는 나무를 쳐다보았으나 격타음의 결과물은 찾을 수 없었다. 너무 미세한 구멍이라 보이지 않는 것이다.

"마법입니까, 주인님?"

"아니, 눈을 던지다가 생각해 본 거야. 손끝에 마나를 뭉쳐 던진 거지. 마나탄의 응용이랄까. 구슬치기? 뭐, 어쨌든 너무

작아서 위력은 별로지만 속도는 맘에 드는군."

1골드가 손가락 끝을 만지작거리다 토굴로 향했다.

"피치를 불러와. 히치벅에 가봐야겠어."

"피치, 여기 있습니다, 주군."

흰 눈 위에 검은 피부의 사내, 까만 얼굴에 생긴 흰 줄. 부조화를 이루는 것 같으면서도 극명하게 대조되어 더욱 돋보이는 것 같기도 했다.

진한 미소를 지은 피치가 가벼운 발걸음으로 다가왔다.

"주군, 기쁜 소식입니다. 이놈의 노력이 헛되지 않아 크라우치님께서 신도들을 데리고 테리 성을 벗어나셨답니다."

"호오! 언제? 모두를 데리고 말이냐?"

"일주일 전에 모두를 데리고 북상하셨답니다."

계속해 보라는 듯 1골드는 피치의 눈만 보고 있었다.

"저희들이 테리 성으로 식량을 보낼 방도를 찾아 골머리를 싸고 있을 때 라미안 신군들이 성문을 열고 나왔답니다. 그 당시 저의 노력으로……."

"그 말은 빼고."

"하하. 어쨌든 머레이의 병력은 3만 정도로 줄어 있었고, 날이 추워질수록 병력 이탈이 심해졌습니다. 군량미를 재로 만들고, 보급선을 차단하고, 그놈들의 보금자리를……."

1골드의 눈빛이 가라앉자 피치가 본론을 꺼냈다.

"무어 후작이라는 자와 그를 따르는 엘리도 지역 영주들의

일만에 가까운 병력이 전투 도중 크라우치님의 편으로 돌아
섰답니다."

1골드가 눈을 조금 크게 떴다.

"존도 놈은 살길을 찾았군. 크라우치님이 어떻게 무어를
끌어들였는지는 모르겠지만, 그 원인은 존도가 만들어놓은
것이니."

그는 히치벅에 가면 존도를 죽여 버릴 생각이었다. 소수이
다 보니 게릴라전식으로 치고 빠지는 작전을 쓰고 있지만 아
이를 이용한다는 발상은 그의 마성을 건드려 살심을 불러일
으켰다.

부모의 애타는 마음을 누구보다 더 잘 알고 있는 1골드였
기에 직접 손을 쓰자는 마음에 아직까지 존도가 살아 있는 것
이다.

1골드가 무심한 하늘을 올려다 보았다.

"이 날씨에 북상길이라… 피치, 너는 하던 일을 모두 중단
하고 무슨 수를 써서든 크라우치님을 도와라."

"예, 맡겨만 주십시오."

"반 일족은 할 일이 있으니 다른 애들을 데려가."

말은 그렇게 했지만 신관들이 득실한 곳에 다크 엘프를 보
낼 수는 없었다.

다크 엘프인 루슬란은 그저 1골드가 날린 마나 구슬의 행
방을 찾는 척하며 나무 등거리를 훑고 있었다.

검붉은 색 벽돌을 사용해 붉은색 일색인 투실바의 왕궁 옆에는 크기나 규모가 왕궁 못지않은 순백의 건물이 있었다.

몇 달 전까지만 해도 교황이 머물며 전 교구를 다스리던 곳으로, 신 카뮤를 모시는 대신전이었다.

대신전은 하늘에서 내려다보면 중앙에 신을 모신 본관을 두고 신관, 신녀, 성기사들의 숙소와 신학교, 성기사 양성 기관 등이 위치한 다섯 개의 부속 건물들이 병풍처럼 둘러 쳐진 형태였다.

본관으로 들어가기 위해서는 정문에서 신분 확인을 마치고 곳곳에 성기사들이 번을 서고 있는 긴 회랑(回廊)을 따라 한참을 걸어가야 한다.

성기사들의 번뜩이는 감시의 눈초리를 뒤로하고 막상 본관에 들어가면 허탈할 정도로 전혀 제재가 없다.

그도 그럴 것이, 본관에 놓여 있는 거라고는 십여 미터 높이로 세워진 거대한 카뮤의 신상과 제를 지내는 제단(祭壇)이 전부였다. 광장에 신상을 세워놓고 지붕을 두른 형태라고나 할까. 조금은 휑한 느낌이다.

하지만 일주일에 한 번 백성들에게 대신전이 개방되는 날에는 발 디딜 틈도 없이 인산인해를 이루었다.

어둑해진 시간, 인간에게 잠이라는 달콤한 선물을 내리는 그 시간에 잠 못 이루는 사내가 있었다.

제단 아래 주름진 두 손을 모아 간절히 기도를 올리는 맥그레이 장로였다.

신상 발 어림에서 불그스름한 빛을 발하는 불길이 노안(老顔)을 비추었다. 눈가로 반짝이는 물줄기가 보인다.

"카뮤시여……"

회한과 원망이 담긴 시선이 신상의 배꼽 어림으로 향했다. 신상의 하늘로 향한 두 손바닥이 포개져 있는 그곳에 영롱한 빛을 발하는 붉은 구슬이 놓여 있었다.

구슬은 자세히 보면 구슬 전체가 붉은빛이 아니라 투명한 재질로, 구슬 안에 태양의 형상처럼 이글거리는 둥근 물체 때문에 붉은색 구슬로 보이는 것이다.

공기 한 점 들어가지 않는 구슬 속에서 살아 있는 듯 이글거리는 신비로운 모습의 구슬이 바로 라미안의 상징인 카뮤의 눈이다.

맥그레이의 시선이 카뮤의 눈에서 점차 위로 향했다.

시선이 머무는 곳, 젊은 사내의 형상을 한 카뮤의 얼굴이다. 인세에서 찾아보기 힘든 천상의 미남, 마치 크라우치를 보는 듯했다.

"크라우치야……"

어디서부터 잘못된 걸까, 이 어긋난 운명은?

목숨이 경각에 달린 자신을 구해주었을 때부터, 투실바로 돌아와 손자가 죽은 사실을 안 후, 크라우치의 능력에 의심을 갖게 된 그때부터.

지금 그런 걸 생각한들 변하는 것은 없다. 크라우치에게 등을 돌린 자신을 백성들은 똑같이 대한다.

백성들의 존경 어린 시선은 찾아보기 힘들고 가장 큰 이득을 취한 조안 왕까지 가끔은 경멸의 빛을 띠지 않는가.

내전이 발발한 이후, 맥그레이가 왕의 비호 아래 대신전에 앉은 이후부터 성직자들은 떠나고 신도들은 더 이상 이곳을 찾지 않았다.

신도가 없는 종교는 존재 가치가 없다.

그보다 지금 밖에서는 혹한 속에서 신도들이 죽어나가고 있을 것이다. 크라우치가 변해가는 모습을 보며, 그것을 바로잡자며 스스로 위선의 가면을 씌운 자신의 원한 때문에…….

"영원불멸의 위대한 카뮤시여, 모든 생명체의 근원이시자 만물을 아버지에게 미천한 종 맥그레이가 간절히 바라옵니다. 저 험난한 고통의 여정을 걷고 있는 신도들에게 제발 자비를 베푸시어……."

"우습다고 생각하지 않나? 고난을 준 자가 신의 자비를 청하다니."

낮고 무거운 저음이 맥그레이의 기도를 방해했다.

맥그레이는 불청객이 찾아들었는 데도 놀란 기색 없이 기도를 마친 후에야 고개를 들었다. 하지만 지금도 불청객을 찾지 않고 제단에 향을 피울 뿐이었다

"조금만 기다려 주시겠나? 먼저 간 신도들에게 향을 올려
야겠으니."

불청객의 대답도 필요없다는 식으로 맥그레이는 다음 의
식을 이어갔다. 긴 추도문을 올리고 난 뒤에야 그는 몸을 일
으켰다.

"오셨는가?"

"……."

몸을 돌려 1골드를 마주한 맥그레이는 친자식을 대하듯 반
갑게 그를 맞이했다.

"자네인 줄 알았네. 그 외모, 다른 사람이라고 상상하기 힘
들더군. 그동안 많이 변하였구먼."

"당신도. 지금 이 자리는 당신과 어울리지 않아."

"같은 생각을 가진 사람을 만나 반갑네. 나도 그렇게 생각
하고 있었네. 신도들의 피로 얼룩진 자리라 한시도 앉아 있기
가 어려웠다네."

그들은 서로 말없이 상대의 눈을 주시했다. 먼저 입을 연
건 맥그레이였다.

"이 한 많은 목숨을 받으러 오셨는가?"

1골드가 고개를 주억거리고 말을 이었다.

"한 가지 물건도."

카뮤의 눈을 말함을 맥그레이가 모를 리 없었다.

"그건 힘들겠네. 성물은 아무나 만질 수 있는 물건이 아니

라네."

"자신을 키워준 교단에 칼을 박아 넣은 자는 만질 수 있고, 나는 안 된다?"

멸시와 조롱이 담긴 질문에 부드러운 대답이 이어졌다.

"곡해를 하셨구먼. 그런 뜻이 아니라 성물이 이교도의 손길을 거부한다네. 잘못 만지면 죽는 수도 있기에 자네에게 말해주는 걸세."

1골드는 맥그레이의 신색을 살펴보았다. 배신을 하고 잘 먹고 잘산 모습이 아니다. 쾡하게 들어간 눈덩이하며 푸석한 피부와 늙어버린 얼굴.

아름다움을 추구하는 신관들은 주안술을 사용해 젊음을 외모를 유지하는데, 지금 맥그레이는 하얗게 센 백발에 주름진 노안을 그대로 드러낸 상태였다.

"흐음."

게다가 1골드가 아니라 쉐도우라도 충분히 들어올 수 있을 정도로 한 교단의 대신전이라기에는 너무 경비가 허술했다.

"나를 기다리고 있었나?"

맥그레이가 부드러우면서도 달관한 듯한 미소를 지었다.

"처음 샤벨 시에서 봤을 때부터 외양과는 달리 뛰어난 자라 여겼는데 역시 날 실망시키지 않네그려."

1골드는 의문이 들었다. 그의 감각에 어떤 위험도 감지되지 않았다. 숨겨놓은 한 수가 없다는 말이다. 본신 실력을 믿고? 처음 만났을 때라면 모를까 6써클 수준으로는 지금은 필사(必死)다.

"후후, 안 되겠어."

"뭘 말인가?"

"자살, 죽고 싶은 게로군. 왜, 그 질긴 목숨을 혼자서는 끝내기가 힘들던가? 아니면 유언을 들어줄 사람이 필요했나? 당신이 원하는 대로 해줄 생각은 없어. 계획을 수정했어. 당신을 크라우치님에게 산 채로 잡아가야겠어."

"그건 나도 싫으이."

스르릉!

1골드가 검을 뽑아 들고 으르렁거렸다.

"당신이 좋든 싫든 상관없어. 내가 그렇게 정했으면 그렇게 되는 거야."

"날 왜 크라우치에게 잡아가려 하지? 그냥 죽이고 재주껏 성물을 취하면 그만 아닌가?"

"그 여유있는 태도가 거슬려. 당신 때문에 크라우치님은 언 발로 눈밭을 헤치면서, 얼어 죽어가는 신도들을 품에 안고 흐느끼면서 울고 계실 거야. 그분의 그 슬픔, 당신이 조금이라도 덜어줘야겠어. 전대 교황이 암살당한 데 당신이 일조했다고 하더군."

광기에 번뜩이는 1골드의 눈을 보다 매그레이가 탄식을 내뱉었다.

"자네는 오직 크라우치 때문에 지난 일들을 벌인 것인가? 그자가 자네에게 그만한 값어치가 있나?"

"입 다물라! 오비이락(烏飛梨落)과 같은 아이의 죽음 때문에 평생을 마음과 몸을 바친 교단을 배신한 자가 나에게 그런 질문을 할 자격이 있나?"

"오비이락?"

"우연, 우연 말이야."

"훗! 후후, 캬하하하하!"

맥그레이가 갑자기 미친 듯이 웃음을 터뜨렸다. 조금 전까지의 상황은 잊고 배를 잡고 구를 기세로. 그러다 한순간에 웃음을 싹 지우고 불쌍하다는 투로 말했다.

"자네, 크라우치에 대해 무엇을 아나? 그자의 감춰진 본모습을 보기나 한 건가? 그 무시무시한 악마의 모습을."

"뭐가 씌여도 단단히 씌였군. 왜, 왕이 네 똥구멍이라도 빨아주던가?"

"갈! 어린놈이 입을 함부로 놀리는구나! 네 정녕 평생의 한을 남기고 싶은 거냐!"

"한? 무슨 한? 당신이 내 한을 알어? 쥐뿔도 모르면서 멍청한 백성들을 울궈먹던 주둥이로 함부로 나불거리지 마."

예정된 죽음을 향해 달려가던 어린 시절과 처음으로 이성 간의 사랑을 느낀 여인의 처참한 죽음. 1골드는 길지 않은 일

생 동안 즐거웠던 기억이 얼마 되지 않는다.

"네 녀석은 자신이 똑똑한 줄 아나 본데, 지금 네 꼴이 나한테 어떻게 보이는지 아느냐? 원수의 개가 되어 똥 묻은 발바닥을 핥고 있는 꼴이다. 어리석은 놈. 크크크큭!"

1골드가 흠칫 굳었다. 원수의 개라니.

하지만 맥그레이는 그에게 생각할 시간을 주지 않았다. 빠르게 캐스팅을 하고 수인을 맺었다.

"카뮤의 불꽃!"

1골드가 밟고 있던 양탄자에 확 하며 불길이 치솟아 그의 몸을 덮었다. 맥그레이의 얼굴이 굳어졌다. 이 정도로 죽을 자가 아니다. 역시나 발소리가 들리며 1골드가 불길을 헤치고 걸어나왔다.

"마검사!"

맥그레이가 경악성을 터뜨렸다. 고위급 마법사가 곁에 있었다는 건 알고 있었지만 설마 마법까지 익혔을 줄이야. 은근히 풍기는 마력의 원인이 저것이었다.

1골드는 격장지계(激將之計)에 속을 뻔했던 자신에게 머리끝까지 화가 치솟았지만 머리는 냉정했다. 항상 대비를 하고 있다 생각했는데 상대가 역린을 건드린 것이다.

"계획은 좋았다. 하지만 날 너무 우습게봤어."

"아이쿠, 성난 황소를 건드린 꼴이구먼. 그래도 거짓이란 허울 속에 숨겨져 있지만 진실은 변하지 않는다네. 크라우치가 네 아비를 죽이고……."

"입 다물라!"

소리치는 순간 이미 대검에서 3미터가 넘는 오러를 뿜어내었고 1골드의 신형이 쭉 늘어났다.

맥그레이 또한 오러를 보자마자 사라져 버렸다.

'우후방!'

그 지점에서 급속도로 마나가 배열되고 있었다. 근거리 이동 마법이다. 제단을 향해 짓쳐 가던 1골드의 신형이 직각으로 꺾였다.

후와앙!

1골드가 일으킨 후풍이 그가 사라졌는 데도 일어 제단의 제기들을 날려 버렸다.

와장창! 하며 소음이 이는 동시에 1골드의 검은 흐릿하게 형체를 잡아가는 맥그레이의 하체를 가르고 있었다.

"쉴드!"

쾅! 지지지직!

충격음이 울린 후에 연이어 쇠판을 긁는 듯한 소음이 일었다. 오러가 쉴드 막을 가르고 있는 것이다.

대경한 맥그레이가 연달아 쉴드를 쳤다. 두 겹, 세 겹. 하지만 막이 갈라지는 속도만 늦추었을 뿐이다. 쉴드를 유지하는 마나를 대느라 이마에 송글송글 땀방울이 맺혔다. 이마를 타고 흐른 땀이 눈썹을 지날 때 맥그레이는 돌연 환한 미소를 보여주었다.

그 미소가 1골드를 대경하게 만들었다. 저 미소, 저 눈빛. 당했다.

1골드가 힘을 거두기도 전에 쉴드 막이 허깨비처럼 사라졌다.

서걱!

"크으으윽!"

하체를 노렸는데 맥그레이의 허리가 양단되었다. 스스로 몸을 낮춘 것이다.

"빌어먹을!"

"크흑! 끄윽! 큭!"

피가 넘어오지도 않았지만 맥그레이는 꾸륵꾸륵 헛구역질을 해댔다.

"웨엑! 고, 고마우이……."

"젠장할!"

"서, 성물… 손대면… 조심… 해."

맥그레이가 얼마 남지 않은 힘을 짜내 한 말은 원망도 저주도 아니었다. 자신을 죽인 자를 걱정하는 말이었다.

죽어가는 와중에 내뱉을 말이 절대 아니다.

1골드가 검을 버리고 맥그레이에게 다가가 치료 마법을 펼쳤다. 살리기 위함이 아니라 조금이나마 시간을 끌기 위해서였다.

“나한테 할 말 있지? 어서 해! 어서!”

“신도들에게… 미안하다고…….”

“그것 말고, 우리 아버지!”

“크… 욱!”

이번에는 머리에 손을 올려놓고 내력을 불어 넣었다. 마나로 사람을 치료하는 법도 모르고, 맥그레이의 상태가 깨진 독과 다름없었지만 꼭 들어야 할 말이 있었다.

“모르는… 편이…….”

1골드의 귓가에 여러 사람이 소리치는 고함과 어지럽게 울리는 발자국 소리가 들렸다. 소란을 듣고 경비병들이 몰려오고 있는 것이다.

“내가 판단해. 어서 이야기를 하란 말이야! 제발…….”

최후의 생명 빛을 불태움인가, 맥그레이의 목소리가 또렷해졌다.

“네 아비는… 내가 죽였어.”

“무, 무슨…….”

“교단을 위해서… 내가 네 아비와… 기사를… 죽였… 그…놈은… 아이…….”

맥그레이의 목소리가 멈췄다.

1골드의 머리에는 아이란 마지막 말이 동굴을 울리는 메아리처럼 계속 감돌았다.

“아악! 장로님!”

“맥그레이 장로님!”

“저놈이다! 잡아라!”

몰려든 신관과 경비병들이 악을 쓰고 달려들어도 1골드는 맥그레이를 안은 채 멍하니 움직일 생각을 하지 않았다.

1골드에게 검을 찔러 들어가던 한 기사의 목이 환상처럼 치솟았다. 목을 잃은 몸은 두 발자국이나 더 가서야 쓰러졌다.

공황에 빠진 1골드를 대신해 호위들이 나선 것이다.

1골드는 주변에서 벌어지는 살육과 상관없다는 듯 망연자실하게 앉아서 넋을 놓고 계속 중얼거렸다.

“아이… 아이… 아이… 크라우치……”

4권 END

입소문을 통해 아는 분은 다 알고 계십니다!
올 한해 공인중개사 최고의 화제작!

1~2권 합본 | 이용훈 지음
3~4권 합본 | 이용훈 지음
5~6권 합본 | 이용훈 지음
용어해설 | 이용훈 지음
1~2차 문제풀이집 | 이용훈 지음

수험생 기본 필독서
만화 공인중개사

제목 : 만화공인중개사 쓰신 분에게 감사드립니다.

학원을 두달 다녔어요. 근데 과연 그 숫자 외우기 그렇게 몇 문제나 나올까 생각을 했어요.
아니라는 생각이 드네요. 학원강의를 뒤로 하고 서점을 갔어요. 내 머리에 가장 이해될 수 있는
책이 없나 하구요. 거기서 만화를 발견했어요. 무조건 세번 봤어요. 3개월 걸렸어요. 문제집을
보라고 했는데 그건 시행을 못했어요. 근데 합격을 했네요.
어떻게 감사의 말을 해야 될지…

도서관에서 만화책 들고 다니니까 사람들이 비웃더라구요. 만화책으로 공인중개사를 공부한
다고 미친사람처럼 보더라구요. 근데 그거 다 감수하고 했던 내가 자랑스럽습니다.
어떻게 감사의 말을 해야 할지 정말 감사합니다.
부디 행복하세요. 제 나이 41살에 좋은 스승을 만난 거 같습니다.
엎드려 감사드립니다.

-본사 홈페이지에 독자분이 올린 메일 中 에서 발췌-

잘나가고 싶은 사람은 읽어라!

그에게 한눈에 반했다! 그것은 분위기 탓?
애인과 나란히 걸어갈 때 당신은 좌, 우 어느 쪽에 서는가?
이성은 왜 서로 끌리는 걸까? 그 심층 심리를 해명한다!

30초의 심리학

■ **30초의 심리학**
아사노 하치로우 지음 / 계일 옮김 | 값 8,500원

처음 본 사람인데 와 닿는 느낌이
너무나도 강렬한 사람이 있다.
흔히 하는 말로 '필이 꽂힌 사람',
그래서 잊혀지지 않는 사람,
한눈에 반했다고 하는 것이 바로 그것이다.
이런 인간의 감정을 논하는 데
남녀의 구분이 있을 수 없다.
사랑하는 그, 혹은 그녀를
생각하는 것만으로도 가슴이 두근거린다.
이상할 것 없다. 당연히 그럴 수 있는 것이다.
그렇기에 인간을 감정의 동물이라 하지 않는가.
그러나 그렇게 좋아하는 그 사람이
어느 날 갑자기 싫어지는 경우는 왜일까?

Psychology